http://www.bbulmedia.com

BBULMEDIA

http://www.bbulmedia.com

윤조뼝편쓔견

혼령변종검

1판 1쇄 찍음 2014년 8월 4일
1판 1쇄 펴냄 2014년 8월 11일

지은이 | 담적산
펴낸이 | 정 필
펴낸곳 | 도서출판 **뿔미디어**

편집장 | 이재권
기획 · 편집 | 윤영상
편집디자인 | 김병희

출판등록 | 2002년 9월 11일 (제1081-1-132호)
주소 | 경기도 부천시 원미구 상동로 117번길 49(상동) 503호 (우)420-861
전화 | 032)651-6513 / 팩스 032)651-6094
E-mail | bbulmedia@hanmail.net
홈페이지 | http://bbulmedia.com

값 8,000원

ISBN 979-11-315-3405-2 04810
ISBN 979-11-315-1149-7 04810 (세트)

※파본은 구입하신 서점에서 교환하여 드립니다.

※이 책은 (도)뿔미디어를 통해 독점 계약되었습니다.
저작권법에 의해 보호를 받는 저작물이므로 무단 전재와 무단 복제를 엄금합니다.

운종룡변종견

담적산 퓨전 판타지 장편 소설

4

뿔미디어

목차

25.

그녀의 이름은……

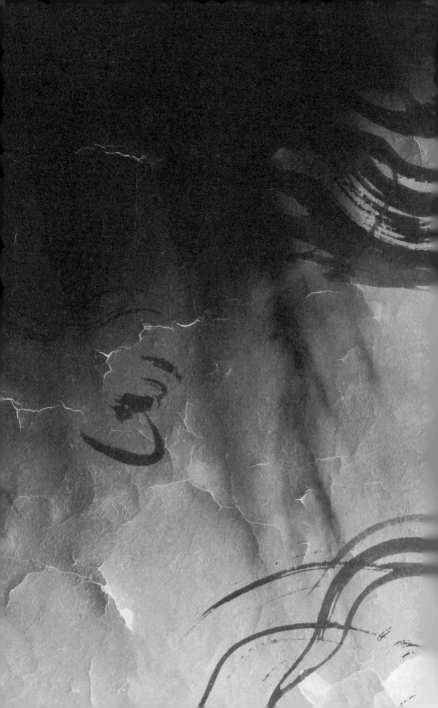

아틸라는 괴로워하고 있었다.

그녀는 꿈속에서 그런 그를 보았다.

얼굴이 뒤틀리고 이빨이 길게 자라 입술 바깥으로 튀어 나오며 동시에 손톱도 길어졌다. 그 상태로 그는 엎어져 괴로워하고 있었다.

눈에서는 불길이 솟구쳤다. 불길이 확 커져 그의 주변을 감싸며 옷가지들을 태웠다.

곧이어 그의 벗은 몸이 드러났다.

그녀로서는 꿈속에서조차 남자의 벗은 몸을 처음 보는 것이었다. 하지만 당황스럽게 다가오지 않았다. 그 남자의 벗은, 괴물 같은 근육들은 화염이 자연스러운 듯했다.

화염은 그 사내의 살이었고, 열기가 그의 뼈대를 채우고 있었다. 그의 몸이 괴로워 뒹굴 때마다 나무 바닥에 불이 붙어 부스러졌다.

그의 몸에서 솟구치는 불길이 그녀의 콧속에 냄새를 남겼다.

그녀의 감은 눈과 이맛살이 꿈틀거렸다.

꿈속인데도…… 지옥의 것이 확실한 유황 냄새가 그녀의 코를 확 자극한 것이다.

순간, 그녀는 눈을 떴다.

뿌득—

몸을 일으키려 하니 관절과 근육에서 소리가 요란했다. 고통이 밀려왔다. 몸이 잘 움직이지도 않았다.

'……!'

정말 오랫동안 몸을 움직이지 않았다는 증거. 그녀는 자신이 최소 몇 달간은 몸을 움직이지 못했다는 것을 그제야 자각했다.

툭.

머리를 다시 떨어뜨렸다. 푹신한 베개가 그녀의 머리를 받아 냈다. 천장이 보였다.

"……!"

천장의 무늬가 그녀의 기억이 머물던 익숙한 문양이었다.

제국 황실의 여인네들이 방에 그리는 것.

그녀는 그래서 놀랐다.

'익숙하다고? 이게?'

어떻게 된 일인지 알 수가 없었다.

그때였다.

시녀가 놀라는 소리가 들려왔다.

"오, 마가리타 상궁님! 어서 와 보셔요! 황녀님께서 깨어 나셨습니다!"

그녀가 고개를 옆으로 돌려 열려진 방문을 보았다.

달랐다.

불의 도를 강론하던, 때로는 피의 아수라가 가진 힘을 숭배하던 그녀의 방문하고는 완전히 달랐다.

그런데 익숙했다.

"왜?"

그녀는 스스로에게 물었다.

'마교?'

알 수가 없었다.

'그건 또 뭐지?'

잠시 멍한 상태로 누워 있었다. 천장의 문양은 독수리. 어깨 위의 날개가 넷에, 팔은 거칠면서 날카로운 칼날이 손등까지 뻗어 있는 상태였다.

다리의 발톱은 빛이 나는 칼날 갈고리.

두 손이 굳게 움켜쥔 것은 지배자만이 가지는 홀이었다.

전 대륙 이백이십여 국가 중 팔십 개 국가를 직접 잡아먹고 통합했으며, 백여 개 국가를 자치령으로 굴복시켜 세금을 받고, 다른 대륙의 일부 국가들까지 원거리 식민령으로 부려먹는 거대한 제국.

인간의 역사상 이토록 거대한 제국은 없었다.

초고대 문명의 제국은 전형적인 제국이 아니었다.

그때는 지배를 하는 절대 권력이 없던 세상이다. 그래서 거대한 영토임에도 역사는 그것을 제국이라 하지 않았다. 그 래서 지금의 제국이 인류 역사상 가장 거대한 제국이었다.

거대하고, 거대하고, 거대하고, 거대하고, 또 거대한 제국, 탈란.

그 탈란 제국의 주인, 탈란 황실의 문양이었다.

그녀는 다시 머리가 혼란해졌다.

'내가 이걸 알고 있다니? 왜? 왜 이것이 익숙한 거지?'

게다가 그녀의 귀에 다닥거리며 뛰어오는 발소리가 경박스 럽다는 것이 잡혔다.

마교의 고수들이 뛰는 소리는 이렇지 않았다.

그래서 그녀는 놀랐다. 마교라는 단어를 이토록 자연스럽 게 두 번이나 떠올리다니.

'마교? 그게 대체 뭐야?'

이내 사람들이 나타났다. 그녀는 모르는 얼굴이다. 아니 다. 알고 있다.

먼저 마나 치료의 궁정장 오트렌의 얼굴이 보였다.

그래서 그녀는 인상을 썼다.

'내가 왜 이 사람을 알고 있지? 이름도 이상한 이 사람 을?'

"마마, 하늘이 돌보심이옵니다! 하늘이 이 세계를 저버리 지 않았음이옵니다!"

기뻐서 외치는 소리는 그 옆, 카알 대공의 목소리였다.

거기서 그녀는 깨달았다.

말소리는 중원의 것이 아닌, 전혀 다른 세계의 말소리였던 것이다.

그녀가 깨어난 것을 축하하며, 혹은 눈물까지 흘리며 기뻐하는 사람들 가운데서 거꾸로 얼굴을 굳혔다.

그녀는 혼란 속에 빠져들었다.

"나는…… 나는 누구지?"

*　　　*　　　*

한편, 그녀가 본 '그', 아틸라는 알카루스로 화해 배 안을 뒹굴고 있었다.

지옥불은 곧 알카루스이고, 알카루스는 형벌이라는 뜻의 지옥의 시간이다. 아틸라는 지옥의 시간을 보내고 있었다.

그 시간 속에서 알카루스는 아틸라를 그냥 두지 않았다.

"네놈이 밉다! 나를 그냥 내버려 두었다면 그런 수모를 당하지 않았을 텐데! 크아아아악!"

아틸라는 아무런 대꾸도 하지 못했다.

대실패였다.

설마 그 야만인 따위가 총알을 버티고, 탱크 포탄을 버티고, 함포의 거대한 위력을 버티는 실드를 깰 줄은 몰랐다.

게다가 그 개 같은 세 형제보다 훨씬 약한 원주민 거지들도 문제였다.

명색이 총을 들지 않을 만큼 강한 제국의 해안 상륙부대였다.

한데 한낱 거지들이 제국의 강행 돌파 해병을 이길 만큼 강할 줄은 몰랐다.

알카루스가 울부짖었다.

"네놈 탓이다! 내가 나서 싸그리 다 불태워 죽였으면 될 일을! 네놈 따위가 뭘 한다고! 나를 잡아 가둔 것이 일을 이렇게 그르친 게야! 크아아아악!"

아틸라는 스스로에게 고통을 내리고, 스스로가 비명을 지르고 있었다.

이렇게 실패를 한 것은 알카루스를 받아들이고서 처음 있는 일이었다. 알카루스도, 아틸라도 그 점을 받아들이기 힘들었다. 그래서 더더욱 견자단 삼 형제가 증오스러웠다.

알카루스가 불길을 토하는 눈을 더 강력하게 빛냈다.

"그놈들을 죽여 버릴 것이다! 그 미개한 야만인 놈들을 죽여 버릴 것이다! 지옥으로 끌고 들어가 수십만 년을 불태워 줄 것이야! 감히, 이 알카루스에게 수치를 안기다니!"

아틸라는 정말 아무 말도 할 수 없었다.

이윽고 불길이 줄어들고 알카루스의 발작도 멈추었지만 그의 가슴속 고통은 멈추지 않았다.

패배.

다시는 있을 것 같지 않던 단어가 자존심을 밀어내고 그 자리를 차지하는 것은 고통스러웠다.

사실 알카루스는 중원에서 아틸라의 육신을 이용할 수가 없었다. 아틸라에게 거짓말을 한 것이다.

그 말에 속아 넘어간 아틸라는 알카루스가 잠잠해진 뒤에야 진정한 고통에 이를 갈기 시작했다.

"두고 보자, 이 미개한 야만의 개놈들! 네놈들을 꼭, 내 앞에 무릎 꿇리고, 고개를 조아려 나를 찬양하게 만들 테니까!"

그의 눈이 빛나며 제국의 함대를 꼬드겨 움직이게 만든 사건을 어떻게 둘러 댈 것인지 그의 머리가 급속도로 회전했다. 잘하면 그 삼 형제에게 뒤집어씌울 수 있을 것 같았다.

아틸라의 빛나는 눈 안쪽, 그의 가슴은 반대로 더 어둡게 가라앉고 있었다. 음침한 미소로 비린내를 풍기는 입꼬리가 한 줄기 사악한 기운을 흘렸다.

그는 아주 강력한 원군을 황실에 두고 있었다.

그를 꿈속에서 본 그녀, 제국의 금지옥엽.

탈란 드 모란 오웨느.

황도에서 열린 사교 파티에서 우연인 척 그녀에게 다가가 지옥의 유혹을 뿌리고 재워 두었다.

이제 그녀를 이용할 때가 온 것이다.

'황녀…… 너는 네 것이야. 널 깨울 때가 되었구나.'

그러나 오웨느가 이미 깨어났음을 아틸라도, 지옥의 향기를 빌려준 알카루스도 알지 못했다.

*   *   *

푸촤—하—

포탄이 기함의 뱃머리 부근에 아슬아슬하게 떨어졌다.

후진하던 함선이 완만한 곡선을 그리다가 급하게 궤적을 꺾었기 때문이다. 작은 물보라에 이어 커다란 물기둥이 일어나며 함선이 흔들렸다.

쿠쿵―

구우웅―

스팀 터빈이 진동하는 소리가 요란했다. 급회전은 스팀 터빈의 진동이 극심하다. 롤리의 이빨이 악물어지며 방향타를 트는 쪽으로 몸이 기울어졌다.

롤리가 급하게 외쳤다.

"콴큠! 아까 내가 만진 작은 스위치 있죠?"

그러자 광겸의 어리둥절한 목소리가 마이크를 때렸다.

지직―

"스위치가 뭐요?"

롤리가 말을 급하게 고쳤다.

"손잡이! 아까 내가 손가락으로 세 개 연달아 올렸다가 도로 내린 거! 세 개 연달아 있는 거!"

지직―

"아! 이거!"

그러더니 광겸이 들어간 주포 탑 뒤편의 덮개에서 건장한 사내의 허벅지보다 더 굵은 탄피를 내뱉는 것이 보였다.

텅그렁―

지직―

"오! 소리 들리네! 포탄이 들어갔나 본데!"

광겸의 신기해하는 소리가 들리자 롤리가 차근차근 달래듯이 설명했다.

"그래요, 그거! 그럼 이제 콴큠 오른쪽에 보면 손잡이 큰 거 두 개 보이죠? 두 개 중 큰 거!"

그러자 광겸이 정말 그걸 만진 모양이었다.

주포의 포신이 올라오는 것이 보였다.

롤리가 이내 소리를 질렀다.

"아니, 아니! 반대로! 내려요, 내려!"

그때, 앞을 보던 광겸이 소리쳤다.

"저쪽에서 포를 또 겨눈다!"

롤리가 숨을 크게 들이마시더니 조종 방향타를 꽉 붙들고 계기판 손잡이를 반대로 확 올렸다.

그러고는 다시 악셀을 꽉 밟았다.

쿠콰쾅—

함선이 충돌을 한 것처럼 요란하게 흔들렸다. 앞뒤로 흔들린 함선이 요동치며 멈췄다.

배 양쪽 옆면에서 파도가 크게 일었다.

촤하악—

이어 배는 아주 조금 앞으로 나아갔다.

구우웅—

진동이 심해졌다 싶은 찰나, 함선은 급가속을 했다.

쿠 웅—

광겸도 창틀을 붙잡고 버렸다.

그 험악한 조종의 결과, 포탄이 함선 바로 옆으로 떨어졌다.

푸촤하—

배의 중간, 몸체 바로 옆에 물보라를 피워 올린 포탄이 곧 폭발을 일으켰다.

콰콰쾅—

아무리 제국의 최신 기함이라도 포탄을 피할 만큼 빠를 수는 없어 간신히 직격만 피했다. 바로 옆에서 터진 것이라 충격파가 선체를 타고 배 내부를 크게 공명시켰다. 웅웅거리는 정도를 넘어 쾅! 하는 충격파가 함교에 그대로 올라올 정도였다.

광검은 이런 식의 경험을 한 적이 없다.

그러나 마교 고수들과 생사를 가르는 쌈박질 경험이 뭔가 초고속으로 치고 올라온다는 느낌은 주게 했고, 빠르게 숨을 들이마시고 충격파를 버티게 했다.

그와 동시에 충격파가 롤리와 광검을 한꺼번에 덮쳤다.

콰창창—

함교의 두꺼운 통유리가 한꺼번에 터져 나가며 롤리가 피를 울컥, 내뿜었다.

끄그그긍—

쇠가 공간을 접으며 흔드는 소리가 그대로 전해졌다.

광검이 즉시 롤리의 손목을 잡고 살폈다.

롤리가 고개를 흔들며 마이크를 잡아 확인했다.

"들려요, 콴쿰?"

지직—

"아, 방금 그거 뭐예요?"

광겸의 목소리가 들려오자 롤리가 한숨을 내쉬었다.

"휴우, 큰 충격인데 다행히 전선은 안 끊어졌네요."

그 와중에도 안도의 한숨을 내쉰 롤리가 지시를 계속 내렸다.

"그대로 포를 더…… 그대로! 조금! 조금 더! 오케이! 됐어요! 그대로 발포!"

그러나 포격 소리는 없었다.

"콴켬? 쏴요! 지금!"

광겸의 순진한 목소리가 들려왔다.

"근데 어떤 게 쏘는 거예요?"

롤리가 그제야 깨닫고 소리를 질렀다.

"콴큠의 왼쪽! 바깥을 내다보는 망원경 같은 통! 거기 달린 손잡이! 거기 누르는 게 있어요! 잡아 쥐면 눌리게 되어 있는 거예요!"

다음 순간, 콰쾅— 하더니 급속으로 달리던 함선의 주포에서 불이 뿜어졌다.

각은 걱정이 없었다. 후진해 틀은 각이 바로 함대의 둥근 반원형 진 안의 다른 함선들과 정면으로 바라보는 중이었기 때문이다.

다른 함선의 무전이 간헐적으로 들려왔다.

치익—

"저게!"

치익—

"어떻게 원주민이 저런 항해술을!"

치익—

하지만 제국의 함선들은 지금 그걸 걱정할 때가 아니었다.

콰쾅—

또 한 척의 배가 함교를 직격당하고 포격을 일시 멈췄다.

"제길! 배를 버려야겠어요! 방금 그 충격에 몸체가 틀어지며 물이 샐 정도의 충격을 받았을 거예요!"

롤리가 함포로 전달하는 마이크에 대고 소리치자 광겸이 신나게 소리치는 말이 들려왔다.

치익—

"한 번만 더 쏘고!"

"안 돼요! 연달아 쏠 수도 없어요! 한 번 쏜 포는 열을 식혀야 한다구요! 포탄을 장전하는 것도 좀 복잡해요! 빨리 나와요!"

* * *

기함 옆구리에 터진 충격이 진행 궤도까지 흔들 정도로 큰 것을 목격한 것은 해변 안쪽에서도 마찬가지였다.

왕자가 소리쳤다.

"롤리 경의 배에서 물이 샐 거야!"

롯데의 안색도 변했다.

하지만 그녀는 이내 침착하게 말했다.

"빠져나올 것이옵니다, 저하."

그러나 왕자는 고개를 흔들며 소리쳤다.

"아니! 그게 아니야! 저 기함은 꼭 필요하다! 저것을 가라 앉혀서는 안 돼!"

"저하, 고정하시옵소서."

그러나 왕자는 고개를 흔들며 말했다.

"롯데, 텔레포트가 어디까지 가능한가?"

"저, 저하, 혹시라도 저 배로 들어가신단 말씀은 마시옵소서."

"들어가야 한다!"

"저, 저하!"

왕자가 소리쳤다.

"나는 물이 새는 것을 막을 수 있어! 롯데! 늦기 전에 빨리!"

왕자의 의지는 강했다. 어쩔 수 없이 롯데는 주문을 외웠다.

순간, 둘의 몸을 감싸며 환한 빛이 일었다. 곧 빛이 사라지고 나자 둘은 이미 거기 없었다.

기함의 함교는 함교대로 난리였다.

"곧 배가 한쪽으로 기울 거요! 빨리 나갈······!"

롤리의 말이 끊긴 것은 함교 한쪽의 공간이 일그러지며 빛이 나는 걸 목격했기 때문이다.

"설마······?"

롤리가 중얼거릴 무렵, 빛이 거세졌다가 축소되었다. 두 사람의 형상을 남기던 빛이 완전히 사라지자 그곳에는 롯데와 왕자가 서 있었다.

왕자가 잠깐 몸을 비틀거렸다.

롤리가 재빨리 부축했다.

"저하!"

광검의 눈이 커졌다.

"아니, 이런 방법이 있으면 진작 쓰지!"

그러자 롯데가 한숨을 크게 들이마시고 고개를 흔들었다.

"이게 한계예요. 위치를 잡는 데 시간이 너무 걸려요. 그 사이에 다 죽고 말죠."

말을 마친 롯데는 휘청하더니 지휘용 해도가 걸린 작전판을 간신히 붙잡았다.

왕자가 외쳤다.

"시간이 없다! 롤리 경, 이 배의 구멍을 막아야 해!"

"예? 하지만 저하, 포격으로 크게 뒤틀린 형체를 무슨 수로……?"

왕자가 답답하다는 듯 외쳤다.

"마나 터미널 릴레이!"

"헉!"

롤리의 눈이 커졌다.

마나 터미널 릴레이, 혹은 마나 인서트.

마나를 다른 사람의 몸에 넣어주는 것이다.

"저, 저하. 다른 사람의 몸에 마나를 불어넣는 일이, 지금 이토록 위급한 상황에 어찌 가능하겠사옵니까? 신에겐 그런 능력이 없사옵니다."

광검이 끼어들었다.

"그게 무슨 일로 필요하다는 겁니까?"

광검의 물음에 롯데가 숨을 몰아쉬며 설명했다.

"후우우, 세자 저하의 물질 재조합 능력을 증폭시키는 거예요."

"그걸로 이 큰 배의 뒤틀림을 잡는다고요?"

왕자가 고개를 끄덕였다.

하지만 롤리의 얼굴은 여전히 어둡기만 했다.

"그것은 정말 불가능하옵니다! 큰 힘이 필요한……."

"잠깐."

광검이 손을 들어 롤리의 말을 잘랐다. 그러고는 말했다.

"될 수 있을 것도 같은데?"

그러더니 광검이 주포에 직결된 마이크에 대고 말했다.

"막내야, 좀 올라와야겠다."

한편, 광수는 다른 배 한 척이 기함으로 다시 주포를 돌리는 것을 보았다.

그는 아주 우연히 항해 장교가 앉은 채 죽어 있는 것을 끌어내 눕혀 주다가 발로 밟는 페달을 발견한 것이다.

광수는 생각했다.

'배를 움직이게 하는 장치?'

정말 보면 볼수록 놀라운 서대륙인들의 문명이었다.

발로 밟는 것 달랑 하나로 이 큰 배가 움직이다니!

광수는 그 자리에 앉아 그대로 페달에 발을 올리고 끝까지 밟았다.

구우우우웅—

급격한 가속 소리가 들리며 배가 요동쳤다.

스팀 터빈을 더 돌려야 했지만, 그것까지는 알 턱이 없는 광수였다. 그러다가 계기판이 뭔가 숫자가 계속 올라가면서 붉은색으로 변하는 것을 본 광수가 옆의 손잡이를 위로 확 밀었다.

그 순간이었다.

콰쾅—

둔중한 소리가 나더니 광수의 몸이 뒤로 확 젖혀졌다.

"웃!"

배의 앞머리가 확 들리며 마치 도약하듯 껑충, 큰 물보라를 만들어 냈다.

하늘이 좌악 당겨지는 것 같았다. 그러다가 뱃머리가 아래를 향하면서 함교도 밑을 보았고, 바다의 파도가 눈에 들어왔다.

쿠웅—

처얼썩—

바닷물이 세게 갈라져 튀면서 유리창이 깨진 함교로 한꺼번에 들이쳤다.

놀랍게도 배는 갑작스럽고 큰 요동을 버텨 냈다.

그러더니 급가속을 해 앞으로 나가기 시작했다.

파촤하—

물결이 뱃머리를 따라서 크게 솟구쳤다.

수면을 들이받았다가 추진력과 부력에 다시 솟구쳤다가를 두어 번 반복하자 갑판 위의 시신들이 모두 밖으로 굴러 떨어졌다.

항해석에 앉은 채로 광수가 소리쳤다.

"그대로 들이받는 거다! 자!"

순간, 무전에서 지직— 하더니 소리가 흘러나왔다.

"우왓! 2번 돌격함! 알칸 함? 항해새! 무슨 미친 짓인가!"

지직—

무전에 대고 광수가 소리쳤다.

"감히 내 동생들한테 포를 쏴!"

단추를 누르지 않았으니 저쪽에 들릴 턱은 없었지만, 광수는 그 상태 그대로 힘주어 버렸다.

그제야 저쪽 배에서 역추진으로 급가속을 하며 주포를 돌려 광수의 배로 각을 맞추는 둥 난리를 쳤다.

그러나 살짝 늦은 뒤였다.

광수가 함교 바깥으로 몸을 날린 찰나.

콰콰쾅—

돌격함은 그대로 제국 함선을 들이받았다. 뱃머리를 아예 관통하듯 구겨 넣었다가 그것도 모자라서 절반이나 빠져나왔다.

그 상태로 돌격함은 계속 전진을 해 댔다.

쿠콰드드득—

누군가 제대로 조종하는 것이 아니라는 것을 바깥에서는 금방 알아차렸다. 그때, 막 함교로 뛰어 올라왔던 광겸이 눈을 동그랗게 떴다.

"저거, 큰형이 탄 배 아냐?"

광검도 놀라 소리쳤다.

"저 노친네가 어떻게 배를 몰았다는 거야?"

롤리가 말을 받으며 소리쳤다.

"그게 중요한 게 아니고! 지금 저 돌격함의 충각을 슬쩍 밑으로 튕겨 주는 장치를 발동시켜야 해요! 그렇지 않으면 걸려서 빠져나오지 못할 거고, 같이 가라앉을 겁니다!"

그러자 왕자가 롯데에게 소리쳤다.

"롯데! 롤리 경을 저 배로 보낼 수 있겠나!"

"저, 저하! 이 배의 물이 새는 것은……"

왕자가 고개를 저었다.

"여기서 새로 동료가 된 이세계의 삼 형제면 충분하다! 그들의 마나 파장은 내 것에 맞출 수 있어! 어서!"

롯데가 이를 악물고 다시 주문을 외웠다.

곧 롤리가 빛에 휩싸였다가 사라지자 롯데는 아예 피를 토하고 쓰러졌다.

광검이 급하게 다가가 손을 쓰려 하자 롯데가 손을 내저었다.

"아니, 전 알아서 할게요. 빨리 배 밑으로 내려가요. 밑 부분에서 제가 지시할게요. 왕자님을 도와주세요."

광검은 그 말을 듣는 즉시 롯데의 정신파 능력을 떠올렸다.

"음, 지금 물이 새는 곳 말인가?"

광겸은 왕자의 팔을 단단히 잡았다. 다른 팔은 광겸이 잡았다. 그런 후 셋은 그대로 뛰었다.

삼층 갑판에 착지한 셋이 문을 열고 안으로 들어갔다.

그러자마자 롯데의 공명이 머리를 울렸다.

[두 층 더 내려가야 해요. 배의 뼈대를 직접 잡을 수 있는 부분이 거기부터예요.]

도로 튀어나온 셋은 다시 일층, 본 갑판에 뛰어내렸다.

동시에 광겸이 쌍칼을 휘둘렀다.

콰쾅—

갑판 중에 나무였던 부분이 부서졌다. 그리로 셋이 뛰어들었다.

롯데의 공명이 다시 날아들었다.

[거기서 벽을 보세요. 벽에 기둥처럼 솟은 부분이 보이죠?]

왕자가 거기에 손을 대고는 고개를 끄덕였다.

"느껴지는군. 여기가 바로 배의 프레임이야."

왕자가 남은 손을 마저 얹으며 눈을 감았다.

그러자 광검과 광겸이 서로 마주 보고 고개를 끄덕이더니 숨을 들이마시며 왕자의 등에 손을 갖다 댔다.

두—웅—

왕자의 기 파장이 느껴졌다. 그것은 신기한 세계라는 것을 둘은 깨달았다.

사부, 윤홍광이 말한 세계였다.

—기는 끊임없이 이야기를 한다. 파장이 그런 것이니라. 세상

모든 것이 파장을 낸다. 하다못해 돌멩이도 마찬가지니라. 그것을 이해하는 순간이 바로 조화지경에 든 것이다.—

광수는 보았지만, 광검과 광겸은 무공의 성격 때문에 아직 보지 못한 세계였다.

돌아가신 사부에 대한 생각이 왕자와 롯데에게도 공유되었다. 괜스레 울컥한 광검이 숨을 들이마시며 기운을 더 끌어올려 왕자의 기파에 맞춰 갔다.

왕자는 큰 힘이 쏟아져 들어오는 것을 느끼며 정신을 집중했다.

왕자의 모친인 이데일라는 좋은 어머니였고, 훌륭한 성군을 돕는 좋은 아내였다. 그리고 성실한 약속 이행자였다.

위대한 존재는 그래서 왕자에게 왕가의 피를 돌려놓았다. 그는 이 힘을 쓸 때마다 어머니를 떠올렸다.

물질은 작은 알갱이로 구성되어 있다.

그리고 그 작은 알갱이를 계속 더 작게 쪼개다 보면 물질이라고 부를 수 없을 만큼 작은, 무량물질보다도 더 유령 같은 입자가 나온다. 그 작은 입자들 중 어떤 것들은 일정한 파장에 맞춰 빛으로 화한 후 사라진다.

결국 물질과 파동의 경계는 없는 것이다.

물질 변환 마법의 원리.

파동으로 모든 것을 변환시킬 수 있는 마법의 원리가 바로 거기서 나온 것이다.

지금도 아예 다른 차원의 이세계 검사가 자신의 등에 마나를 퍼부어 주고 있는 것이 그 증거였다.

—떨림은 존재한다는 증거고, 그 존재가 살아 있다는 증거랍니다. 떨리는 것들을 사랑하세요, 왕자.

어머니가 그의 귀에 속삭여 준 이야기였다.

—그리고 이 어미는…… 우리 왕자의 가슴을 떨리게 할 짝이 나타났으면 좋겠습니다.

순간, 왕자의 숨이 딱 멈췄다.

광검과 광겸, 두 사람의 거대한 힘은 열과 극빙의 기운이었다. 그리고 그 두 개는 정반대인데도 파장에 따라 무리 없이 섞이며 더욱 커졌다.

왕자는 그 파동에 다시 섞여 들어가 배의 뒤틀린 부분을 바꾸었다.

쿠드드드드득—

둔탁한 소음과 함께 배가 뒤틀리기 시작했다.

광검도, 광겸도, 이제 막 돌격함에서 물결을 딛고 기함에 도착한 광수도, 그 황홀한 느낌에 경악을 했다.

'이게 도대체 무슨 현상이지?'

정체를 알 수는 없지만, 선체 전체에서 나는 빛은 우주의 근본에 가까운 어떤…… '떨림'을 이야기하고 있었다. 광수의 눈도 애잔하게 젖어들었다.

'사부님의 파장 이야기가…… 오늘 또……!'

그드드드드득—

배의 뼈대는 계속해서 변화하고 있었다.

배 전체를 둘러싼 이 신기한 현상에 광수는 그 변화의 근원을 찾다가 갑판의 구멍으로 뛰어들어 왕자를 보았다.

그런 후, 광수도 숨을 들이마시며 왕자의 등에 손을 댔다.

이미 두 개의 기운이 꿈틀거리던 중이었다.

왕자가 꽤나 어렵게 조절하던 중에 광수가 끼어들며 같이 융합했다.

퍼어엉—

그 순간, 대폭발이 일었다. 네 명의 몸 안에서 생긴 변화였다.

"……?"

견자단 삼 형제와 왕자는 환상을 보았다.

자신들이 별들이 반짝이는 우주 공간에 서 있는 광경을.

"뭐여? 이거, 각오(覺悟)의 순간에 보인다는 그 환상이야?"

우주 공간 안에서 광겸이 먼저 말을 꺼냈다.

그러자 광겸이 왕자를 쳐다보았다. 왕자는 여전히 눈을 감고 있었다. 그런데 왕자의 몸이 투명했다.

왕자의 몸에서는 지금 물결이 일고 있었다. 그 물결은 밖에서 들어온 것이었다. 사실 아무리 강한 자라 해도 저 물결을 맞으면 감당할 수 없을 것이다. 이 환상을 보기 전이었다면 말이다.

셋은 그걸 퍼뜩 깨달았다. 동시에 광수의 입이 열렸다. 역시 맏이다운 말이 흘러나왔다.

"이걸 사부님이 살아 계셨을 때 봤으면 얼마나 좋아하셨겠냐."

분명 윤홍광은 그랬을 것이다. 윤홍광에게 온통 미안함뿐인 광검은 쓰게 웃으며 덧붙였다.

"이 개놈의 자식들이 드디어 사람 되는구나 하셨겠지."

그러자 광검이 킬킬대며 웃었고, 그 순간 셋은 환상에서 깨어났다.

파장도 끊어졌다. 등이 곧게 펴지며 왕자가 일어섰다.

"돌아가신 어마마마를 뵈었소."

광검의 눈이 반짝거렸다.

각오를 경험한 사람 자체가 중원에서도 드물었다. 더구나 그 순간에 어머니를 봤다는 사람은 이 신기한 왕자 하나뿐일 것이다.

"뭐라고 하시던가요?"

"사랑하면 모든 것이 다 제자리를 찾으리라 하셨소."

무인이나 칼잡이로서는 정말 받아들이기 생소한 말이었다.

사랑으로 다 해결하다니?

사랑이란 말에 개코딱지 같은 소리 하고 자빠졌다며 칼로 푹푹 쑤시던 놈들을 여태 상대하느라 인이 박힌 강호무림의 칼잡이, 견자단 아니던가.

그러나 광수는 조용히 고개를 숙였다.

왕자는 다른 사람이다. 다른 현실을 산다. 칼은 자신들의 현실이지만, 왕자에겐 사랑도 현실이다.

광수는 그것을 인정했다.

아마 방금 겪은 각오의 환상이 아니었다면 삼 형제는 인정하지 못했을 것이다. 견자단도 같이 성장한 것이다.

광수가 말했다.

"역시 우리같이 피 튀기는 싸움꾼은 아니시군요. 부디 백성을 선으로 이끄는 성군이 되십시오. 경하드립니다."

왕자의 얼굴이 붉어졌다.

눈시울이 뜨거워져 눈물을 떨굴 것 같아 왕자는 눈을 깜빡였다.

먼, 아니, 아예 다른 차원의 사람에게 듣는 말이 가슴을 울컥 치고 올라왔다.

아탈라와 숙부 밍박 공작의 횡포에 가려져 희망을 잃은 왕국에 스스로가 희망이 될 수 있을지를 의심하고 있었다. 그리고 여전히 의심할 것이라고 생각했다.

하지만 한 가지 깨달았다.

의심할 수도, 흔들릴 수도 있지만, 전진해야 한다는 것이다. 쉼 없이.

다음 순간, 롯데의 경악하는 공명이 울려왔다.

[저쪽에서 다시 포격합니다!]

쿠쿵—

충격파가 왕자를 덮치기 전, 견자단 셋이 호신강막을 피워 올리며 보호했다. 그런데 충격파가 미미했다.

"이럴 수가?!"

분명히 강대한 함포에 직격으로 얻어맞았는데도 함선은 별 충격을 입지 않은 것이다.

"괴, 굉장한데?"

　함포 사격의 위력을 눈으로 직접 보고 느낀 세 사람이었다. 그런데 그걸 아무렇지도 않게 버티다니!

　왕자도 기뻐했다.

"성공이오! 그대들 덕분이오! 이 기함은 이제 제국군의 집중포화에서도 살아남을 수 있을 거요."

　롯데의 공명이 끊어지며 드디어 함내 스피커로 목소리가 흘러나왔다. 전선들도 제대로 작동하고 있는 것이었다.

　지직—

"롤리 경의 돌격함이 무사히 후진해 빠져나옵니다!"

　왕자가 고개를 바짝 세우며 웃었다.

"자, 나머지 함선들도 다 잡읍시다!"

　광겸의 웃음도 뒤를 따랐다.

"그럼요! 감히 어딜 침략해, 이 개놈의 자식들!"

　곧이어 포격이 시작되었다.

　콰콰쾅—

*　　　*　　　*

　그녀는 멍하니 누워 있었다. 도대체 자신의 이름을 떠올릴 수가 없었다.

　대마법사, 탈란 제국 황실의 금지옥엽, 그리고 공학마법의 천재 오웨느라는 이름은 간신히 생각이 났다.

그런데 하나의 신분, 하나의 기억, 하나의 인생이 더 있었다. 그리고 그 기억이 사실은 더 강렬했다.

'왜?'

그것은 전혀 다른 세상, 다른 차원의 세계에서 살던 여자의 것이었다. 그 여자는……

'이름이…… 기억이 흩어졌어, 산산이.'

없어졌다.

그런데 그 존재를 의식했다. 살았다. 그녀는 그 대목에서 눈썹을 꿈틀거렸다.

'하지만 어떻게?'

그녀는 완벽히 죽었다.

그녀는 생각나지 않는 이름을 굳이 떠올리지 않았다. 주변을 둘러싸고 울고 웃는 사람들을 보며 가늘게 웃었다.

어쨌든 지금 자신이 살아 있다는 것이 중요한 것이다.

"물을 좀……."

그녀가 입을 열었다. 이쪽 세계의 말이 완벽하게 흘러나왔다. 그러자 난리가 났다.

궁의가 와서 진맥을 하고 마나 치료를 먼저 한다느니, 지금 물부터 가져오니 마니 부산스럽게 이리저리 뛰는 사람이 많아진 것이다.

사람들의 분주한 모습을 그녀는 신기한 듯 바라보았다.

이세계의 사람들은 이 여자를 정말 아끼고 사랑했다는 것이 느껴졌다.

그래서 몸서리를 쳤다.

사랑.

그녀와는 정 반대편에 서 있던 말이다.

그녀는 사랑이라는 말을 증오했다. 그걸 새삼 다시 깨달았다.

그 바람에 중원에 살던 그녀와 조금 더 가까워졌다. 순간, 눈앞에 물이 바쳐졌다.

그녀의 목덜미에 조심스럽게 손이 들어왔다.

받치고 일으켜 세운다.

"조심, 조심. 오래 움직이지 않으셔서 근육에 무리가 가면 안 되네."

물을 들이켰다. 몸은 빠르게 회복되고 있었다. 흘러 들어온 물이 시원하게 목을 자극하자 그녀는 생각이 조금씩 많아졌다.

'일단 혼자 있어야 한다.'

그녀가 입을 열었다.

"다들 잠시만……."

그러자 다시 난리가 벌어졌다. 아직 회복 치료가 안 끝났다는 둥, 옥체를 보존하기 위해선 조금만 더 참아 달라는 둥, 명을 거둬 달라는 호소가 마구 쏟아졌다.

순간, 결정적인 사건이 터졌다.

외침이 길게 울렸다.

"황제 폐하께서 드십니다!"

마나 치료를 하던 궁의와 의녀장, 둘을 빼고 모든 사람들이 침대에서 떨어져 허리를 깊이 숙였다.

우선 기사단이 죽 들어와 사람들을 양쪽으로 갈라놓았다. 기사단이 벌려 놓은 사이로 황제가 시종들의 부축을 받으며 들어왔다. 황제의 얼굴은 빛이 났다. 눈에서 나오는 광채 때문이었다. 희망을 주는 빛이었다.

그녀는 그래서 충격을 받았다.

황제의 얼굴은, 그 얼굴 그대로 지배자의 상이었다.

근엄한 표정을 짓는 것이 아니었다. 평범한 일상의 얼굴이었다. 그런데도 위엄이 철철 넘쳐흘렀다.

얼굴 근육의 미세한 꿈틀거림 하나까지도 '지배'에 맞춰 수십 년 훈련한 듯한 얼굴이었다.

그녀는 자신의 위에 존재하는 사람을 인정해야 한다는 것을 알았다.

그러나 표정은 숨겼다.

그녀의 입이 힘겹게 열리며 황제를 맞이했다.

"폐하를 뵈옵나이다……."

순간, 황제의 눈에서 눈물이 주르륵, 흘렀다.

그래서 사람들은 모두 엎드려 땅에 이마를 댔다. 황제의 눈물은 제국의 눈물인 것이다.

황제가 울면서 웃었다.

"드디어 이 아비를 알아보는구나, 사랑하는 내 딸아."

표정은 섬세했다.

그것은 연기가 아니었다. 진짜 감정.

그녀는 입술을 다시 나풀거렸다.

"아바마마의 눈물을 보니 이제 죽어도 여한이 없사옵니다. 망극하옵니다."

황제의 손에 수건이 쥐어졌다. 그가 톡톡, 눈물을 찍어내고 숨을 들이마시며 웃었다.

오랜 무의식에서 일어난 딸을 본 아버지의 웃음이 별다를 것 없이 흘렀다.

"딸아, 다시는 내 앞에서 죽는다는 소리는 하지 말거라. 이 아비가 지난 몇 달간 너무 무력하게 느껴졌으니. 아무것도 하지 못하고 그저 누워 있는 네 모습을 지켜보기만 한 아비의 심정은…… 이제 다시는 너의 그런 모습을 보고 싶지 않다."

그녀가 고개를 조아리며 말했다.

"황은이 망극하옵니다. 아바마마 이전에 제국의 어버이이신 황제 폐하께 불충하지 않도록 제 몸과 마음, 그리고 입도 강건히 하겠나이다."

황제가 고개를 끄덕였다.

"그래. 다시는 쓰러져 눕지 말거라. 건강히 좋은 짝 만나 시집도 가야지. 그래야 이 아비도 즐겁지 않겠느냐."

그녀의 고개가 힘겹게 들려지며 대답으로 웃음을 보여 주려던 순간이었다.

문 앞에서 큰 소리가 일었다.

"멈추시게! 폐하께서 계시네!"

황제를 비롯한 모든 사람들의 눈초리가 그곳을 향해 돌려졌다. 근위기사들이 막아선 곳에 한 기사가 엎드려 절을 하고 있었다.

기사는 두 손으로 투명한 판 하나를 공손히 받치고 있었다. 근위기사가 다가가 그 판을 툭툭, 손으로 건드렸다.

그러자 투명한 판이 빛나더니 그림이 나타났다.

구름 기둥이었다.

수평선 위로 솟구친 구름 기둥을 보는 순간, 그녀는 전율했다.

'알고 있다! 난 저것을 알고 있어!'

남겨 두고 온 것들이 그 구름 기둥 안에 있었다. 그것들이 그녀를 강렬하게 끌어당겼다. 숨이 막힐 정도였다.

그녀는 눈을 빛냈다. 그 눈빛이 말했다.

내 이름은 제갈청청이라고.

그녀는, 제갈청청은 그렇게 눈을 떴다. 거대하고 강력한 제국의 황실 공주로.

숙여진 고개 밑, 그녀의 표정을 의심하는 사람은 아무도 없었다. 그녀의 입가에 지어진 미소가 곧이어 사악하고 고집스런 직선을 그렸다.

제국에도, 구름 기둥 너머 중원에도 험난한 세월을 예고하는 미소였다.

*   *   *

결과론적으로 롯데의 지휘 아래 광겸과 롤리의 포격이 모두 명중했고, 나머지 함선들은 모두 바닷 속에 가라앉았다.

왕자의 손길 아래 바뀐 기함의 장갑 능력이 너무나 압도적이었다. 함포 사격을 직격으로 맞고도 버티는 위력 앞에 제국 함선들의 전술 기동은 소용이 없었다.

돌격함의 자동 포격이 함선들의 선회 구역을 제한했다. 그리고 견제뿐만이 아니라 직접 들이받은 경우가 한 번 더 있었다.

전투는 싱겁게 끝났다.

바다로 뛰어들어 살아남은 제국군 수병들을 개방도들이 건져 내 모조리 묶었다. 굴비 엮듯 묶인 수병들이 기진맥진해서 해변에 쓰러졌다.

아직도 바닷물 위에 떠서 불타는 기름이 넓게, 혹은 드문드문 펼쳐져 있었다.

포격 때문에 흩어졌던 사람들이 하나둘 모이기 시작했다. 그중에는 관군들도 있었다.

개방도들은 그들에게 제국 수병을 그대로 넘겼다.

침략군.

왜구 말고 다른 존재가 처음 해변에 나타났고, 그 피해는 막대했다.

그들의 함포 사격은 충격적이었다. 대항할 방법도 없었다.

그리고 말이 끌지 않는데도 혼자 움직이는 강철 마차의 존재는 가공했다. 그 마차에 대포가 달려 있고, 그 대포의 위력도 끔찍스러웠다.

상륙정을 타고 돌아온 견자단을 일부 개방도들이 환호로 맞이했다.

남쪽의 항구면서도 특이하게 북해라는 이름을 가진 곳의 개방 분타주 오곤달이 손을 마주 잡으며 인상을 굳혔다.

"사람이 너무 많이 죽었소. 이 일을 어찌하면 좋겠소?"

광수가 얼굴을 굳히며 어렵게 말을 꺼냈다.

"다시 못 쳐들어오게 해야지요."

오곤달이 고개를 설레설레 저었다.

"저들의 힘이 너무 압도적이오. 평생을 갈고닦은 무공을 쓸모없게 만드는 저들의 무기가 너무 놀랍소."

누군가 옆에서 유식한 말을 했다.

"적이 강할 땐 산발적인 소규모 기습 작전으로 대처를 해야지요."

"오히려 각개격파를 당할 테지. 저들의 그 강철 상자를 보지 못했나?"

솔직히 강철 마차의 대포도 그렇지만, 사람이 달라붙었을 때 쏴 대는 작은 화포가 더 놀라웠다.

쏴 대는 속도가 너무 놀라웠다.

강철 마차에서 떼어내도 충분한 무기가 되었다. 닭 모가지를 비틀 힘도 없는 자가 엄청난 고수를 상대할 수 있는 무기였다.

"그들이 다시 온다면 절망적이로군."

살아남았다는 표현을 써야 할 정도로 사람들은 급격하게 많이 죽었다.

항구의 잔해는 비참했다. 어시장 건물은 성근 판자때기로 서 있던 것이었다. 폭발이 그 성근 건물 사이로 빠져나가는

데도 그걸 다 물고 날려 버릴 만큼 컸다.

아예 부스러진 생선 조각들.

그리고 기관총에 맞아 쓰러진 시신들.

견자단 삼 형제는 한숨을 삼켰다.

특히 검은 연기를 내뿜으며 불타는 바다는 중원 사람들이 단 한 번도 겪어 보지 못한 풍광이었다.

그리고 그 가운데서도 스스로 회전하는 구름 기둥은 여전히 서 있었다.

사람들은 침묵을 지켰다.

시신을 치우는 일도 힘들다.

한데 서 있는 강철 상자인지 마차인지를 치우는 일은 더 힘들었다. 원체 무거운 탓에 움직일 수가 없던 것이다.

그때, 롤리가 견자단을 데리고 강철 마차로 다가갔다.

안에 들어가서 뚜껑을 열고 시동 방법을 설명해 주었다.

그걸 광검이 개방도에게 다시 통역했다.

"우선 이게 엔진이에요."

엔진이라는 개념 자체를 모르는 사람들이고, 사실 광검도 그게 뭔지를 모르는 판이니 그냥 '뭉뚱그린 상자'로 기억만 하고 넘어갔다.

롤리가 엔진의 가장 윗부분에 솟아오른 손잡이를 잡아 당겼다.

"이걸 이렇게 당겼다가 놓으면요."

롤리가 그 손잡이를 놓자 빠르게 빡, 소리를 내며 손잡이가 도로 딸려 들어갔다.

그러자 엔진 속에서 부우욱— 하는 소리가 들렸다.

"이건 진동판을 때리는 겁니다. 이걸로 얻어맞은 진동판이 그 진동을 엔진 심장에 전달하면, 그 심장은 진동 때문에 열이 납니다. 굉장히 뜨거운 열이요. 그 열로 물을 끓이는 겁니다."

"물을 끓인다고?"

현재 중원에서는 이해가 되지 않는 개념일 수밖에 없었다. 증기기관, 그것도 실린더 피스톤이 아닌 증기 터빈은 더욱 그랬다.

"물이 끓으면 증기가 되지요. 그 증기가 아주 세게 압력이 찰 때까지 모이면, 그걸 뿜어내서 이 바람개비를 돌리는 겁니다."

"모르겠다, 모르겠어……."

설명할수록 사람들의 표정은 어두워져 갔다.

서대륙인들이 가진 무기들과의 지식수준이 너무 큰 차이가 나는 것이다.

그래서 롤리는 움직이는 것만 대충 가르쳤다.

원리는 가르쳐도 이해를 못하니 어쩔 수 없었다.

크르르르릉—

강철 마차, 탱크에 시동이 걸렸다.

그게 뚜껑을 열고 개방도들을 옆에 잔뜩 태운 채로 움직이기 시작했다.

롤리가 이마의 땀을 훔쳤다.

솔직히 롤리도 처음에는 중원 사람들이 야만인 같았다. 하지만 그들의 눈썰미는 정말 놀라웠다.

탱크의 운전 자격증을 따기 위해서는 상당한 연습 기간이 필요했다. 한데 스스로를 중원인이라 일컫는 무인들은 한두 시간 만에 금방 배우는 것이었다.

물론 부딪치지 않게 조심해야 할 것들이 없어서 그렇기는 했지만, 그것만 해도 놀라웠다. 탱크 열 대는 모두 항구를 내려다보는 둔덕 밑으로 갔다.

만약 서대륙인들이 다시 쳐들어온다면 금방 달려올 수 있는 곳이었다.

그 순간, 서대륙인들의 움직임을 이리저리 예상하던 견자단 삼 형제의 얼굴이 각각 다르게 변하는 일이 산 밑에서 일어났다. 일단의 무리들이 치고 올라오는 것이다.

대륙 안쪽에서 나타난 그들의 복장은 그 누구라도 금방 알 수 있는 것이었다.

강북련 무인.

그들과 함께 나타난 것은 허공의 목소리였다.

"야! 네놈들, 이게 대체 무슨 사고를 얼마나 엄청나게 저지른 게냐?"

경악이 가득한 목소리.

광수와 광겸의 얼굴이 반색을 했다.

"종남일기 어르신!"

"어! 오셨어요?"

그러나 광겸은 도저히 반가운 얼굴을 할 수가 없었다.

롯데가 자신의 곁에 붙어 있는데 강북련 무인들과 함께 사뿐사뿐 걸어 올라오고 있는 것은 바로…….

"엄 련주가 작은형을 노려보고 있는데?"

광겸이 킬킬거렸다.

광겸은 '그게 뭐!' 라는 표정을 짓고는 있었지만, 가슴속은 이미 뜨끔한 상태였다.

엄자령의 미소는 여전히 흔들리지 않는 상쾌함을 주었다. 그게 그녀의 상징이나 마찬가지니까.

그러나…… 일부러 손가락이 두 개나 날아간 손을 소매에서 꺼내 흔들며 광겸에게 웃어 주는 표정을 보라. 그 안의 눈동자가 둥글게 휜 채로 묻고 있었다.

소리를 내지 않아도 들리는 말이었다.

'저 여자 뭐죠?' 라고.

거의 떡처럼 찰싹 달라붙은 롯데를 옆구리에 느끼고서야 광겸은 생각했다.

'내가 뭘…… 잘못한 건가?'

광겸이 웃으며 속삭였다.

"작은형, 이제 봄날 다— 갔다. 엄 련주 말이야, 형이 준 그 칼 아직도 가지고 있거든? 크크크큭, 엄 련주가 그거……."

끝말을 흐리던 동생의 말에 광겸은 약간 불안함을 느꼈다. 아니나 다를까.

"여인에게 칼은 '수절' 의 의미잖아? 엉겁결에 받긴 했어도 엄 소저가 그걸 받아들였는데…… 게다가 안 버렸잖아. 그리고 몇 달을 소식 없던 형은 딴 곳에서 딴 여자를 꿰차고 있잖아. 크크큭."

그 나직한 소리를 곁에 바짝 있던 관계로 다 들어야 했던 롯데는 순간 열이 확 뻗쳤다.

그러고는…….

철썩!

광검의 턱이 홱 돌아갈 만큼 강력한 일격이었다.

하얀 피부, 훤칠한 이국의 미녀가 광검을 때리는 모습에 광겸은 대놓고 웃었고, 광수는 한숨을 쉬었으며, 엄자령은 그 자리에서 팔짱을 끼고 손가락으로 자신의 팔을 토도독, 쳤다.

말은 없었다.

그러나 그것이 광검에게는 더 큰 압박이 되었다.

'아…… 그 칼…….'

고치가 될 때, 제정신을 지니지 못한 괴물로 깨어난다면 가차 없이 죽여 달라며 맡긴 그 칼.

엄자령은 그걸 그런 의미로 받아들였다는 것이다.

뭐라 할 말이 없었다.

사실 자신도 엄자령에게 끌리긴 했으니까!

하지만 그게 그런 관계로, 둘이 서로에게 뭔 관계가 될 거라고 기대하고 준 것도 아니잖은가!

'하지만 엄자령에게 칼을 준 건…… 어, 좀…….'

그래 놓고 롯데와 정사를 가진 것이다. 광검의 명백한 실수였다.

이 남쪽 항구에서 광검은 그렇게 곤란한 상태로 엄자령을 다시 만났다. 엄자령의 아무것도 '묻지도, 따지지도 않는' 눈길이 굉장히 큰 어둠을 예고한다는 것을 느끼면서.

왜냐하면 엄자령은 광검이 건넨 칼을 장식처럼 허리에 차고 있었고, 그걸 버릴 생각도 전혀 없어 보였기 때문이다.

'아, 저걸 왜 줘 가지고…….'

사실은 저 여자를 두고 왜 롯데를 안았느냐를 탓해야 정상적인 후회이자 반성이고 참회일 테지만, 급하게 궁지에 몰리다 보니 광검은 그 반성을 할 여유를 놓쳤다.

그만큼, 극한의 빙공을 구사하는 냉정한 광검이 쩔쩔맬 만큼 엄자령의 평온한 압박은 무시무시했다.

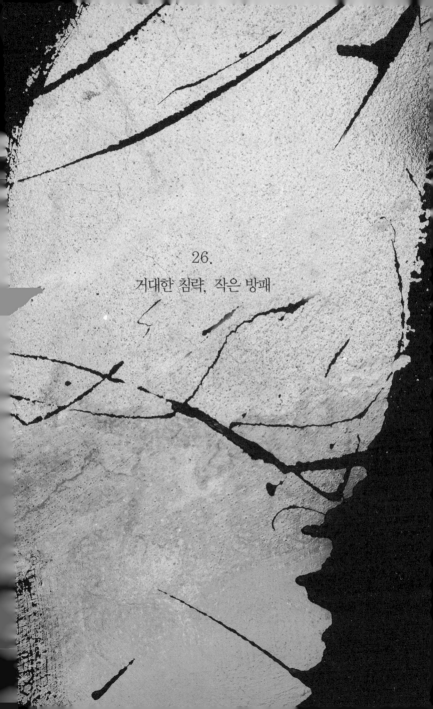

26.

거대한 침략, 작은 방패

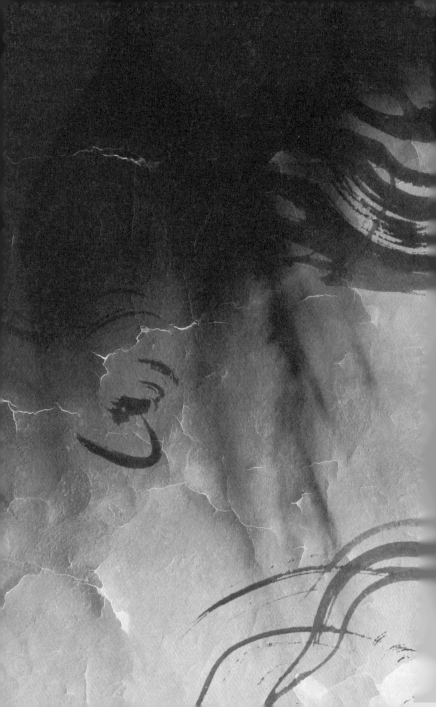

"황실도, 태수도 만나서는 안 됩니다."

엄자령은 단칼에 자르듯 말했다.

"당장 배로 돌아가세요."

손가락은 구름 기둥 근처, 수평선 위의 함선을 가리키고 있었다.

통역을 들은 왕자도 그 의견에 동의했다.

"저 레이디의 말이 옳아. 중원이라는 이곳, 여기도 큰 제국이다. 황제가 있어. 그만큼 큰 권력을 가진 사람들은 어차피 우리와 생각이 비슷하다. 우리는 이들의 권력 기반을 뒤엎을 위협에 지나지 않아. 우린 이 땅의 권력자들에게 노출이 되어선 안 돼. 이들의 권력자가 우릴 잡는 순간, 우린 고문당하다가 죽을 것이다."

롯데가 광검을 외면하며 고개를 숙였다.

"알겠사옵니다, 저하."

종남일기의 얼굴도 어두웠다.

"이들의 발달이 어찌 이토록 물질로만 치우칠 수 있단 말이냐? 이것은 정말 있을 수 없는 일이다."

화려하진 않아도 사람들이 엄청 북적이던 큰 항구가 아예 사라진 풍경.

부서진 건물의 파편만큼 무수히 죽어 나간 시신의 광경에 녹진자도 무심할 수는 없었는지 도호를 외웠다.

"오랜만에 태상천존을 찾고 싶구나. 사람 죽이는 일이…… 무슨 개미 떼를 발로 죽 비벼 긋듯 아무 생각 없이 떼로 죽이는 짓이 '사람의 마음'으로 정말 가능할 줄이야…… 무량수불."

왕자는 그 말에 다시 고개를 숙였다.

"제국은 돈으로 돌아가는 세상이오. 돈이 효율을 따지게 하고, 효율은 사람 목숨보다 더 중요한 상식으로 변했소. 우리 왕국도 제국의 지배를 받고 있으니 거기서 자유로울 수는 없소. 부끄럽지만, 우리 왕국의 반역자 때문에 제국군이 이곳에 함포 사격을 가한 것 같소."

종남일기가 그 말을 듣자마자 견자단 삼 형제를 다그쳤다.

"그놈 꼭 잡아 족쳐라!"

그러자 녹진자가 심드렁하게 덧붙였다.

"그놈뿐만이 아니잖소, 선배. 이놈들 둘째 어미."

그 말에 견자단의 얼굴이 확 변했다.

"무슨 말씀이십니까?"

그러자 광검에게 내내 차가운 얼굴을 보이던 엄자령도 얼굴빛이 확 변해 그 둘을 쳐다보았다.

종남일기의 입이 어렵게 열렸다.

"꿈에 제갈청청을 보았다."

"개꿈 아녜요?"

광검이 넉살 좋게 물었지만, 종남일기와 녹진자의 분위기는 이미 기 파장이 모든 것을 말해 줄 만큼 진지했다.

종남일기가 고개를 저었다.

"이놈이 내공이 많아 하늘을 좀 보잖아. 안 보이던 기운이 모이면서 자식의 별을 덮치는 환상을 하늘에서 봤어. 그리고 그 순간에 나도 그 꿈을 꾼 거다."

"······."

순간, 견자단의 말문이 막혔다.

배 안에서 각오를 겪지 않았다면 천기를 살짝 엿본다는 황당한 얘기를 전혀 믿지 못했을 것이다.

하지만 이어지는 종남일기의 말이 도장을 꽉 찍었다.

"그래서 그 길로 소림사 그 양반을 찾아갔잖느냐."

소림사 그 양반.

종남일기 같은 위인이 이런 식으로 얘기하는 사람은 단 하나다.

천하 대활불.

얼마나 충격적인 심정이었으면 은둔한 생불을 다시 찾아갔겠는가.

녹진자도 고개를 끄덕이며 픽 웃었다.

"야, 말도 마라. 그 꽉 막힌 양반이 웬일로 동굴 밖에까지 나와서 우릴 기다리고 있지 뭐냐."

위험한 짐작이 맞아떨어지는 순간이었다.

광수의 질문은 그래서 더욱 조심스러웠다.

"뭐라시든가요?"

"그 양반도 보셨다. 흩어진 제갈청청의 기운이 구름 기둥 너머로 다시 모이는 것을."

곁에서 듣던 엄자령의 입까지 딱 벌어질 정도의 충격이었다. 그녀의 손이 입을 막았고, 자동적으로 눈초리는 광검을 향했다.

그녀는 보았다.

광검의 손아귀가 꽉 쥐어지며 부들부들 떨리고 있었다.

"……!"

그 순간만큼은 그 누구도 말을 꺼낼 수가 없었다.

구름 기둥 너머로 반드시 들어가야 할 이유가 생긴 것이다. 광검의 콧잔등이 부들부들, 찡그려졌다가 펴졌다.

손의 떨림도 같이 멈췄다.

하지만 농담을 던지면서도 눈은 여전히 떨리고 있었다.

"어머니라는 이름이 학을 뗄 만큼 무시무시하게 들리다니. 젠장."

"괜찮은 척하지 마라."

광수가 어깨를 툭, 쳤다.

광검이 고개를 갸웃거렸다.

"대체…… 원영신의 경지는 원래 그런 건가요? 기가 흩어지면 끝나는 거 아녜요?"

"글쎄, 원영신이 과연 우리가 상식적으로 알고 있는 경지이기나 하겠느냐?"

다른 가능성이 있을 수도 있다는 종남일기에 이어 녹진자도 고개를 흔들었다.

"그러한 경지에 오른 사람은 아무도 없다. 기록도 없고. 그러니 일단 추론뿐이지. 그걸 원영신이라 부르는 것이 맞는지 틀리는지조차 아무도 모른다."

죽었다 살아나는 것이 과연 가능한 것인가.

"대체 어떻게 살아났다는 겁니까?"

광겸이 다시 한 번 묻자 녹진자가 고개를 흔들었다.

"그건 아무도 모르지. 사람으로 다시 태어났을지, 아니면 귀신이 되었을지. 거기서도 원영신일지. 그걸 누가 어떻게 알겠느냐?"

모든 가능성을 다 의심해야 한다는 말이었다.

"어렵군요. 제길!"

"네 어미가 원래 좀 까탈스럽긴 했잖아. 어련하겠느냐?"

종남일기도, 녹진자도 천하의 흐름을 보여 주는 하늘을 조금씩은 보았다. 한데 그들이 느끼고 소림에서 확답이 왔다면 그것은 정말 보통 일이 아니었다.

견자단 삼 형제의 입에서 한숨이 흘러나왔다.

"설마 처음부터 다시 시작이라는 건 아니겠지?"

광겸의 말에 광겸은 말없이 구름 기둥만 쳐다보았다. 구름 기둥은 여전히 회전하고 있었다.

"저 너머…… 증기와 철의 제국이 지배하는 세상으로 들어가야 한단 말이지……."

불길한 바람이 선창에서 멀리 떨어진 이곳까지 피비린내를 몰고 지나갔다.

삼 형제는 굳었고, 반대로 구름 기둥은 계속 꿈틀거리며 더 유연하게 움직이고 있었다. 마치 살아 있기라도 한 것처럼.

*　　　*　　　*

아틸라는 알카루스를 불러냈다.

지금 그는 제국 황도로 향하는 길이었다. 수하들을 한 왕국으로 향하게 해놓고, 일단 오웨느를 깨워 종복으로 삼을 작정이었다.

황제의 단 하나뿐인 딸에 대한 접근은 사실상 불가능했다.

그래서 그는 알카루스의 날개를 빌렸다.

알카루스는 기분 좋은 미소를 띠며 힘차게 날았다.

검은 허공, 공기를 찢어발기듯 날던 알카루스가 어느새 속도를 죽였다.

황도였다. 황궁은 크기부터 압도적이었다. 물론 그것은 사람의 관점에서였다.

알카루스는 그 비효율을 비웃었다.

"미개한 것들. 크크크크크, 이따위 비효율을…… 크크크크, 권위 따위나 찾아 매달리다니!”

지옥은 효율적이다.

가장 효율적인 것은 공포였다.

하지만 권위는 비효율이다. 알카루스는 그 비웃음의 대상인 황궁 가장 깊숙한 곳의 지붕에 내려서서 다시 아틸라에게 의식을 내주었다.

아틸라는 내면으로 들어가 웅크리는 알카루스에게 단단히 결박을 걸었다.

‘이제 진짜배기들이 있는 곳이지. 후후.’

날개는 아직 접을 때가 아니었다.

그는 황실의 여인들 중 공주가 기거하는 미넬라인 팔레스의 위치를 안다.

미넬라인 팔레스에는 알카루스의 신분을 곧바로 알아차리는 마법진이 있었다. 어찌할 수는 없을 테지만, 그래도 알카루스의 침입에 이어 황녀가 깨어나면 누구나 그 연관성을 생각할 것이다.

오웨느 황녀의 몸을 악마가 지배하고 있다는 주목을 받으면 골치가 아파질 것이다. 그럼에도 아틸라는 조용히 웃었다.

잘생긴 금발 중년의 싱그러운 웃음, 여인네의 방심을 유도해 흔들기 딱 좋은 미소가 사악하게 뒤틀렸다가 감정 없는 직선으로 변했다.

다음 순간, 아틸라의 어깨에 붙은 날개가 활짝 펼쳐졌다. 아틸라가 훌쩍 날아 황궁의 중앙 팔레스의 뒤쪽, 제법 뾰족한 첨탑을 가진 미넬라인 팔레스의 한 창문으로 날아들었다.

극도로 얇은 날개가 창문 틈으로 스며들었다.

마법을 부려 창문을 열면 건물 전체에 걸린 방어용 경고가 켜진다.

하지만 날개는 얇았다. 마법 없이 물리적인 힘이 걸쇠에 가해지며 딸칵, 풀렸다.

이렇게 되면 안에 있는 사람이 창문을 연 것으로 인식된다. 아틸라는 날개를 당겨 창을 열고 스륵, 들어가 도로 닫았다.

경고등이 정상적이라는 듯 희미한 빛을 다시 내기 시작했다.

아틸라가 검은 날개로 자신의 몸을 감싸며 천장에 납작 붙었다.

그러자 날개 위로 위장색이 떠올라 천장의 문양과 맞춰졌다. 날개가 움직이자 그 속도에 맞춰 같이 변하는 위장색은 그 누구도 알아채지 못할 정도였다.

혹 아틸라보다 강한 능력자가 있다면 모르겠지만, 제국의 물질문명은 그만한 수련자를 배출해 내지 못했다.

아틸라는 잠시 기다렸다. 여인의 발소리가 가까워졌기 때문이다. 시녀가 황녀의 방문을 열었다.

그녀가 나오는 찰나, 아틸라는 재빨리 그 안으로 들어갔다. 그 누구도 제국 황녀의 방에 사내가 침입한 것을 알지 못했다. 아틸라는 그렇게 자신하며 방에 내려섰다.

바로 그때였다.

"너였군."

차가운, 그리고 재미있다는 듯 한 여인의 목소리.

아틸라가 안색이 확 변해 몸을 돌렸다.

그의 맞은편, 제국의 소중한 꽃 황녀가 잠들어 있어야 할 침대 위로 상반신을 일으켜 세운 여인이 있었다.

그래서 아틸라는 경악했다.

"너…… 네가 어떻게?"

잠이 들어 있어야 할 황녀가 어떻게 깨어난 것일까?

'잘못되었다!'

파앙—

아틸라는 재빠르게 날개를 펼치고 방문부터 차단했다. 그 대로 공주의 침대를 감싼 것이다.

거대한 뱀 두 마리가 똬리를 틀듯 가려졌다. 침대의 현 상황이 보이지 않게 되었다.

날개의 바깥으로 보이는 위장색은 평온히 잠들어 있는 오 웨느 황녀의 모습이었다.

"무슨 짓이지?"

오웨느 황녀가 차갑게 물었다.

그러자 아틸라가 웃었다.

"사내가 여인의 침대에 올라가면 그게 무슨 짓이냐고 물을 만한 게 아니지요, 오웨느 황녀 마마."

아틸라의 날개는 거대했다. 감싼 채로 그는 오웨느의 앞으 로 다가섰다.

오웨느는 눈을 반짝였다.

그 눈에서 아틸라의 욕망이 보였다.

아틸라는 오웨느의 눈에 반사된 자신의 눈동자가 보여 준 욕망을 아주 천천히 풀어냈다. 그의 날개 일부가 안으로 늘어났다.

손톱이 아닌, 칼의 형상을 지닌 뱀 같았다. 그것이 가슴 앞섶의 단추를 절단해 내자 오웨느가 말했다.

"후회할 텐데?"

그러나 아틸라는 웃었다.

"후회라…… 하하, 오히려 영광이지요, 황녀님의 첫 남자가 될 수 있으니 말입니다."

아틸라의 날개에서 뻗어 나온 칼날 손톱이 그녀의 어깨 부위 걸쇠를 툭 잘랐다. 둥근 어깨가 드러나자 아틸라의 웃음이 더욱 짙어졌다. 쇠를 푸딩처럼 자르는 알카루스의 날개다. 여인들이라면 그런 칼이 몸을 쓰다듬는 것만으로도 공포스러울 것이다.

그런데 오웨느의 눈이 오히려 더 반짝였다.

그 빛이 두려움이 아니라는 것을 발견한 아틸라는 어이가 없었다. 그러나 그녀가 뭘 어떻게 할 여지는 없었다. 그녀의 마나 파장은 아무것도 없었다. 젊은 나이와 여자라는 정체성에 어울리지 않게 꽤 큰 마나 통을 가지긴 했지만, 비어 있었다.

당연했다.

그녀는 몇 개월간이나 정신을 잃고 누워 지낸 것이다.

아틸라는 점점 그녀에게 얼굴을 가까이 다가들었다.

"당신을 가질 때가 왔군요, 황녀시여."

그 순간, 오웨느 황녀의 눈에서 기이한 빛이 떠올랐다.

그걸 무시하고 아틸라가 그대로 그녀를 덮쳤다.

원래 오웨느의 정신은 아틸라의 주문대로 깨어나게 되어 있었다. 그러나 그녀의 정신은 이제 영원히 깨어나지 못하게 되었다.

제갈청청이 그녀의 몸에서 눈을 뜬 것이다.

그녀는 이 현상을 빠르게 이용하려 했다.

힘이 먼저였고, 그 힘을 빠르게 찾는 방법을 생각하던 중이었다. 그러나 이 오웨느라는 여자의 몸은 마나를 정신으로 다루는 수련만 했을 뿐, 몸을 건강히 다루는 정도 이상의 육체 수련을 하지 않았다.

얼빠진 수련이었다.

반쪽짜리 강함을 들고 희희낙락하며 세월을 낭비한 여자였다.

손발을 투닥이는 수련을 처음부터 다시 해야 한다는 생각에 제갈청청은 머리가 지끈거렸다.

아무리 독한 자신이라도 그 지독한 수련을 다시 처음부터 하는 것은 한숨이 나오는 일이었다. 그것으로 골머리를 앓던 차였다.

제갈청청은 마침 나타난 아틸라가 이 여자의 육신을 탐하는 것을 보면서 문득 좋은 방법이 떠올랐다.

그리고 그 남자의 날개가 가진 손톱이 그녀의 어깨를 드러나게 하는 순간, 모종의 방법을 썼다.

만령충을 연구하기 전에 마교에서 전통적으로 행하던 흡정마공이었다.

특히 힘이 약한 여인이 강한 사내의 원기를 빨아먹을 때 행하는…… 중원의 한자로 옥(玉) 자를 넣어 남녀지간의 성교합을 좋게 포장한 수법, 그리고 정파에선 마녀의 농락이라고 부르는 그 수법을.

많고도 많았다. 어떤 걸 고를까 하다가 제갈청청은 미소를 떠올렸다.

아직은 아틸라를 좀 더 써먹어야 했다. 위험한 것을 안에 숨긴 사내였다. 그녀는 지옥의 것들이 풍기는 냄새를 맡았다. 아틸라의 깊은 곳에 꽁꽁 봉인된 지옥의 존재가 그녀의 냄새를 맡고 꿈틀거렸다.

하지만 제갈청청은 웃었다.

'힘을 되찾는다!'

더러운 교미라도 잠시만 참으면 되는 것이다.

제갈청청은 아틸라가 돌진하는 것을 반기듯 팔을 벌렸다. 옥으로 착각하게 만든다는 웃음, 주옥소(珠玉笑)를 짓는 그녀의 육체는 현재 스물다섯이었다.

한창때의 아름다운 곡선을 방해하는 근육도 없었다.

가냘픈, 찌릿한 곡선이 아틸라를 불렀다.

아틸라가 쉽사리 그녀의 몸 안으로 진입해 들어가 욕망을 풀기 시작했다.

아니, 욕망만 풀어내면 안 된다. 아틸라는 그녀의 정신을 제압하기 위해 마나 파동을 맞추기 시작했다.

그때, 그의 뒷덜미에서 머리카락 하나가 뽑혀져 나가는 감각이 느껴졌다. 그러나 그는 신경 쓰지 않았다.

오웨느의 고개가 완전히 뒤로 젖혀진 상태인 것을 보았기 때문에 별일 아니라 넘긴 것이다. 하지만 악녀의 덫은 그것이 시작이었다.

그는 마법은 잘 알아도 중원의 기를 다루는 기술은 잘 몰랐다. 기파를 가장 가느다랗게, 인간이 만들 수 있는 그 어떤 바늘보다 더 가늘게 뽑아 침처럼 찌를 수법도 있다는 것을 알지 못했다.

오웨느 황녀의 몸 상태 자체는 정말 마나가 텅 빈 상태인 것이 맞았다. 게다가 기사들을 따라 전장에 나서는 마법사들처럼 육체 수련을 하는 상태도 아니었다.

그녀의 육체 상태 자체만 놓고 따지자면 아틸라의 판단은 틀리지 않았다.

그러나 정신은 중원에서 원영신까지 이룬 전무후무한 무공의 고수 제갈청청의 것이었다.

제갈청청은 아틸라가 오웨느를 지배하기 위해 조금씩 흘리는 마나 파장을 이용해 손가락으로 가느다란 기 파장을 뿜어 아틸라의 혈도를 찍었다.

뒷목의 골수를 타고 들어가 사내의 이성 체계를 지배하는 수법, 옥접지(玉接指)의 공능이었다.

마침내 제갈청청의 두 팔이 아틸라의 목을 휘감을 무렵, 그녀의 열 손가락이 모두 아틸라의 뒷목 척수에 꽂혔다. 아틸라는 정신을 놓고 그녀에게 함몰되었다.

"하아아아……."

그녀의 숨결이 귓불에 닿는 순간, 아틸라는 몸을 부르르 떨었다.

아틸라라는 이름을 직접 언급할 필요조차 없었다.

아틸라는 제갈청청이 가장 치욕스러워하고 저주하는 행위를 안 해도 되게끔 그냥 마구 힘을 뿌렸다.

누군가를 사랑한다는 말을 그녀는 끔찍하게 싫어했다.

그녀는 그래서 아틸라가 조금은 귀여워졌다.

정신을 거의 놓은 채 아틸라는 계속 힘을 퍼부어 제갈청청을 강하게 만들어 주었고, 아틸라의 힘이 소모되어 떨어지자 뭔가 이상함을 느낀 알카루스가 눈을 떴다.

제갈청청이 기다리던 순간이기도 했다.

이제 알카루스와 싸워야 하는 것이다. 아직은 허약한 육체를 가지고. 그러나 그녀는 눈을 빛냈다.

'나는 제갈청청, 이 우주 모든 것을 지배할 여자다!'

*　　　*　　　*

한편, 구름 기둥 너머 중원.

"그래서요?"

따지는 말에 광검은 고개조차 들지 못했다.

"아, 그게……."

잠깐의 침묵이 길어지고, 각자 하던 일들에 전념하자 엄자령은 광검에게 말했다.

밥 먹기 전에 잠깐 얘기 좀 하자고.

광겸의 웃음소리가 터져 나오고, 광수의 헛기침 소리가 뒤를 따랐다. 광검의 얼굴이 사색이 된 것은 물론이었다.

그래서 끌려 들어간 천막 안. 엄자령은 갑자기 냉기를 풀풀 날리는 목소리로 돌변했다.

"나는 뭐죠?"

"어, 저기…… 엄 련주."

엄자령은 한숨을 가늘게 내쉬더니 광검의 칼을 만지작거렸다.

그 칼을 가리키며 말했다.

"이건 날 마음에 품었다는 의미 아닌가요? 그렇게 자기 목숨을 끊어 달라고 부탁까지 해놓고 몇 달 동안 찾아오기는커녕 편지 한통 없이 그냥 아랫사람들에게서 올라온 보고서에…… 게다가 내용은…… 다른 여자랑 잤다구요?"

광검은 움찔했다.

엄자령은 손을 치켜들었다.

"이거 보이시죠? 이 바닥에선 굉장히 유명한 손."

유명할 수밖에 없었다.

손가락 두 개가 없는 손이니까.

아니, 손가락뿐만이 아니었다. 그녀는 사업적으로도 정략결혼조차 올리지 못할 몸이었다.

그런데 광검, 천하를 이제 막 떨어 올리는 신성 견자단의 둘째에게 칼을 받았다. 목숨을 끊어 달라는 부탁도 받았다.

"할아버님께서 얼마나 기뻐하셨는 줄 아세요?"

물론 알 턱이 없었다. 광검은 강북련 사람이 아니니까. 하지만 엄자령의 할아버지가 누구인지는 알았다.

엄희태. 중원 최고의 갑부.

엄자령이 배신감을 느낀다면, 엄희태 역시 배신감을 느끼고 있다는 소리였다.

"아, 그, 뭐, 그게……."

엄자령은 광검의 말을 잘랐다. 광검은 말을 멈춰야 했다. 엄자령의 잔소리는 그냥 한숨이었으니까.

"그래요, 억지를 써서 저만 일방적으로 달려들어 봐야 당신 마음이 갑자기 변하진 않겠죠."

그녀의 얼굴에 그늘이 지는 것을 보는 순간, 광검은 어지럼증을 느꼈다.

'어, 이건 아닌데, 어……'

그녀가 참 매력적인 것은 사실이었다.

그리고 돈의 힘으로는 안 될 것이 없던 그녀가 자존심을 누르고 그냥 한숨을 내쉬고 마는 것이 광검에게는 또 다른 자극이었다.

"하지만 이 칼, 그냥 내가 가지고 있을게요."

광검은 입을 쩍 벌렸다. 칼을 그냥 가지고 있겠다는 것은 광검을 놓지 않겠다는 의미로도 들리는 말이었다. 그런 자존심을 상하게 하는 말을 강북련주가 스스럼없이 내뱉다니.

'대체 뭔 생각인 거야?'

엄자령은 표정을 보여 주지 않으며 돌아섰다.

"혹시 모르니까."

벌어졌던 광검의 입이 좌우로 더 길게 늘어나며 어정쩡한 크기로 머물렀다.

"뭐, 뭐, 엄 련주, 혹시라니? 그런 말은 좀……."

엄자령은 천막을 나가며 말했다.

"왜요? 냉정한 사람은 당신 아니었던가요? 왜 말을 더듬으시나요?"

그리고 천막이 열리면서 잠깐 보인 바깥, 거기에서는 롯데가 커진 눈으로 귀를 기울이고 있었다.

광검은 더욱 당황했다.

"어?"

기막이 펼쳐져 있는 줄은 알았어도 그게 이렇게 바짝 있는 줄 모른 것은 롯데의 실력도 그렇지만 엄자령의 태도에 너무 당황했기 때문이다.

얼굴이 화끈거릴 정도로 마음이 흐트러질 줄을 미처 모르고 따라간 것이 화근이었다.

그 결과는 광검의 뺨에 불이 확 일어나는 것이었다.

철썩!

롯데는 소리쳤다.

"총각이라더니! 이 거짓말쟁이!"

그러자 움찔한 것은 엄자령이었다. 그녀가 기가 막힌다는 듯 쏘아붙였다.

"마교 원로원을 곧잘 상대하시던 분이 그렇게 느린 손에도 그냥 맞아 주나요?"

엄자령은 그러면서도 광검의 칼을 놓지 않았다.

두 여인의 눈이 마주쳤다.

불꽃이 튀거나 하지는 않았지만, 얼굴 표정은 둘 다 대놓고 서늘했다.

롯데는 아무리 왕자의 안전을 위해서였다고 해도 광검이 이런 바람둥이였을 줄은 몰라 기분이 상한 것이고, 엄자령은…… 그녀는 그냥 서늘했다.

광검은 광검대로 생각했다.

'각오를 경험했다고 해서 무슨 경우에도 마음이 다 착 가라앉고 그럴 줄 알았으니…….'

각오를 경험했어도 다시 거기가 출발점이라는 것을 깜빡했다. 그래서 쳐다보던 광수가 고개를 흔들었다.

"이제 각오를 한 번 경험한 놈이 무슨 이 시대의 전설 급 고수나 된 줄 알고 오만에 빠져…… 롯데 소저, 저놈 뺨 아주 잘 쳤습니다."

그러나 그 말에 엄자령은 입술을 꼬옥 깨물었다.

광검이 맞았다는 사실이 기분 좋을 리 없었다.

눈앞의 여자랑 같이 자기까지 했다지만, 사실 어려서부터 실험체로 살아온 광검이 가까이 있는 여자의 유혹을 버텨 낼 연륜이 된다고 기대하는 것이 더 어려웠다.

그래서 이해는 하지만…….

'으으으윽!'

기분이 더러운 것을 어디다 하소연하지도 못하고 그냥 돌아서서 가는 엄자령이었다.

두 여자의 칼날에서 겨우 놓아진 광검이 제 목을 쓰다

듣었다.

"휴우……."

그의 한숨 소리가 천둥처럼 흘러나왔다.

*   *   *

"으으으으윽!"

아틸라는 눈을 부릅떴다.

제갈청청의 흰 손이 그의 등을 꽉 끌어안고 놓아주지 않았다. 절정을 타고 그의 정액이 뿌려졌다.

제갈청청의 허리가 뒤틀어지며 교합을 빼낸 상태 직후였다.

그러나 그건 단순한 일이 아니었다.

약해진 아틸라의 결계에서 알카루스를 끌어낸 것이다.

제갈청청이 입가에 미소를 뿌렸다.

아틸라의 입술을 비집고 길고 비죽한 송곳니가 올라왔다.

눈알이 커지고 눈꼬리가 둥글게 휘며 올라갔다.

눈꼬리에서 불똥이 뚝뚝 떨어졌다. 그 큰 눈알에서도 불을 뿜었다. 코에서 내뱉는 숨은 유황 연기였다.

제갈청청의 얼굴 앞에 바짝 들이대며 알카루스가 웃었다.

"크크크크크, 네년이 죽고 싶어 안달을 하는 게냐? 감히 날 끌어내다니!"

정말이었다. 제갈청청은 숨쉬기조차 힘든 마기를 느꼈다.

마교도로서 불의 길 반대편에 놓인, 아니면 그 안에 다른 것인 척 숨은 마(魔)를 수십 평생 느끼고 마시고 갈취하기도 하며 살아왔지만 정녕코 지옥에 사는 마귀의 존재는 그녀로서도 처음이었다.

그러나 제갈청청은 아틸라의 하초를 잡고 다시 자신의 깊은 곳으로 넣었다.

아틸라가 눈을 까뒤집으며 또다시 율동을 탔다.

점점 그의 뺨이 홀쭉해져 갔다.

그에 알카루스의 마기가 폭발했다.

꽈꽈꽝—!

제갈청청의 머릿속이 순간적으로 하얗게 비워질 만큼 큰 충격이었다.

"아아아—!"

그녀의 입에서 신음성이 터져 나온 순간, 아틸라는 더욱 가쁜 절정의 움직임을 탔다. 그의 몸은 급속도로 제갈청청에게 정혈을 퍼붓고 있었다.

알카루스의 얼굴이 일그러졌다.

이 계집년은 감히 자신의 몸을, 그것도 사내의 소중한 양물을 제 손으로 끌어당겨 그 육신의 정혈을 모두 뽑아 가고 있었다.

알카루스의 얼굴을 마주 보면서도!

"감히 네년이! 내가 차지한 육신인 줄 알고도 이런 모욕을 내게!"

알카루스가 다시 마기를 폭발시킬 때였다.

제갈청청이 웃었다.

사악—

알카루스는 분노했다. 아틸라의 육신에 묶여 있지만 않았다면 당장 빠져나갈 텐데. 아니, 사실 아틸라가 그를 제한하지 않았다 해도 이럴 수밖에 없었다.

황궁의 마봉인 때문이었다. 전체도 아니고, 황녀궁인 미넬라인 팔레스만 마봉인이 있었다.

황제의 변덕으로 건물의 아주 오래된 장식을 없애던 중에 전통을 다 멸하지 말라는 황녀 오웨느의 간청으로 살아남은 물건.

그 물건이 뭔지도 모르고 보존한 탓에 그걸 제갈청청이 이용하는 것이었다.

알카루스는 울부짖었다.

"크아아아악! 네년이 감히 내 육신을! 감히 내 육신을 건드려!"

알카루스의 마기가 다시 제갈청청의 머릿속을 강타할 때였다.

그것은 오웨느의 육신, 뇌를 곤죽으로 만들 수도 있었다. 그리고 그게 성공하는 찰나였다.

오웨느의 육신이 거대한 충격을 받고 펄떡 튕겼다. 그 위에서 헐떡거리던 아틸라도 같이 튕겨질 만큼 큰 충격이었다.

그러나 그 충격이 다 먹히지 못한 것이 알카루스로서는 오히려 역습을 당하는 계기가 되었다.

충격을 받아 늘어진 오웨느의 입안에서 피가 토해져 아틸라의 얼굴에 묻었다. 그리고 그 피 속에는 알카루스로서도 생각지 못한 존재가 들어 있었다.

알카루스의 외마디 비명이 울렸다.

"커커컥! 이, 이, 이게 뭐야! 너, 너, 네 이…… 헉! 이 벌레 같은 년 주제에!"

제갈청청은 오로지 이 순간만을 기다려 온 것이었다.

아무리 힘을 다 잃고 오웨느의 몸에 정신만 남아있다 해도 제갈청청은 물질을 뛰어넘기 직전 원영신을 이루었던 몸이다.

그녀도 파장을 기억한다.

그녀가 가장 끔찍스러워했던 존재의 파장은…… 다름 아닌 흡선충이었다.

그녀는 세상에 적체된 기를 갉아먹고 흩어지는 흡선충의 파장, 그리고 사람의 피, 그리고 그걸 구체화시킬 힘은 아틸라의 마나에서 맞췄다.

그렇게 흡선충이 나온 것이다.

하늘이 자신을 돕는 것이 아니었다. 천기의 흐름은 자신에게 맞춰져야 하는 것이다.

제갈청청은 그렇게 믿었다.

아틸라의 얼굴이 급격히 쪼그라들기 시작했다.

"크어어어어?"

알카루스의 얼굴도 쭈그러들다가 급격히 번지는 흡선충에 의해 기운이 흩어졌다.

그래서 원 아틸라의 얼굴만 남았다.

기운이 흩어져 소멸되려는 것을 제갈청청이 막았다.

알카루스의 정신은 다시 아틸라에게로 돌아갔다.

원래 그중에 하나라도 맞지 않았다면, 하나라도 모자랐다면 제갈청청은 그대로 알카루스에게 복속되었을 것이다.

아틸라는 벌거벗은 채로 침대에서 떨어져 나뒹굴었다.

알카루스의 날개는 이미 소멸된 직후였다.

"크허어―!"

아틸라가 울부짖었다.

"너, 넌 누구냐?"

제갈청청은 슬며시 미소를 지었다.

내공으로 젊음을 되돌린 것이 아닌, 진짜로 육체가 젊은 아름다움이 미소를 지었다.

사악―

그녀의 배에서 끈적한 아틸라의 정액이 닦여 나갔다. 그녀가 웃으며 그것을 혀로 핥았다. 그 웃는 눈이 아틸라를 다시 한 번 비웃었다.

아틸라가 고함을 쳤다.

"넌 오웨느가 아니야! 넌, 그 더럽고 추악한 창녀 같은 몸짓은 대체! 넌, 넌 누구냐!"

사르륵―

터질듯 싱싱한 육체의 움직임. 제갈청청은 천천히 즐기듯 옷을 입었다.

그녀의 몸에 다시 입혀지는 옷들이 꼭 조여지자 그녀는 침대에 누웠다. 그러고는 얼굴에 피를 묻히더니 비명을 질렀다.

"까아아아아아아악! 여봐라! 게, 게 아무도 없느냐!"

아틸라는 쭈그러든 몸으로 벌벌 기며 깨달았다.

제강청청이 방음벽을 깼음을.

콰당!

문이 부서질 듯 열리고, 여자 근위병들이 우악스럽게 달려 들어왔다.

그녀들은 들어오자마자 오웨느 황녀의 얼굴에 묻은 피를 보았고, 제갈청청이 죽이고 끌어다 늘어놓은 시녀의 시체를 보았다. 그리고 벌거벗은 채 피를 묻히고 기어 다니는 노인 형상의 흡혈귀 한 마리를 보았다.

근위병들은 일단 칼을 빼 마나 파동의 칼날을 쳐 냈다.

파박—

육신의 힘은 떨어졌어도 아직 남아 있는 알카루스의 정신이 그걸 피하게 했다. 아틸라는 그것만으로도 근육이 부서지는 듯 극심한 통증을 느꼈다.

그리고 마나 파동의 칼날이 황녀궁 방 안의 커튼을 자르고 지나가자 근위병이 허리춤의 총을 바로 꺼내 들었다.

탕— 탕탕탕탕—

허약해진 육신이 총알마저 피할 수 있을 리는 만무했다.

퍽퍽퍽퍽—

아틸라의 한쪽 다리가 터져 나가듯 부러졌다.

아틸라가 비명을 지르며 무너졌고, 근위병들이 사제를 급히 불렀다.

아틸라의 세포 재생은 느렸다. 아니, 아무리 빠르다 해도 사제의 도착보다는 느렸을 것이다. 그만큼 경비 체제의 준비가 좋았다.

사제가 도착해 아틸라의 몸에 금마의 주문을 걸고 체포했다.

알카루스의 정신과 아틸라의 정신이 동시에 제갈청청을 노려보았다.

"널, 널 기필코 지옥으로 끌고…… 크헉!"

아틸라의 육체가 쓰러지며 황궁 수석 사제의 호통이 이어졌다.

"감히 빛을 거스르는 잡귀 따위가 황녀님을 저주하려 드느냐!"

신관의 빛 결속은 약해진 알카루스로서는 풀 수 없었다.

또한 풀고 도망쳐도 문제였다.

약해진 아틸라의 몸으로는 고속 비행을 감당할 수 없었다. 느리게 날아 봐야 제국의 저격수들은 최고의 명중률을 자랑했다.

거기다가 명색이 황궁을 지키는 저격수들이다.

꽤 큰 구경의 탄두에 맞으면 재생하기도 전에 아틸라의 육신은 죽는다.

그렇게 되면 알카루스는 뭘 해 보기도 전에 지옥으로 도로 내려가야 했다.

결국 그는 이를 갈면서 아틸라의 내부로 침잠했다.

"독방에 가두라! 다른 죄수를 잡아먹고 강해지기라도 하면 큰일이니! 빛 결속으로 묶었어도 방심하면 안 될 것이다!"

"옛!"

쿠우웅—

지하 감방의 문이 닫혔다.

어둠의 존재에게 쓰는 결속으로도 안심할 일은 아니었다.

근위병들은 긴장했다. 큰일이 터질 것을 직감했기 때문이다. 까딱 말실수라도 했다가는 즉결 처분당할 만한 일이 벌어진 것이다. 황녀궁, 미넬라인 팔레스에 침입자라니.

아틸라는 처형만을 기다릴 수밖에 없었고, 어둠 속에서 그는 고함을 질렀다.

"크아아아아아아악! 오웨느! 널 갈가리 찢어 죽이고 말겠다! 오—웨느ㅇㅇㅇㅇ!"

고함은 은 철벽으로 만들어진 공간 안에서만 맴돌았다.

그 한참 위쪽, 발칵 뒤집혀진 공주 궁에서 오웨느, 제갈청청이 몰려든 사람들에게 피만 묻고 아무 일 없었다며 말하던 때였다. 그럭저럭, 불쌍한 시녀를 위해 눈물연기를 가끔 보여 주면서.

제국의 밤은 그렇게 지나갔다.

＊　　　＊　　　＊

구름 기둥 너머, 중원의 항구에 낮이 찾아왔다.

제국의 침탈, 포격과 함대전이 있은 지 어느덧 열흘이 흘렀다.

햇살이 바다 물결 위로 반짝이는 한낮.

왕자는 웃었다.

롤리의 새까매진 얼굴도 마찬가지였다.

원하던 물건을 얻은 것이다.

항구에서 딱 수평선 근처까지 나간 자리는 수심이 십팔구 장 정도 되었다.

그곳에서 침몰한 배의 엔진을 이렇게 빨리 끌어 올릴 수 있으리라고는 아무도 생각하지 못했다.

해전이 벌어진 지 단 하루 만의 일이었다.

그러니까 구 일 전.

롯데가 물속에서의 호흡을 책임지는 마법을 걸었다.

그런 후, 견자단 삼 형제가 수압을 이기고 내려가 갈고리를 걸었다. 그걸 함선의 크레인을 이용해 끌어 올린 것이다. 엔진이었다.

대체 그것이 왜 필요한지 아무도 몰랐다.

그런데 왕자는 엔진을 롤리와 함께 분해하더니, 뭔가를 꺼냈다.

얇은 판이었다.

견자단 삼 형제의 얼굴이 설명을 요구하는 표정이 되자 롤리가 검은 기름때를 스윽 문질렀다.

물론 닦이지 않고 옆으로 더 번질 뿐이었다.

그런 얼굴로 롤리는 하얀 이를 드러내며 웃었다.

"물을 끓이는 열은 이놈이 내는 거나 마찬가지예요."

"내는 게 아니고 내는 거나 마찬가지는 뭐요?"

광겸이 묻자 롤리가 얇은 판 밑에서 보석을 꺼냈다.

"사실 우리도 이 물질의 비밀을 다 캐내진 못했어요. 한데 이 보석은 우리 세계에서 위대한 존재라 불리는 조상들이 남긴 물질들 중 하나예요. 이게 열을 내죠. 굉장히 뜨거운, 초고열입니다."

보석을 든 롤리의 손을 보며 광겸이 물었다.

"어떤 원리로?"

그러자 롤리가 손에 든 금속판을 휙, 갑판에 내던졌다.

땡그랑— 하고 내던져진 금속판이 부르르 떨기 시작했다.

오오오옹—

그러더니 갑자기 금속판이 울기 시작했다.

"……!"

단지 소리뿐이었다. 그런데도 롤리의 손에 들린 보석이 빛을 발하기 시작했다.

누가 봐도 열에 의해 나는 빛이었다.

"어어어, 누가 저 판 진동 좀 잡아 줘요! 나 수련 약한 거 알잖아요! 앗! 뜨, 뜨, 뜨거워!"

롤리가 당황해 소리쳤다. 광겸이 그 판을 두 손으로 맞잡아 진동을 흡수했다. 소리도 멎었다.

그러자 보석은 거짓말처럼 빛이 꺼졌다.

"……!"

열도 가라앉았다.

그러자마자 롤리가 손에서 보석을 내려놓으며 한손을 옆의 물통에 넣고 흔들어 대며 난리를 쳤다.

얼핏 배의 갑판에 올라와 구경하던 엄자령도 놀랄 정도의 물건이었다.

"어우, 큰일 날 뻔했네. 여하간 이 판이 진동을 하면 이런 파장을 내요, 그럼 그 파장에 이 보석이 반응해 열을 내죠."

롤리가 물통에서 손을 빼지 못한 상태로 설명했다.

"이런 초고열로 물을 끓이죠. 그럼 수증기를 아주 고압으로 모을 수 있어요. 그걸 쏘듯이 뿜어내죠. 그럼 물레방아가 물에 부딪쳐 돌 듯이 도는 거예요. 그 축에 연결해 모든 걸 움직이는 거죠. 이게 스팀 터빈의 원리예요."

광겸의 머리가 절로 끄덕여졌다.

"아, 물레방아! 그건 알죠!"

그러나 광수는 그 정도가 아니었다. 그는 어릴 때지만 불의 도를 따라 더 좋은 편리를 만드는 도구들을 본 기억이 남아 있었다.

그가 궁금한 점은 광검이나 광겸에 비할 바가 아니었다.

"얼마나 빨리 돌기에 이 큰 함선을 그런 급속의 동작들까지 가능케 한단 말이오?"

롤리가 한숨을 쉬었다.

"에휴, 뭐, 속도 단위, 힘의 크기 세부 규정, 압력 이 모든 걸 설명하기엔 너무 길구요, 너무 복잡합니다. 그것만 연구하는 학문이 따로 있으니까요. 어쨌든 이건 기본적으로 아셔야 하는 심장 같은 거라 보여 드린 거구요."

"학문? 그거하고는 안 친하지, 내가."

천연덕스럽게 말하는 광겸의 머리통을 한 대 쥐어박고 싶었지만 꾹 참고 광수는 다시 물었다.

"그 복잡한 기계들, 대체 어떻게 가능한 거요?"

그러자 롤리가 웃었다.

"우리도 오랜 세월 연구한 겁니다. 그걸 한 번에 설명할 수는 없죠. 그런데 쾅수 님은 금속을 다뤄 보셨나 봐요?"

"어릴 때 철 녹이는 곳에 좀 있어야 했소. 저 두 놈은 운이 없어서 그럴 수 없었지만."

광검과 광겸의 얼굴이 획 돌아갔다.

"그거 뭐, 대단한 차이 같은 거 없잖아!"

그러나 광수는 손에 든 물건을 보이며 둘을 구박했다.

"총, 화포가 어떻게 그렇게 빨리 연사가 가능한가 이걸 보면 척, 원리를 알 정도는 되어야지, 이놈들아!"

광겸이 인상을 썼다.

광수가 든 것은 총이 아니고 총알이었기 때문이다.

"에이, 엉터리!"

그러나 이내 광겸의 눈이 동그래졌다. 광검도 마찬가지였다.

"어?"

광수가 총알을 비틀자 등근 머리 부분이 빠져나온 것이다. 이어 그 안에서 화약이 쏟아졌다.

광수가 화약을 가리키며 말했다.

"내가 어릴 때 봤던 불의 대장간에서는 이런 생각을 가진 설계도가 있었다. 총에 직접 화약을 쑤셔 넣는 방식이 아니고, 총알 하나하나에 껍데기를 씌우고 그 안에 화약을 넣는 원리의 설계도가 말이다."

"뭐라고?"

광겸과 광검은 물론, 롤리와 왕자의 눈도 커다랗게 떠졌다.

"해동, 얼마 전 전쟁을 치른 조선에 신기전이란 게 있다. 화살에 통을 매고, 그 안에 화약을 넣지. 그 통은 두 개로 분리되어 있어. 하나는 멀리 날아가기 위해 불타는 통, 하나는 그 화살이 떨어졌을 때 충격으로 폭발하는 통. 그 원리를 이용해 작은 총알을 구상한 거다."

원시 같은 이 세계에 그 정도로 정밀한 기술이 있다니, 믿지 못할 이야기였다.

탄두와 탄피의 결합은 세계가 대량생산, 대량 소비하는 '공장'이 있는 시대에나 가능한 것이었다.

때문에 왕자와 롤리는 귀를 의심했다.

세계의 시간과 맞지 않는 천재가 이 중원이라는 세상에 존재하는 것이다.

그사이 광수의 설명이 이어졌다.

"비록 그게 지금은 가능하지 않은 기술이고, 아주 먼 미래에나 혹시 가능할지 몰라 시도조차 하지 못했다 했지만……어쨌든 그건 미래를 미리 내다보는 기술이었지."

광겸과 광검이 광수를 새삼 다시 보는 순간이었다.

광수가 왕자와 롤리를 보며 우울하게 말했다.

"서안의 오씨를 기억하지? 그분이 그러더구나. 만약 이 설계도대로 만든다면, 그래서 정말 고수가 필요 없고 보통 사람이 다 이런 걸 들고 다니는 세상이 온다면 그건 지옥일 거라고 말이다."

광수는 거기에 덧붙였다.

"그리고 지금, 우리의 세상은 그런 총을 대량으로 만들어서 사람을 들판의 풀처럼 가차 없이 쓰러뜨리는 세상과 마주했다."

왕자와 롤리 때문에 말을 길게 풀어놓은 모양새였다. 쉽게 말해 그건 그냥 지옥을 보고 있다는 의미였다.

광수의 손바닥에 놓인 탄환은 그래서 의미심장했다.

지금 이 한 척의 함선에만 이런 총알이 수만 발 있었다. 한 갑에 서른 발들이 탄창이 꽉꽉 채워져 오백 개가 넘었다.

그리고 기관총이 백 정을 넘었다. 거대하다는 제국 전체에서 쏟아질 물량은 도대체 얼마나 될지 어림짐작도 불가능했다. 광검의 고개가 가로저어졌다. 끔찍한 세계였다.

"도대체…… 당신들 사는 세계는 어떤 곳이오?"

왕자가 한숨을 쉬었다.

"지배하고 항거하고, 전쟁하고 굶주려 죽고…… 그런 세상이오. 여기와 같지."

견자단 삼 형제는 침묵을 지켰다.

사람 생김새가 여기와 별로 다르지 않은 세상. 그리고 그곳 사람들은 총을 와르륵 쏘아 내고, 사람을 그렇게 많이 죽이는 것을 당연하게 생각하는 마음을 지녔다.

광수는 천천히 말했다.

"그래서 우리 중원과 저쪽 서대륙과는 절대로 섞여서는 안 되는 거다. 전쟁이 여기서 벌어져도 안 돼."

그래서 그제야 왕자가 고개를 끄덕이며 다시 끼어들 수 있었다.

"그렇기에 이 함선을 개조하려는 거요. 관심을 우리에게로 돌려야 하니까."

"이 놀라운 것을 또 개조한다구요? 이것만으로도 충분히 시선을 끌 수 있습니다, 세자 저하."

여태껏 말이 없던 롯데도 입을 열었다.

"그러하옵니다. 벗어나기 힘든 관심이 쏟아질 것이옵니다."

왕자는 눈을 빛내며 말했다.

"아니, 함포 사격을 버티는 정도로는 안 돼."

"그럼 어떠한……?"

왕자는 웃었다.

"이 배는…… 날 것이다. 하늘을 말이다."

"예?"

그 말에 롤리와 롯데는 물론이고, 견자단 삼 형제와 엄자령까지 입을 딱 벌리고 말았다.

"나, 날다니요? 저하, 그게 어인 말씀이시온지……!"

왕자는 얼굴을 굳혔다.

"제국의 침략을 저지하는 데 위대한 존재를 깨울 수 없다면, 이것이라도 있어야 하지 않겠느냐. 함포 사격에도 추락하지 않는, 최강의 비행 함선 말이다. 그래야 제국도 이 힘을 얻고자 우리에게로 눈을 돌릴 것이다. 우리는 이 순박한 세계에 더 이상 피해를 주어선 안 돼."

입을 딱 벌리고 한참을 서 있던 롯데가 물었다.

"그, 그것이 가능하겠사옵니까?"

롤리의 눈이 그제야 꺼내진 다섯 개의 엔진을 보고 눈을
빛냈다.

"아, 그러하시다면 애초에 이 엔진들은 강한 엔진으로 합
치기 위함이 아니옵고……."

롤리의 말에 왕자가 고개를 끄덕이며 말했다.

"그래, 허공에 떠 있을 균형을 위해서지. 다섯 개의 엔진
이 함선을 뜨게 하고, 거센 돌풍의 영향 속에서도 균형을 잡
게 할 것이다. 그것이 우리 함선을 날게 하고, 창날이 되어
제국의 심장을 곧장 찌를 것이다."

그러더니 왕자가 견자단을 바라보며 작게 덧붙였다.

"그것이 당신들 세계를 지켜 줄 작은 방패라도 되겠지."

작은 방패.

하늘을 나는 배라는 말에 기겁을 해서 그 말이 어떤 결과
를 낳을지는 아직 누구도 예상하지 못했다.

방패를 써먹을 일이 점점 다가오고 있던 것이다.

구름 너머에서.

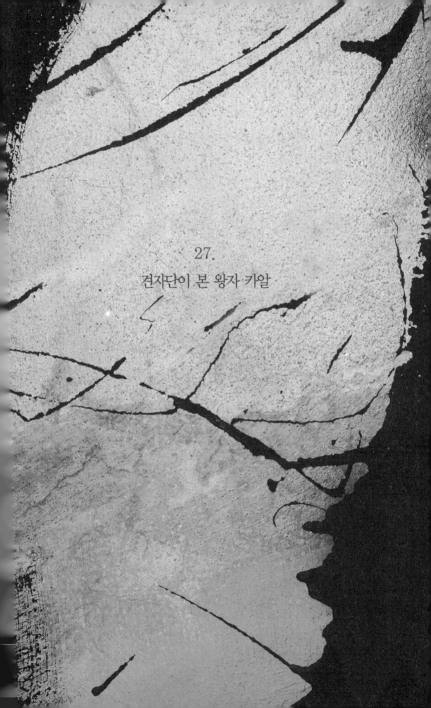

27.

견자단이 본 왕자 카알

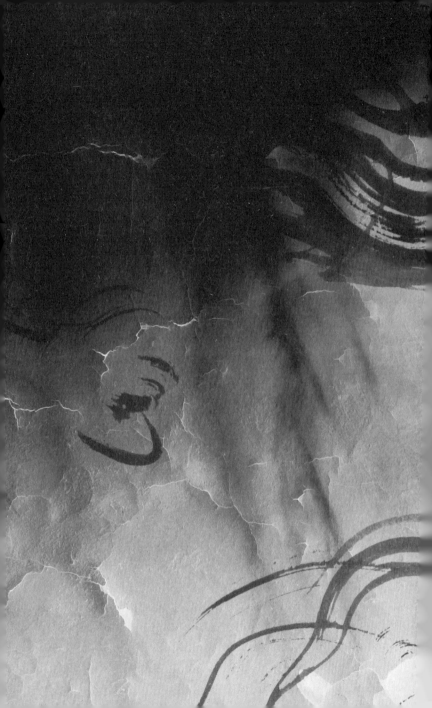

탈란.

그것은 무시무시한 탈론들을 모두 몰아내고 사람들을 구한 영웅에게 바쳐진 이름이었다.

물론 '모두' 까지는 아니었다.

다시 일어난 탈론의 역습 때 상당히 많은 사람이 희생당하기도 했다.

그런 흠집이 있다고 해도 탈란이라는 이름이 더럽혀지는 것은 아니었다. 탈론들은 대륙을 온통 점령하다시피 했고, 이 땅에 살아가야 했던 사람들은 죽음에 죽음을 거듭했다.

사람들의 시신은 또다시 탈론을 증식시켰다.

검고 어두운 그림자가 무덤에서 일어나는 것을 사람들은 그저 공포 어린 눈으로 바라보는 수밖에 없었다.

희망이 없을 것 같던 그때, 시골의 한 청년이 탈론과 싸울 수 있는 법을 알아냈다.

초고대 조상들의 지식의 문헌에 저런 유령 같은 것들이 우연히 반응하는 물질이나 혹은 파장이 분명히 있다는 것이었다. 청년은 결국 위대한 존재가 남긴 드롭이 발생하는 파장 중에 특이한 파장이 탈론을 소멸시킬 수 있다는 것을 알아냈다.

그야말로 획기적인 일이었다.

대륙을 포기하고 탈출하려던 사람들은 곧 그 청년이 있는 시골 지방을 중심으로 뭉치기 시작했다.

당시 청년의 이름은 론도나우의 기사, 알락이라고 불렸다.

알락은 위대한 존재들이 남긴 물질 중 특이한 진동의 파장을 주면 열을 발생하는 성질이 있음을 알렸다. 그리고 그 보석을 탈론과 싸우는 중에 틈틈이 모았다. 사람들은 싸우랴 그 보석을 발굴하랴 정신이 없었다.

그래도 희망은 점점 더 커졌다.

알락이 보여 준 용기와 헌신은 사람들의 결속을 점점 더 굳게 만들었고, 다른 지방으로 점점 확산되어 가며 대륙 중앙의 산맥을 넘어갔다.

위대한 존재의 눈물, 드롭이라는 보석은 귀했으나 귀한 만큼 확실하게 탈론들을 잡아낼 칼을 만들게 했다.

탈론을 잡을 방법은 위대한 존재의 눈물을 박아 넣은 칼에 마나 파장을 불어넣을 수 있는 기사가 상대하는 것이다.

과학이 꽤나 발달한 지금에도 위대한 존재의 눈물을 그냥 총탄으로 만들 수 있는 방법은 없었다.

그렇게 십 수 년이 흘러 탈론이 대륙의 구석까지 몰렸을 때, 소멸된 탈론들의 숫자는 이십만을 헤아렸다.

그리고 그마저도 소멸되고 드디어 대륙 전체가 탈론에게서 안전하다는 공식 발표가 났을 때는 대륙에 이미 활발한 활동을 하는 국가가 여럿 생겨난 후였다.

다른 대륙으로 넘어가 탐험을 하고, 거기서도 국가를 세우는 일들이 생겼다. 처음 알락이 떨치고 일어난 지 삼십 년 만이었다.

그때, 탈란이라는 이름이 공식적으로 알락에게 주어졌다. 그는 대륙 중앙의 가장 비옥한 곳을 차지한 곳에서 여러 사람의 지지를 얻어 왕위에 올랐으며, 곧 다른 국가들을 병합하기 시작했다.

그것이 탈란 제국의 시초였다.

황도는 천 년간 두 번 옮겨졌다. 그리고 그 긴 시간 동안 위대한 존재의 눈물은 물을 끓이는 증기 터빈 엔진의 심장으로 변모해 있었다.

이차 탈론의 발호 때는 희안하게도 대륙의 동쪽 가장 끝한 왕국에서만 발생했다. 제국의 지원이 빨리 이어지지 못하고 머뭇거린 사이, 한 왕국 주민들은 수십만이 죽었고, 제국의 뒤늦은 지원이 도착했을 때는 사태가 거의 다 끝난 다음이었다.

사람들은 천 년 만에 처음으로 제국을 원망했다.

하지만 어쩔 수 없는 일이었다.

위대한 존재의 눈물은 한정되어 있고, 그마저도 이미 증기 엔진의 핵심 부품으로 쓰였다.

그걸 단 한 달 만에 꺼내 대량으로 칼에 박을 시간이 어디 있겠는가.

게다가 천 년 동안 한 번도 나타나지 않은 탈론이기 때문에 누구도 그런 낭비를 계획하지 못한 것이다.

이어 다른 의미의 재앙이 한 왕국을 덮쳤다.

제국은 자신들도 부담되어 칼에 박지 못한 위대한 눈물, 그 귀한 드롭의 물량을 꽤 확보한 한 왕국의 유물 창고에 눈독을 들였고, 한 왕국에게 이리저리 접선을 시도하던 중이었다.

그리고 한 왕국의 정치 상황은 탈론에게 갈가리 찢겨진 백성들의 마음처럼 좋지 못했다.

제국은 그 기회를 놓치려 들지 않았다.

그래서…….

*　　　　*　　　　*

"황제 폐하의 알현을 신청한 지 삼 일째입니다."

여인은 고개를 숙이고 있었다.

화려한 복식이 어깨를 훤히 드러내며 자신감을 더해 보이게 했다.

"폐하의 윤허가 계십니다. 어서 들어가십시오."

복도는 길었다.

복도 곳곳에 탄타니움 방패를 든 근위병들이 서 있었다. 암살자가 한 번에 들어오지 못하는 구조였다.

황제를 직접 지키는 근위병들의 총은 끝에 칼이 달려 있었다. 총의 골격도 탄타니움, 칼도 탄타니움이었다.

근위병들은 사격도 하고, 마나를 이용한 칼싸움도 능숙해 보통 사람의 반사신경을 가볍게 뛰어넘는 수련자 서넛을 한꺼번에 상대했다.

그런 근위병들 이십을 뚫어야 한다.

근위병들이 방아쇠 당기는 속도는 정말 빨랐다. 만약 총알의 관통력을 버티는 실드를 친다 해도 사실 그들이 든 총의 구경은 15밀리미터였다.

길이도 45밀리미터다. 그 총알의 속도는 마하 5나 되었다. 쏘기 위한 폭발의 순간을 흔들림 없이 버티는 인간도 오로지 황궁의 근위병들뿐이다.

그런 위력을 버틸 만큼의 실드를 구사하는 능력자는 드물었다. 그런 자들이 고작 암살이나 할 리도 없거니와, 강철의 총탄은 실드를 다 못 뚫어도 일단은 어느 정도 박혀 들어간다.

그리고 폭발한다. 그 어느 누구도 이런 총알 스물에 맞고 버티는 능력자는 없다.

게다가 자동소총이다, 분당 450발을 발사하는.

근위병들이 가진 총은 이러했다.

그런 살벌한 총들이 어깨에 걸쳐져 있는 가운데로 여인은 초조한 표정을 감추지 못하고 걸어 들어갔다.

황제는 혼자 있지 않았다. 여인이 알지 못하는 사람과 있었는데, 그가 여인에게 고개를 숙여 보였다.

아마도 그는 여인을 아는 모양이었다.

여인도 마주 인사를 받았다.

황제가 입을 열었다.

"으음, 일전의 보고는 잘 봤소만, 오늘은 어쩐 일로 또 득달같이 달려오신 게요, 내 누이여?"

여인은 바로 황제의 누나, 오드렌 탈란 야트마 대후였다. 원래 대후의 지위를 먼저 부여받고 시집을 갔기 때문에 탈란의 성을 중간 이름에 그대로 썼다. 그 뒤에 야트마 공작가의 성이 따라붙는 것이었다.

삼 일이나 기다리게 한 주제에 득달같이 달려왔다는 말은 원래 안 맞는 것이었다.

그러나 제국의 위엄을 생각하면 어쩔 수 없는 비효율이기도 했다.

황제는 알현의 청을 직접 받으면 안 된다.

그것은 공무든 사적이든 황제의 안전을 책임지는 사람들이 황제에게 보고하고, 그 후에나 황제가 허가해야 하는 방식이 오랜 기간 동안 지켜지고 있었기 때문이다.

그래서 이런 절차 없이 불쑥 황제 앞에 나서는 자는 그 누구라 할지라도 그 자리에서 사형이었다.

황후라 해도 그것은 마찬가지였다.

황제가 만나겠다는 의사를 표현하지 않으면 누구라도 죽었다. 실제 역사에서는 그런 일로 황후가 사형당해 죽은 사건이 간간이 벌어졌고, 탈란 제국 황제의 위엄은 더더욱 만나기 힘든 존재로 멀어져 갔다.

오드렌이 고개를 공손하게 숙이더니 그대로 말을 꺼냈다.

"폐하, 한 왕국의 드롭을 사들이는 일이 좋지 않게 되었사옵니다."

일단 황제의 얼굴이 찌푸려졌다.

누이를 내치겠다는 정도의 짜증은 아니고, 고작 그런 일을 왜 자신에게까지 가지고 들어와야 하는지에 대한 짜증이었다.

그러나 오랜만에 얼굴을 비친 누이였다.

게다가 외교대신인 야트마 공작과 더불어 외교 최전선에서 활동하는 누이이기도 했다.

그녀가 황제가 직접 결정할 일과 못할 일을 구분 못하고 날뛰는 성격도 아니었고, 그러니 황제는 당연히 이 일을 진지하게 들어야만 했던 것이다.

"그래, 어쩐 일인데 천하의 여장부이신 우리 누님을 이리 당황하게 했을꼬?"

오드렌의 입에서는 여전히 당혹스러울 뿐인 감정의 말이 흘러나왔다.

"불경하옵게도 오웨느 황녀의 침실을 침입했던 자 말이옵니다."

황제의 인상이 아주 확 일그러졌다.

말만 들어도 울컥한 것이다.

감히 눈에 넣어도 아프지 않을, 아니, 아프긴 할 것이지만, 그 고통을 감수하면서까지 눈에 넣을 수도 있는 공주를!

황제는 이를 갈며 말했다.

"걱정 마시오, 누이. 내 그자는 일간 사형을 시킬 것이
니."

그러나 오드렌은 그에 대한 반대 의견을 내놓았다.

"잠시만 연기를 시켜 주시기를 간청하옵니다."

"……!"

말문이 막힌 남자가 황제의 안색을 살피며 고개를 갸웃했
다. 황제가 잠깐 황당하다는 시선을 보내며 누이에게 물었다.

"누이는 조카가 불쌍하지도 않단 말이오?"

물론 오드렌의 입에서는 전혀 다르고도 괴상한 말이 흘러
나왔다.

"폐하, 그자가 바로…… 한 왕국에서 반란을 일으키기로
되어 있던 아틸라 백작이옵니다."

"뭐요?!"

황제가 자리에서 벌떡 일어섰다. 그만큼 충격적인 일이었
다.

"누이, 그는 늙고 쭈글쭈글한 늙은이였소! 누이가 말한 아
틸라는 이제 겨우 삼십 후반이란 말이오!"

그러자 오드렌이 마법 공학으로 만들어진 유리판을 내밀었
다.

거기에는 아틸라의 모습이 있었다.

늙은 아틸라의 모습이 젊은 아틸라에게로 합쳐지며 100%
일치라는 글귀를 떠올리고 있었다.

"이것이 아틸라 백작의 모습이옵니다."

비교분석학의 제국 최고 대가를 오드렌은 수하로 두고 있었다. 그러니 그 말은 사실일 것이다.

황제는 여전히 분노가 가시지 않은 눈으로 물었다.

여기서 확실한 이유를 해명하지 않으면 아무리 누이라고 해도 오드렌은 죽는다. 남편 야트마 공작과 자식들도 죽는다. 하지만 오드렌의 침착한 음성이 황제의 귀를 다시 강타했다.

"한데 그의 살과 근육이 형편없이 빠른 속도로 쪼그라든 것이 확인되었사옵니다."

황제의 얼굴이 일그러졌다.

빠른 속도!

그것은 단 한 가지를 의미했다.

흡정. 흡혈귀가 사람의 피를 빨아먹는 종류가 아니라 사람의 정기를 빨아먹는 흑마법사나 악귀가 황녀궁에 같이 있었다는 것을 뜻했다.

"그럼 제삼의 누군가가 있었다는 이야기인가?"

대답이 없어도 이것은 당연한 이야기였다.

물론, 아틸라 내면의 알카루스를 짐작할 수는 없었지만, 한 왕실의 반역을 이끌고 새 왕조를 이끌 자가 황녀궁에서 그 모양으로 발견되었다는 것은 황실에 상당한 악소문을 선사할 것이다.

"황실 근위대장을 부르게."

황제의 무거운 고개가 결국 끄덕이고 말았다.

황실 정치에 또 한 번 바람이 불고 있었다.

아틸라는 이를 갈아 댔다.

한순간에 모든 것을 빼앗겼다. 그는 오웨느의 이상한 능력을 이해할 수가 없었다.

그는 죽었다 깨어난 제갈청청의 비밀을 몰랐다.

다만, 알카루스의 속박을 강하게 하지 못한 것만큼은 그도 인정할 수밖에 없었다.

"네년이 거기서 나를 죽이지 않은 것이 치명타였다. 넌 내 손에 죽는다. 후후후후."

그때였다.

벽 한쪽이 울렁거리는 것이 느껴지며 그의 안색이 창백해졌다.

"이게, 이게……!"

감옥의 벽을 투과해 나타난 것은 탈론이었다. 탈론의 몸체가 흐늘거리며 감옥의 벽을 보여 주는 모습은 진정 공포스러웠다.

아틸라의 이마에서 땀이 솟았다.

"아, 아니야. 이건……."

오웨느 황녀가 알카루스의 형체를 흩어 버리고 남은 기운을 빨아먹는 것을 보기는 했다.

'하지만 그건 그냥 잔류물이라고!'

그런 알카루스의 잔류물 따위를 가지고 어떻게 탈론을 다룰 수가 있겠는가. 그러나 현실은 어쨌든 탈론이 여기 나타났다는 것이었다. 오웨느가 자신의 탈론을 거두었다는 것 말고는 설명이 불가능했다.

아틸라는 뒷걸음질을 쳤다. 그러다가 힘이 없어 다리가 꼬이는 바람에 엉덩방아를 찧고 말았다.

"큭!"

그러고도 손과 발로 엉덩이를 끌며 열심히 뒤로 도망쳤다.

"도대체, 도대체 어떻게! 알카루스는 힘이 소멸했고, 그 실체는 내 몸에 있는데!"

물론 그것은 제갈청청이라는 무인을 몰랐기 때문에 나온 결론이었다.

턱, 등이 벽에 막히는 순간, 탈론의 손가락에서 손톱이 길게 뻗어 나왔다. 구름 너머 중원에서는 강기라 불리는 것, 그리고 이 세상에서는 오러 라이트라 불리는 그것이 초록 광망을 내뿜었다.

그게 점점 다가왔다.

아틸라가 외면하자 탈론의 눈이 무정한 초록색을 번쩍거리며 휙, 쏘아지듯 날아 그의 가슴에 안기듯 붙었다. 아틸라는 소리를 쳤다.

"아니야! 내가, 나 아틸라가 너의 주인이다! 이 몸에 알카루스가……!"

알카루스는 여전히 응답이 없었다.

"헉!"

아틸라의 눈이 찢어질 듯 커졌다.

알카루스가 없다!

"이건, 이건 진짜 아니…… 커헉!"

그게 아틸라가 세상에서 지른 마지막 소리였다.

아틸라는 눈을 뜬 채로 죽었다.

너무도 어이없고, 그만큼 원통해서였다.

한 왕국을 뒤집고 왕권을 차지하려던 그의 야욕은 어이없게도 여자와의 정사 한 번에 끝나고 말았다.

아틸라의 고함 소리를 듣고 달려온 간수장과 이미 황제의 명을 받고 아틸라를 끌어내기 위해 같이 내려왔던 황실 근위대장이 한달음에 철문을 열었다.

하지만 그때는 이미 탈론의 푸른 눈도, 그 흐늘거림도, 그리고 그 초록의 손톱도 사라지고 없었다.

남은 것은 늘어진 아틸라의 시신뿐이었다.

아틸라의 시신은 피를 별로 흘리지 않았다. 목의 절반이 잘려지고 두 눈이 도려내진 것과 심장 대동맥이 정확하게 잘린 것을 보면 엄청난 출혈이 있어야 하는데, 비정상적이었다.

오웨느 황녀, 그러니까 제갈청청과의 정사에서 너무 많은 기혈을 빼앗긴 탓이었다.

그런 사실을 알 턱이 없는 간수장과 근위대장은 몸을 부르르 떨었다.

도대체 누가 이 지하 감옥으로 들어와 사람을 죽일 수 있는가. 황궁의 지하 감옥은 거대한 암반 기반이었다. 게다가 마법진도 거셌다.

탈론을 얼핏 생각해야 했다. 그러나 확률이 너무, 아니, 아예 없었다. 탈론들의 2차 난 때 탈론을 부리던 중심 매개체는 죽었다. 탈론들의 생존 방식은 중앙 매개의 정신체가 새로운 탈론들을 낳는 방식이었다.

탈론들은 거의 의식 없이 떠돌아다니는 존재였다. 그나마 몇 마리 없다고 봐야 했다.

그런 탈론이 엄청 넓은 지역을 다 차지한 암반 지대를 투과해 아틸라를 죽였다고 생각하기는 어려웠다.

근위대장은 전혀 다른 문제 하나가 황실을 덮치고 있음을 깨달았다.

그는 걸음을 서둘러 돌아갔다. 곧 난리가 벌어질 것이다. 아틸라의 눈알이 없어진 것도 문제였다.

마법사의 의식을 아는 것이다. 죽은 자의 눈은 뇌로 연결된 시신경에 꽤 많은 것을 저장하고 있다가 마법에 의해 그걸 보여 준다.

그런데 아틸라의 눈동자가 없어진 것이다.

근위대장은 일이 복잡하게 되었음을 깨달았다. 범인은 최소한 제국의 황궁 마법 연구소의 기술 수준을 아는 존재였기 때문이다.

오웨느는 방에서 탈론을 쓰다듬으며 웃고 있었다.

탈론의 흐늘거리는 옷자락에는 묻지 않았지만, 탈론의 눈에 비친 영상은 아틸라의 목에서 흐르는 피를 보여 주고 있었다. 오웨느, 제갈청청은 혀를 내밀어 탈론의 눈을 핥았다. 그러자 탈론의 눈에서 영상이 사라졌다.

증거가 될 영상을 지우고 오웨느는 웃었다.

그녀의 머릿속에는 다음 목표가 떠오르고 있었다.

그는…… 제국의 주인, 황제였다.

*   *   *

쏴아아아—

어둠 속, 게다가 바다 물살이 좀 거세지긴 했다. 하지만 그들이 작업을 멈춘 이유는 다른 것이었다.

작업등을 켰다. 함선의 불빛은 꽹장히 밝았다. 어둠이 문제가 아니었다.

엔진은 사람 키 세 배가 넘는 길이에, 사람 키 하나를 훌쩍 넘어가는 지름이었다. 분해하고 다시 조립하고, 배의 몸통에 달고…… 그걸 두 번 해내고 나니 삼 일이 흘렀다.

시간이 가는 줄을 몰랐다.

왕자와 견자단은 기계, 그것도 바람개비를 돌리는 팬과 그 팬을 고속으로 돌리는 것으로 에너지를 전달하는 터빈에 대해 새로 배울 수 있는 시간이었다.

하늘을 나는 배, 상상만으로도 재미있어 같이 매달린 것이다. 스팀 터빈을 분해, 조립해야 하니 당연한 일이었다.

그래도 견자단 삼 형제 성격에 그 복잡한 걸 어떻게 배우나 싶었지만 원리만 간단히 설명했고, 롤리는 가르치는 걸 꽤 잘하는 편이었다.

이후 두 개를 더했을 때는 이틀밖에 걸리지 않았다.

그리고 마지막 다섯 번째 엔진을 분해한 순간, 롤리의 얼굴이 일그러졌다.

"아, 이런!"

엔진의 심장인 위대한 존재의 눈물과 진동판까지는 쓸 만했다. 물을 담고 엔진 주변을 감싸는 워터 재킷이 파손된 것은 이제 아예 문제 축에도 끼지 못했다.

파손된 팬도 다 만들어 붙였다. 축도 그랬다.

이젠 못할 것이 없을 것 같았다.

그런데도 롤리가 머리를 감싸 쥔 것이다.

"왜 그러는가, 롤리 경?"

롤리가 말없이 가리킨 것은 링이었다. 그게 터빈 주축을 감싸고 있었다.

"베어링 볼이…… 전부 다 없습니다. 아!"

"베어링?"

왕자는 의아하게 물었다. 당연했다. 베어링 없는 축은 많았다. 다시 만든 베어링도 꽤 되었다.

그런데 왜 머리를 감싸 쥐는가.

롤리의 답변이 천천히 흘러나왔다.

"후, 스팀 터빈의 주축은 일반 베어링이 아닙니다. 그건 초고속 회전에 버티도록 완전 구체를 형성한 볼을 사용하고 있습니다. 베어링 덮개가 날아가면서 그 구슬들이 다 흩어져 없어졌군요."

"완전 구체?"

왕자가 물으며 고개를 갸웃거렸다.

"베어링 안의 구슬이 원래 완전 구체가 아니던가?"

롤리는 한숨을 쉬었다.

"마법 없이 물질 기술만 가지고 살던 조상들께서 한때 우주로 나가서 만드셨던 베어링입니다. 행성의 대기권 안에서는 도저히 만들 수 없는 것이 완전 구체입니다."

"응?"

광검이 다시 질문했다.

"그럼 여기 원래 끼워져 있던 베어링들은 어떻게 만든 거요?"

"그건 제국의 공장에 아주 특수한 시설이 있어서 그렇습니다. 수백의 연금 마법사들이 같이 모여서 형성해 놓은 거대한 결계가 있죠. 그 안에서 도넛 형태의 고리 같은 방을 만드는 겁니다. 거기 안쪽에 연금 마법사 수백 명의 힘이 뭉쳐 회전시키는 마법으로 이 땅의 중력을 해소하는 겁니다. 그 방식으로 나오는 것이 이 스팀 터빈의 베어링 구슬이죠. 그 시설 없이는 도저히 만들 수가 없어요. 아……."

광검이 물었다.

"네 개를 균형 맞춰 잘 달았는데, 그럼 네 개만 가지고 날면?"

그러자 롤리가 고개를 저었다.

"날긴 하겠죠. 하지만 엔진부가 너무 무거운 함선의 특징도 그렇고, 하늘은 원래 바람의 영향이 심해요. 큰 덩어리일수록 더하죠. 이 큰 몸체가 폭풍 속에서도 끄떡 없이 날려면 다섯 개 아니면 안 됩니다."

"왜 군이 폭풍을 염두에 두는 거요? 그땐 제국의 육상군도 잘 안 움직이지 않나?"

롤리는 한숨을 쉬었고, 그 설명은 왕자가 했다.

"제국의 마법은 변방국들에 비해 딸리지만, 조직력은 월등하오. 그리고 그것이 다수 국가들의 전략을 누르는 이유가 되었지. 그들은 폭풍마법단을 보유하고 있소. 백여 명의 마법사들이 인공으로 폭풍을 불러내는 거요. 사실은 뇌전의 창이라는 마법인데, 그 직전에는 폭풍이 일어나지 않을 수도 있지만 때로는 일어날 수도 있소."

마나 파장을 백 명이나 합친다는 말은 사실 가능한 것이 아니었다.

"말도 안 되는 일입니다, 왕자. 우리 중원에서도 그런 숫자의 기 파장을 합친다는 건 불가능해요."

"제국만은 그것이 가능하오. 기술과 마법이냐, 아니면 조직의 관리냐를 따졌을 때 항상 조직의 관리력으로 승리해 온 것이 제국이오. 그들이 관리하는 힘은 정말 놀랍지. 한두 명도 아니고, 수백 명의 마나 파장을 합치는 것은 관리 능력에서 나온 거요."

"관리라……."

왕자가 설명을 계속했다.

"제국이 처음 철로 배를 만들겠다는 계획을 발표했을 때, 변두리 주변국들은 모두 비웃었소. 그건 기술적으로 가능한 일이 아니었기 때문이지."

생산은 고사하고, 개발만 해도 수천 명의 기술자와 연금마법사가 필요했다.

새로운 기술의 개발이 필요한 것만도 수만 가지 일 것이라 추정되었다.

그걸 일일이 다 필요한 곳이 어느 부분이라는 기록을 하고 정리했다가 적재적소에 써먹을 수 있게 하는 관리는 인간이 할 수 있는 일이 아니었다.

그러나 제국은 겨우 육 년 만에 그걸 성공시켰다.

마법사도, 기술자도 아닌 '조직 관리'만을 전문으로 하는 사람을 길러내고 관리에 힘쓰게 한 것이다.

그 수십, 수백만의 아이디어와 수천, 아니, 거의 일만에 가까운 기술자들이 서로 다른 일을 하면서도 서로 얼굴과 이름도 모르는 채로 분할해 결국 철로 만든 배를 완성시켜 낸 것이다.

"역사가도, 기술자도, 마법사들도 한결같이 이건 기술이 아닌 '관리'의 승리라고 말한 일이오."

거기까지만 들어도 제국의 거대함에 머리가 어질어질해져 왔다.

견자단이 듣기에 제국의 힘은 곧 사람들이 자연스럽게 먹고사는 생활이라는 소리였다.

그러니 그 완전 구체 베어링을 만든다는 것은…… 불가능이나 다름없었다.

"사실상 제국으로 가서 그 구슬을 훔쳐오는 수밖에 없나?"

그래 놓고 광검이 픽 웃었다. 말도 안 된다. 어쨌든 함선의 주변에 몰아치는 바람을 추진력으로 이겨 내고 떠 있으려면 최소 다섯 개의 엔진이 꼭 있어야 했다.

"그 폭풍 속에서 안정된 조준각으로 포격을 가하려면 더더욱 그렇습니다."

그때, 왕자가 눈을 빛내며 엔진의 터빈 주축을 바라보았다.

"당신들 삼 형제가 저번처럼 환상을 보는 그 순간을 재현할 수 있다면 가능할지도 몰라."

'각오의 순간을?'

그러나 그게 어디 마음먹은 대로 되든가.

사실 엔진을 매다는 일 자체가 견자단 삼 형제가 왕자와 같이 힘을 써야 했다. 그러니 벌써 몇 번이나 왕자와 파장을 맞춰 온 것이었다.

광수와 광검, 광겸은 서로 얼굴을 쳐다보았다.

"다시 각오에 드는 것이 가능하려나?"

물론 가능할 리도 없고, 가능하다 해도 그 각오의 환상에 자꾸 매달리는 것이 좋을 리도 없었다.

그러나 견자단으로서도 별달리 뾰족한 말을 해 줄 수가 없었다.

광수가 고개를 끄덕였다.

"한 번 해 보자. 우리 같은 싸움개들이 수련도 아니고 목숨 건 싸움도 아닌 순간에 그걸 왜, 어떻게 보게 되었는지 확실한 감이 필요해."

왕자는 터빈 주축의 베어링 내측 링을 만졌다. 그러고는 눈을 감았다.

견자단이 수웁— 숨을 들이마시고 진기를 휘돌렸다. 그리고 왕자의 몸에 손을 댄 순간, 정말 다른 느낌이 전해져 왔다. 왕자가 찾는 것이 확실한 모양으로 눈에 잡히는 것이었다.

"……!"

전부 다 보였다.

왕자의 몸에서 나오는 파장은 그의 몸 상태도 다 보여 주고 있었다.

왕자는 청소년이다. 아직 성장을 채 마치지 않아 뼈가 자라나고 있는 소리가 들렸다.

그것이 우드득거릴 만큼 크게 들렸다.

그 자라나는 살들의 점, 세포도 보였다.

왕자는 파장을 받아들이기만 하는 것이 아니었다. 견자단은 영문도 모르고 왕자에게 힘을 넣어주기만 했던 것이다.

그렇게 넷의 파장이 완벽하게 맞춰졌다. 견자단의 눈에 왕자의 손이 만지고 있는 완전 구체가 들어간 자리가 보였다.

넷의 눈에 완전 구체라는 형체가 잡혔다.

그 어느 쪽으로도 일그러지지 않은, 정말 완벽한 구체였다.

그것이 내는 파장도 정말 완벽한 구형의 파장이었다.

완전 구체는 그 형태가 완전하다는 것만으로도 단단했다.

그 완전함을 보는 순간, 견자단과 왕자는 또 다른 각오의 경지를 경험했다.

견자단은 자신들의 무공이 지닌 약점들을 보았다.

한발 더 나아가 그 단단함이 더해진 자신들의 무공을

보았다.

땅바닥을 허옇게 녹이며 들어가는 염옥견아의 십자인, 그 어떤 것이든 물질 자체를 끝장내는 초고열.

그것의 비밀은 미친 듯 날뛰는 파장 때문이었다.

그걸 감각으로만 느끼다가 이렇게 눈과 마음으로 확실히 그려 낼 듯 '보는' 것은 하늘과 땅 차이였다.

광수의 암벽흔도 그랬고, 아직 세상에 드러나지도 않은 광검의 천살무도 그랬다.

그리고 셋은 그 무공들을 완전히 공유할 수 있게 된 것이다. 물론 더 수련한 후의 일이겠지만, 서로 완벽히 이해하는 것과 그렇지 못한 것은 달랐다. 아주 많이 다른 것이다.

견자단의 눈이 떠졌을 때, 롤리의 함성이 울렸다.

'완전 구체!'

파란빛을 띠딕거리는 측정기가 합격품이라는 글귀를 떠올리고 있었다.

그리고 넷의 환호도 잠시였다.

왕자가 코와 입에서 피를 흘리며 쓰러진 것이다.

"왕자!"

"세자 저하!"

하늘을 나는 배를 만드는 것은 정말 어려웠다.

*　　　*　　　*

오웨느의 몸에서 제갈청청이 다시 눈을 뜬 것은 황제의 병

문안이 있은 직후였다.

제갈청청은 눈을 빛내며 궁녀 자밀라에게 물었다.

"요즘 세상이 어찌 돌아가고 있느냐?"

그 의미는 작은 것이 아니었다. 그래서 자밀라의 눈이 커졌다.

오웨느는 마법을 죽어라 연구하는 학자였다. 그것도 지구 시절의 조상들이 남긴 초고대 마법을 주로 연구하는 학자여서 세상이 어찌 돌아가느냐를 물은 적은 없었다.

황도 주변의 백성들이 힘든가 아닌가를 가끔 묻는 것이 다였다.

세상 돌아가는 일 따위를 묻는 일은 단연코 없던 것이다.

"주로 어떤 것을 말씀하시는 것이온지……."

자밀라가 눈치를 보며 최대한 정확히, 천천히 묻자 제갈청청이 즉시 들려주었다.

"내가 정신을 잃고 누운 후에 일어났던 일들."

자밀라의 얼굴이 그제야 밝아졌다.

'아, 역시 그간의 일이 궁금하셔서 그런 것뿐이시구나.'

황자들 간의 권력 투쟁에 누구의 손을 들어주겠다느니 하는 이야기가 아니라고 판단한 자밀라는 공손히 이야기를 시작했다.

"가장 큰 변화는 저 구름 기둥이 생긴 직후의 일이옵니다."

"구름 기둥?"

제갈청청은 갑자기 가슴이 두근거리는 것을 느꼈다.

구름 기둥.

심장이 가르쳐 주는 것 같았다. 그리로 가라고.

오웨느 황녀의 얼굴이 약간 붉어진 것을 보며 자밀라가 얼굴을 숙였다.

"예. 저 멀리 이 행성 반대편의 대륙에서 위대한 존재가 소멸하는 시간과 맞물리며 거대한 에너지가 서로 부딪쳤사옵니다. 그리고 저쪽, 다른 세계가 우리 세계와 붙게 되었사옵니다. 그곳으로 들락거릴 수 있는 입구이옵니다."

제갈청청의 가슴이 점점 더 빠르게 뛰기 시작했다.

"그 세계를 누가 가 보았더냐?"

자밀라가 일이 어찌 될 줄은 전혀 모른 채 질문에 답하며 재잘거리기 시작했다.

"아, 중원이라 부르는 세계였사온데……."

"……!"

제갈청청의 눈이 확 커졌다.

그러더니 숨도 잠깐 멈췄다. 중원!

그녀의 몸에서 기파가 뿜어져 나오기 시작했다.

"중원이라니!"

그녀가 누워서 계속 생각하던 것, 바로 중원이었다.

눈을 뜨고 오웨느라는 여자의 기억이 실제로 느껴질 때부터였다. 그녀의 힘은, 그녀의 야망과 욕념은 중원에 있어야 했다. 중원을 손아귀에 쥐고 호령해야 하는 것이다. 제갈청청은 벌떡 일어서 침대를 내려왔다.

"황녀 마마!"

자밀라가 놀라 그녀를 부축하려 일어섰다.

그러나 제갈청청은 그 손을 저지하며 명했다.

"즉시 그 구름 기둥으로 향할 것이다."

덜컥, 자밀라의 심장이 큰 소리를 냈다. 쳐다보니 오웨느 황녀의 눈은 빛나고 있었다.

자밀라는 그 눈빛을 보는 순간 깨달았다. 오웨느는 무슨 수를 써서라도 그 구름 기둥으로 향할 것임을. 자밀라는 침을 꼴깍 삼켰다. 말을 잘해야 할 때였다.

오웨느가 아무리 정 많은 사람이라 해도 황족이며, 황제의 사랑을 독차지하는 외동딸, 제국의 꽃이었다.

말 한마디 잘못 전달하는 순간, 자밀라의 목숨은 그걸로 끝이었다. 자밀라의 입술은 그래서 조금 떨렸다.

"마마, 그 해역은 지금……"

제갈청청의 얼굴이 찌푸려졌다.

"무슨 일이더냐?"

"큰일이 벌어졌다 하옵니다."

순간, 제갈청청의 얼굴에 웃음이 스쳐 지나갔다. 고개 숙인 자밀라는 보지 못했다. 제갈청청의 웃음은 그쳤지만, 머리는 뜨겁게 회전하기 시작했다.

이곳의 마법도 마법이지만, 사회 기술의 발전 정도는 하늘과 땅 차이였다. 새로운 세계에 열린 새로운 기회. 그게 황제의 명에 의해 억제되고 있지만 절대적이 될 수는 없었다.

힘을 가진 사람들은 언제나 그런 법이었다.

그러니 구름 기둥, 새로운 세계인 중원으로 들어갈 수 있는 입구를 둘러싼 곳에서 큰일이 벌어지지 않으면 오히려 더 이상한 일이었다.

"마마, 우리 제국의 먼 바다 안보를 위해 순양하던 제7함대 소속 호라이즌 소함대가 구름 기둥을 에워싸고 감시하고 있던 중, 홀연히 그 안으로 들어갔다는 소문이 떠돌고 있사옵니다."

제갈청청은 부들부들 떨며 말하는 자밀라의 등을 보고 다시 웃었다.

과연 그랬다. 인간의 탐욕은 절대자인 황제로서도 막을 수 없는 것이었다.

누군가 황제의 영을 무시하고 중원에 손을 뻗었다. 자밀라가 잘 모르더라도 그건 확실했다. 제갈청청은 그렇게 생각했다.

인간의 탐욕을 그 극한까지 부려 본 인간이기 때문에 그녀만큼 인간의 탐욕을 잘 아는 사람은 없었다.

자식을 잡아먹는 어미, 살모사(殺母蛇)가 아니라 식자사(食子蛇)의 역할을 기꺼이 해냈던 여인, 제갈청청이니까. 그런 그녀의 입가에 미소가 사악하게 번졌다.

제갈청청이 깨어날 때 급보라며 가져왔던 공학 마법의 유리판. 그걸 통해 슬쩍 봤던 군선의 모습, 그리고 아틸라의 모습이 이제야 이해가 된 것이다.

'중원에 그 힘을 가진 함선을 끌고 들어갔단 말이로군.'

제갈청청의 뇌리에 즉각 전략적인 장면이 펼쳐졌다.

'함포 사격을 할 때, 그리고 함선 안의 탱크를 풀어놓았을

때는 좋았겠지만……'

제갈청청의 웃음이 짙어졌다.

거기까지였을 것이다. 제7함대 소속 소함대. 그 함대의 제독이 누구인지 제갈청청은 곧 기억해 냈다.

'슈텐.'

스네이더 슈텐 올라카.

경망스러운 것이 탈이라 결국 7함대 사령 제독을 맡지는 못했다. 그래서 이를 갈고 있을 것이라 예상되는 인물이었다. 그리고 솔직히 그는 해전보다 상륙해서 점령하고 성을 쌓아 농성하는 일에 능한 장수였다.

그래서 더 큰 타격을 받았을 것이다. 왜냐하면 상륙한 곳이 바로 중원이었기 때문이다.

'해변을 벗어나면서 중원의 고수들에게 반격을 받았을 것이고……'

그리고 제독은 얼마 점령하지 못한 채 도로 퇴각해야 했을 것이다. 그 과정에서 제국의, 아니, 실상 제독의 예상을 크게 웃도는 피해를 입을 것이 틀림없었다.

그렇지 않다면 몇 달 만에 깨어난 딸과 몇 마디 나눠 보지도 못하고 황제가 도로 집전궁으로 향하는 일은 없었을 것이다.

물론 제갈청청은 견자단과 한 왕국 왕자가 끼어들어 더 황당하게 진행되었다는 것까지는 알지 못했다. 함선이 모조리 가라앉고, 제독을 포함해 모조리 죽었다는 사실을.

'그랬단 말이지……'

그사이 자밀라가 미넬라인 궁의 상궁 마가리타를 불러왔기 때문에 제갈청청은 웃음을 그쳐야 했다.

기회였다. 제국은 적잖이 당황했다. 황제도 당황했다. 대신들, 대귀족들도 모두 당황했다. 아마 제국의 모든 해군이 경악했을 것이다.

쉽게 점령당하지 않는 중원.

제갈청청은 이 기회를 놓치지 말아야 했다.

'그러려면 직접 봐야 하지.'

그녀는 입술을 비틀었다.

중원으로 돌아간다!

그녀의 가슴이 마구 뛰었다.

마가리타가 뭐라고 잔소리를 늘어놓는지 그건 알 바가 아니었다. 제갈청청은 오웨느의 기억을 고스란히 가지고 있다. 그녀는 오웨느의 기억을 따라 기를 끌어 올리고 숨을 멈췄다. 몸에서 파장이 자연스럽게 퍼져 나가기 시작하자 마가리타와 자밀라의 눈이 커졌다.

"아, 아니 되옵니다, 마마!"

"마마!"

제갈청청은 독함을 숨기고 꼭 장난치는 소녀처럼 웃었다. 오웨느의 표정이었다. 그 표정을 어릴 때부터 봐 온 마가리타가 넋을 놓고 털썩 주저앉았다. 말릴 수가 없는 것이다.

광채가 일었다.

그녀의 몸이 원래 익숙하게 쓰던 마법이었다. 공간 이동은 그렇게 일 년 만에 다시 오웨느의 몸에서 구현되었다.

"마마!"

소리가 들리지 않는 듯 오웨느는 광채를 축소시켰다. 마가리타가 마지막으로 소리를 질러 물었다.

"마마! 대체 어디로 가시나이까!"

그러나 대답은 곧 돌아올게, 라는 장난 섞인 웃음뿐이었다. 광채가 사라지자 오웨느도 같이 사라졌다.

빈 침대만 바라보던 마가리타가 자밀라를 다그쳤다.

자밀라의 이야기를 들은 마가리타가 입술을 잘근 깨물더니 중궁(中宮:Central Place)으로 향했다. 황제와 대신들이 제국을 경영하는 곳이었다. 황실에 악재가 겹치고 있었다.

*   *   *

쏴아아아—

비가 바다에 쏟아지고 있었다.

왕자가 깨어난 직후 본 것은 웬 수염 허연 노인과 젊은 중년인이었다.

자신이 배에서 육지로 옮겨졌다는 것도 그때 알았다. 빗줄기는 포격과 탱크 포탄으로 망가진 건물에 기적처럼 남은 천장을 두드려 대고 있었다.

그 천장 밑에 자신이 누워 있었다.

쏴아아아—

개방도들이 시신을 다 거두었다. 하지만 여전히 남아 있는 핏자국은 이제야 비를 만나 씻겨져 내려가고 있었다.

이미 시커멓게 굳은 피딱지들이 조금씩 부스러지며 바다로 흘러 들어가고 있었다.

바로 옥삼의 객점이었다. 비록 폐허가 되었지만.

왕자의 고개가 옆으로 돌려지자 졸고 있던 롯데가 화들짝 깨며 말을 건넸다.

"저하……!"

왕자가 숨을 길게 쉬며 속을 조금 다스리고 롯데에게 물었다.

"견자단은……?"

순간, 롯데가 안스럽다는 표정을 지으며 입에서 가느다란 한숨을 내쉬었다.

"얼마나 심려하고 계시온지…… 이 순간에 그들을 먼저 찾아 계시다니…… 저하."

그러고는 손으로 눈가를 찍어 내는 롯데였다.

그러나 왕자는 씨익 웃었다.

"분위기가…… 설마 나 죽는 건 아니겠지?"

롯데가 펄쩍 뛰었다.

"절대로 아니 될 말씀이옵니다! 군왕의 선정(善政)이 펼쳐질 날만을 기다리는 백성을 생각하시옵소서!"

롯데가 수염 허연 노인과 중년 사내에게 급히 말을 하자 노인이 뭐라고 중원 말로 얘기했다.

사실 두 사람은 다름 아닌 종남일기와 녹진자였다.

이 둘이 왕자의 뒤틀린 기맥을 바로잡아 주고 주화입마 직전까지 몰린 왕자의 몸 상태를 막아 주었다. 의원이 아니니 당연히 그들의 내공을 써서 도로 회생시켜 놓은 것이다.

얼마 전, 해변에 있던 이들은 견자단 셋이 대체 뭘 하나 궁금해하며 허공에서 구경하다가 그들의 집단 각오를 보고 경악을 했고, 그 과정에서 무리한 왕자가 기맥이 뒤틀리고 폭발하기 일보직전까지 놓이는 것을 보고 내려와 사람을 일단 살려 놓은 것이었다.

그때, 광검이 두 사람에게 덧붙여 말했다.

"이 꼬맹이 좀 더 살펴 주십시오."

녹진자가 술병을 입에서 떼고 혀를 찼다.

"평소 꽁꽁 얼어붙은 얼음장이나 날리던 놈이 웬일로 남을 보살펴 달라실까? 늙은 이 몸은 불안해진다만?"

광겸이 킬킬거렸다.

"어? 녹진자 어르신 어느새 일기 어르신을 따라가시네요, 말투가?"

녹진자가 화들짝 놀라 고개를 도리도리 저으며 술병을 다시 입에 댔고, 종남일기가 물었다.

"왕세자라는 신분에, 역적의 칼에, 그리고 대국의 황제가 통제한 구름 기둥을 넘어 여기까지 온 사연이 있으니 뭐 가슴 아픈 사연이긴 하겠지. 어린 가슴으로 감당하기 힘들 만큼. 한데 너희들은 괜찮으냐?"

어린 나이에 비참한 현실로 내팽개쳐진 왕자에게서 동병상련을 느낀 것인가, 특히 광겸의 생모 제갈청청의 소식은 이 셋에게 웃을 여유를 허락치 않는 것이기도 했다.

광검은 아무 말도 없었고, 광수가 그런 광검을 보며 다짐하듯 말했다.

"안 괜찮으면 어쩔 겁니까? 어쨌든 헤쳐 나가야지요. 저희는 이제 눈앞의 이 어린 강아지가 아니니까."

눈앞의 어린 강아지, 왕자가 신음을 흘리고 있었다.

무의식중에 나오는 단어가 바로 불쌍한 누님이라는 말이었다.

그것을 듣고 롯데가 다시 눈물을 흘렸다.

"무슨 말이야?"

롯데가 도리질을 했다.

"내 입으로는 안 돼요. 그냥…… 저하께서 깨어나시면, 그래서 직접 말씀하신다면 그때 들으세요."

견자단의 고개가 동시에 끄덕여졌다.

그리고 이제 왕자가 깨어난 것이다. 왕자는 롯데의 만류를 뿌리치고 일어나 앉았다.

그런 왕자를 보고 종남일기가 말했다.

말하는 것은 소리가 아니고, 내용도 언어가 아니었다.

사람의 뇌에서 직접 다른 사람의 뇌로 전해지는 의지. 영혼의 소리가 통한다고 해서 통령음이라 불리는 경지, 그리고 왕자가 사는 세계에서는 텔레파시라고 부르는 그것이었다.

[무얼 그리 찾아 헤매이는고? 압제에 시달리는 백성인고, 아니면 어린 너를 보듬어 주던 네 핏줄인고?]

그 순간, 왕자의 얼굴 근육이 파르르 떨렸다.

그것은 롯데에게도 전해졌다. 왕자의 표정을 보자마자 롯데의 눈에서는 눈물이 쭉, 솟았다.

"저하……."

종남일기의 통령음, 정식 명칭 혜광심어(慧光心語)는 계속되었다. 그는 웃고 있었다.

부드러운 웃음이 부드러운 기파를 만들어 내고, 그 기파가 왕자를 감쌌다.

왕자의 나이 이제 열여섯.

여섯 살 때부터 험난한 삶의 속에서 성장한 왕자다. 일찍이 경험하지 못한, 마치 할아버지가 손주를 안고 달래는 듯한 기파에 왕자는 울컥 눈물을 흘리고 말았다.

한 번 터진 눈물은 쉬이 그치지 않았다. 왕자는 계속해서 울었다.

한참 울던 왕자는 붉어진 눈으로 두 노인을 바라보았다.

그리고 종남일기를 향해 입을 열었다.

"내 누이가 있소. 정치적인 음모로 궁에서 내쫓긴 누님이오. 이젠 단 하나뿐인 내 혈육이오. 내가 힘이 없어서 돕지를 못했소……."

"공주가 궁에서 쫓겨났다?"

종남일기가 행한 혜광심어는 진기를 펼치고 있는 동안 왕자의 머릿속 생각도 전달이 되는 것이었다. 견자단과 같이 각오를 경험하지 못했다면 이해하지 못할 파동이었다.

순간, 종남일기의 머릿속에 하나의 광경이 떠올랐다.

왕자, 카알의 기억이 같이 공유되었다. 혜광심어는 말이 아니다. 서로 보는 것이고, 서로 느끼는 것이니까 가능한 일이었다.

마침 들어오던 견자단이 그것을 같이 보았다. 각오의 파동이 서로 공유하는 형태로 일어났기 때문이다.

서 있던 사람들의 뇌리에 같은 장면이 떠올랐다.

햇살이 밝은 날이었다.

공주는 궁을 나왔다.

저잣거리에서 장을 보기 위해서였다.

며칠을 기다린 허가였고, 마침내 떨어져 즐거운 마음으로 나선 참이었다. 시집을 가기로 했다.

물론 정략결혼이다.

한 왕국은 대륙 동쪽 끝에 위치한 반도지만 남쪽으로도 꽤 치우쳐 있었고, 왕국의 북쪽은 개발이 안 된 오지, 험한 칼날 산맥으로 막혀 있었다.

남쪽 끝은 마수의 밀림이었다.

손꼽히는 기사와 마법사들이 있는 한 왕국이지만 마나를 부려 소닉 블레이드를 내뿜으며 두꺼운 껍질을 가지고 살아가는 마수들까지 어쩔 수는 없었다.

그래서 남쪽 밀림은 개발하지 못했다.

한 왕국에 급한 것은 항구였다.

큰 항구가 두 개밖에 없는 한 왕국은 남서쪽 국경을 맞대고 살아가는 우린 부족과 관계를 맺고, 그 부족의 해변을 항구로 개발하기로 했다.

그래서 왕자 카알의 누이, 엘르는 그곳으로 시집을 가는
것이었다.

공주의 마지막 외출은 그래서 백성들이 슬퍼하는 듯했다.

남쪽의 야만 부족에게 시집을 가야 하기 때문이었다.

물론 엘르의 외출은 어린 왕세자와 백성들의 우려 때문이
었다. 그래서 그녀는 왕궁 근처 백성들에게 한껏 밝은 모습
을 보여 주기 위해 나선 것이었다.

나 이렇게 밝으니 걱정하지 말라고.

공주의 인생이란 어차피 상품처럼 팔려 나가는 것이다. 엘
르는 그걸 부정하지 않았다.

나라를, 왕실을, 그리고 어린 동생 왕세자 카알을 위해서
는 얼마든지 희생을 감수할 수 있었다. 그리고 거기에 더해
백성들에게 앞으로 교류가 많아질 우린 부족 연합국 사람들
과의 친교도 함께 걱정하는 것이었다.

그런 외출이었다.

공주는 시장 상인과 백성들에게 한껏 밝은 모습을 보여 주
었다.

기획은 대성공이었다. 많은 백성들은 착하고 예쁜 엘르 공
주의 행복을 기원하며 축복을 빌었다.

그렇게 성원을 받으며 엘르 공주가 성문으로 몽을 돌릴 때
였다.

저만치 광장에서 주택가로 접어드는 골목길 어귀에서 찢어
지는 비명이 터졌다.

이어지는 장면에 견자단과 종남일기, 녹진자, 그리고 롯데까지 모두 다 놀람을 감추지 못했다.

시장 안의 공주를 궁의 탑 위에서 내려다보던 각도가 아니라, 공주가 바라보는 정면의 각도로 바뀐 것이다.

이것은 왕자가 누이 엘르의 파동을 접하고 그녀의 기억을 같이 보았다는 것을 의미했다.

광겸이 중얼거렸다.

"역시…… 각오에 들기 전부터 자기 능력을 알고 수련을 쌓아 왔던 거군요."

"쉿!"

종남일기가 손가락을 입에 대며 입단속을 시켰다. 왕자 카알에게 중요한 고비였기 때문이다.

견자단들의 눈에, 아니, 엘르의 눈에 마구 달려오는 남자가 보였다. 그 남자의 옆에는 아이를 안은 여자도 있었다. 헐떡이면서도 억지로 더 숨을 들이켜더니 여자가 울부짖었다.

"사람 살려! 살려 주세요! 제발!"

그때, 골목의 주택 지붕에서 한 젊은 사내가 나타났다.

금발에 잘생긴 얼굴이었다. 그 사내가 싸늘하게 외쳤다.

"어딜!"

그러더니 사내가 휘익, 날아내렸다. 동시에 손에 들린 칼이 내려쳐졌다.

파박!

피가 튀었다.

여자를 감싼 남자의 등에서 한순간 피가 솟구쳤다.

남자는 여인의 뺨을 한 번 보듬고는 그대로 쓰러져 부들부들 떨었다. 사내는 그래 놓고 혀를 내밀며 웃었다.

"어이, 당신 남편 척추를 갈라놨으니까 지금 빨리 치료사한테 데려가면 그래도 병신은 면해. 어때, 그 물건을 빨리 내놓는 게?"

충격이었다.

지금 공주 엘르의 시선에는 분명 시녀 말고도 왕궁의 호위들이 같이 잡혔다.

왕궁 문 앞에서, 게다가 왕궁 호위의 눈앞에서 살인을 저지르고 도망치기는커녕 웃으며 협박을 하는 황당한 인간.

"뭐, 이런 놈이?"

어이가 없어 입을 딱 벌리는데, 종남일기가 인상을 썼다. 조용히 하라는 것이었다.

왕자의 눈꺼풀은 감긴 채로 계속 꿈틀거렸다. 감정의 기복이 심해 건드리면 큰일 난다.

견자단은 그래서 입을 닫고 도로 왕자의 기억 속으로 다시 들어갔다.

순간, 공주는 망설였다.

결혼을 앞둔 처지라 이런 흉악한 일에 끼어들면 나라의 큰일이 망쳐지는 수가 있었다. 게다가 자신의 행동 하나하나를 감시하며 꼬투리 잡는 무리들도 많았다.

함부로 끼어들 일이 아니었다.

왕궁 호위들의 행동 방식도 공주를 일단 먼저 감싸고, 그 상태에서 발걸음을 궁으로 옮기는 것이었다.

그걸 당연히 따라야 했다. 자신도 그 밖으로 벗어날 여력이 없었다. 정치적인 음모에 자신이 휘말리면, 그다음은 동생, 왕세자 카알이다.

엘르는 그런 모험을 섣불리 할 수가 없었다. 그래서 왕궁 호위들과 같이 걸음을 왕궁으로 옮기던 찰나였다.

그때, 엘르의 생각할 능력을 마비시키는 일이 일어났다.

금발의 사내가 아이의 입에 칼을 집어넣은 것이다.

그리고 양쪽으로 까딱이는 시늉을 했다.

"어쩔까? 응? 그거 내놓을래? 아님 네 자식 턱을 분리시켜 줄까?"

그 광경에 엘르는 그만 참지 못하고 고함을 쳤다.

"그만! 그만두지 못할까!"

순간, 시장의 모든 사람들이 고함을 친 엘르를 쳐다보았다.

동시에 엘르도 깨달았다.

두려워하면서도 일말의 바람을 가지고 자신을 바라보는 시장통의 백성들이 고마워하는 얼굴. 공주의 호위에게, 아니, 왕실의 위엄에 기대고 싶어 하는 그 눈빛들.

그녀는 이제 물러설 수 없다는 것을 깨달은 것이다.

엘르는 명령했다.

"두고 보아서는 안 된다! 호위장님! 저 모자를 보호하세요!"

그러자 호위장이 작은 목소리로 만류했다.

"마마, 어서 환궁하셔야 하옵니다."

그러나 엘르는 완강했다.

"안 됩니다! 호위장님! 왕궁 앞, 왕실 사람이 나와 있는 앞에서 버젓이 살인을 저지르는데 그것을 보고도 도망치다니요! 우리만 쳐다보는 백성들을 어찌합니까! 왕실의 권위는요! 저 억울한 목숨은요! 저 모녀를 지키세요!"

그러자 금발사내가 침을 탁, 뱉더니 웃었다.

"하? 간신들이 왕을 독살하려 할 뿐 아니라 유명무실한 한 왕실 따위가 감히 우리 일을 방해하겠다는 건가?"

그러더니 이어서 외쳤다.

"방해하면 모조리 죽인다!"

금발사내는 칼을 휘두르려 했다. 아이 입에 넣어진 상태 그대로.

"멈추거라!"

금발사내는 비웃으며 칼을 휘둘렀다.

"아아악!"

아이 엄마가 소리를 질렀다.

아이의 입이 한쪽으로 찢어지며 피가 칼의 궤적을 그렸다.

다행히 살만 찢겼다. 아이 엄마가 피를 흘리는데도 울지 못할 만큼 겁에 질린 아이를 안고 엘르에게로 뛰기 시작했다.

사내의 눈이 잔인하게 번쩍였다.

"감히!"

사내가 칼을 높이 쳐들었다.

종남일기와 녹진자, 견자단의 얼굴이 심각해졌다.

왕권을 이리 무시하는 놈이 있다니.

카알의 몸에서 나오는 파동은 분명 훌륭한 왕이 이끌던 정상적인 왕조의 역사를 느끼게 하는 것이었다.

본능적으로 정상적인 상황은 아니라는 것을 느낄 수 있었다. 무언가 작위적인 냄새가 났다.

'음모다.'

종남일기의 혜광심어에 의한 카알 왕자의 파동은 계속 보여졌다.

칼이 아이 엄마의 등을 노리고 내려치는 순간, 엘르의 손이 치맛단을 슬쩍 말아 쥐었다. 바로 곁에 있던 시녀는 그것을 전혀 눈치채지 못했다. 그만큼 황당한 사태였으니까. 시녀가 엘르의 치맛단을 붙들었다면 그렇지 않았겠지만, 엘르는 숨을 크게 들이마셨다.

마나 파동이 몸을 충분히 도는 시간은 잠깐. 누구도 모르던 비밀이었다.

일국의 공주가 남몰래 기사들이나 하는 몸싸움 수련을 한 것이다. 엘르가 땅을 박찼다.

순간, 호위병들의 틈을 비집고 시녀의 몸이 홱 돌아 넘어졌다. 그만큼 엘르의 전진은 빨랐다.

동시에 사내의 칼이 내려쳐졌다.

푸바박!

사내의 칼에서 소닉 블레이드가 터져 나왔다.

광장 시장 바닥의 벽돌을 마구 파헤치며 쏘아지듯 달려드는 소닉 블레이드의 궤적에서 두 모자가 충격을 받아 옆으로 비켜졌다.

푸바바박—

소름 끼치는 소리가 터져 나오며 소닉 블레이드가 지나갔다.

엘르가 두 모자를 위해 몸을 날린 행동은 모두에게 경악을 불러왔다.

"고, 공주님이! 공주님이 사람을 구하셨다!"

백성들의 입에서 찬사가 터졌고, 금발사내는 경악을 했다.

"왕실을 위해 얌전히 상품으로 팔려야 할 계집 주제에 남자들도 도달하기 힘든 수련을 쌓았다고? 네년이 제정신이냐?"

호위단장은 입을 악다물었다. 결국은 엘르 공주의 비밀이 이렇게 온 세상에 드러나고 만 것이다. 정치적인 폭풍이 거세게 몰아닥칠 것이 당연했다.

뚝, 뚝.

엘르의 치맛단이 피로 물들기 시작했다.

아이 엄마를 감싸고 구른 엘르도 사내의 검격을 완전히 피하지는 못했다. 그녀의 왼쪽 새끼손가락 하나가 통째로 잘려 나가고 말았다. 바깥쪽을 길게 훑으며 스쳐 지나간 소닉 블레이드의 궤적 끝에서 변화가 툭, 일어나며 엘르의 손가락을 물고 나간 것이다.

곧 시집가야 할 공주가 남자들보다 더 독한 수련을 했고, 게다가 손가락도 하나 날아간 병신이 된 것이다.

왕궁에서 금위대가 뒤늦게 몰려오고, 난리가 벌어졌다.

엘르 공주가 쓰러졌다. 정신을 잃기 직전, 여인의 팔에 안겨 있던 아이가 뭔가를 엘르의 손에 쥐어 주었다.

그리고 세상이 시커메졌다.

그것이 카알 왕자가 보여 준 마지막 영상이었다.

28.
그녀와 그녀의 소식 1

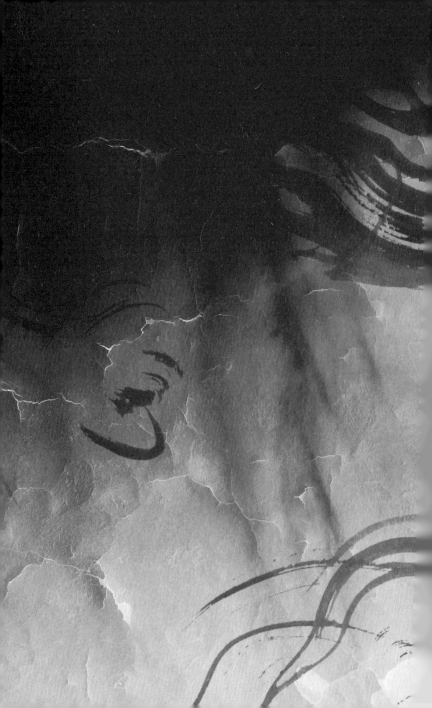

그녀는 조그만 조각배를 타고 있었다.

연안이 아닌 먼바다였다.

풍랑이 조금만 가해져도 파도는 조각배 따위를 손바닥처럼 뒤집는다.

그러나 그녀는 두려워하지 않았다.

파도가 실제로 배를 흔들고 있었다. 그녀의 훤칠한 키가 같이 흔들렸다. 머리카락이 출렁, 금발이 나부끼며 얼굴을 스쳤다. 물살이 튀었다.

그러나 그녀의 얼굴을 치지는 못했다.

실드가 배 전체를 감싸고 있는 것이다. 아무리 조각배라 해도 길이는 3미터에 가까웠다. 그 정도 크기로 실드를 운용한 채 이 바다를 계속 항해할 수 있는 사람은 오직 그녀 하나

뿐이었다.

그녀는 구름 기둥을 보았다. 그녀가 웃었다.

힘을 끌어내 날아간다면 아무렇지도 않겠지만, 저 구름 기둥은 알카루스의 힘 따위는 저 너머에서 쓸 수 없다는 것을 가르쳐 주고 있었다.

아틸라는 중원에서 알카루스의 힘을 끌어내지 않은 것이 아니었다. 끌어내지 못한 것이다.

혹여 억지로 끌어냈다면 알카루스는 바로 지옥으로 끌려 들어가고 아틸라는 힘이 빠진 채 주저앉았을 터다.

그는 그 사실을 죽을 때까지도 몰랐다.

그러나 그녀는 달랐다.

그녀는 극한의 수련을 구름 기둥 너머의 세상에서 해 보았다. 아틸라가 알지 못한 것을 그녀는 알 수 있었다.

그리고 그녀가 아는 것이 곧 알카루스가 아는 것이었다. 그녀의 눈에서 불길이 솟구쳐 올랐다.

지옥의 유황불이 그녀의 눈에서 뻗어 나왔다.

하지만 아무것도 볼 수가 없었다. 그녀는 싱긋 웃었다.

"과연……."

알카루스의 힘은 구름 기둥 근처뿐만 아니라 그 너머의 세계, 중원에서는 그 이상 쓰는 것이 불가능하다.

알카루스가 이곳 세상 사람의 육체에 깃든 이상, 저쪽 세상에서는 그 존재가 허락되지 않았다. 억지로 끌어내 쓰면 역시 저 지옥으로 끌려 들어갈 것이다.

그래도 그녀는 걱정하지 않았다.

그녀는 홀로 유일무이한 유아독존을 이룰 것이니까. 구름 기둥 너머 중원과, 여기 이 세상도 손에 쥐고 수천만, 수십억 명의 생사여탈권을 틀어쥐고 모든 것을 바꿀 테니까!

모든 세상의 생물들, 무생물들도 그녀에게 엎드려 찬가를 불러야 할 테니까.

그래서 그녀는 다시 한 번 싱긋 웃었다.

금발이 싱그러운 절세미녀의 웃음이었다.

그러나 두 눈은 지옥의 유황불을 내뿜는 웃음이었다.

그녀의 작은 조각배는 큰 파도를 아무렇지도 않게 맞으며 구름 기둥 안으로 들어갔다.

*　　　*　　　*

이윽고 카알은 눈을 떴다.

고른 숨, 그리고 마음이 훨씬 진정된 듯한 기파.

그것을 확인한 종남일기가 물었다. 한 번 물었으나 카알이 정신줄을 놓는 바람에 답을 듣지 못한 질문이었다.

[무얼 찾아 헤매이는고?]

카알이 고개를 돌렸다.

눈물이 주룩 흘렀다. 카알은 다시 보여 주었다.

아틸라를 부리던 밍박 공작. 그는 엘르 공주의 처신이 과한 행동이라 주장하며 죄인으로 몰아붙였고, 우린 왕국에 손을 써 파혼 선언을 받아 냈다.

엘르는 이제 왕실을 욕보인 죄인이 된 것이다. 정말로.

감히 공주에게 칼을 댄 죄인, 그 범죄자들을 잡는 일은 일부러 소홀히 했다.

엘르 공주가 궁에서 쫓겨 나가는 날이었다.

카알은 그녀를 찾아갔다.

왕세자가 방문한다는 소식에 침대에 누워 있던 엘르는 후다닥 일어나 억지로 꾸민 모양새를 보였다.

그 일이 터지고 나서 한 달 만에 겨우 얼굴을 본 누이는 초췌했다.

"세자 저하를 뵙습니다."

목소리조차 힘이 없었다. 그래서 카알은 울컥했다.

"이게 뭐요, 누이! 살아야지! 죄도 없는데 왜 죄인인 것처럼…… 누이!"

순간, 엘르의 목소리에 울음이 섞였다.

"죄인입니다. 왕실의 여인에게 금지된 법을 어기고 마나를 수련하며 검을 익혔사옵니다. 죄인입니다. 왕실을 욕되게 했고, 그리고……."

엘르의 목소리가 더욱 떨렸다.

"혼자 놔두고…… 이리 어리신 저하를 홀로 놔두고 떠나니, 그것이 진정 큰 죄이옵니다……."

침묵이 일었다.

엘르는 카알 앞에서 이렇게 약한 모습을 보인 적이 없었다. 카알은 갑자기 숨이 턱 막혀 왔다. 대관식을 치르기 딱 사흘 전이었다.

아바마마가 병석에 누운 지 십 년, 이제 엘르마저 떠난다. 자신에게 항상 강하고 용기와 따스한 희망만을 보여 주던 누나, 엘르는 깊은 절망을 안고 궁에서 쫓겨나는 것이었다.

자신이 할 수 있는 것은 없었다.

카알은 하마터면 절망할 뻔했다. 그때 나이 열다섯. 정말 아무것도 할 수 없는 나이, 용기를 잃지 않는 것만 해도 정말 대단한 시기였다.

카알은 도저히 엘르 앞에서 마주 울 수가 없었다.

그녀에게 칼을 하나 쥐어 주었다.

엘르의 눈에서 눈물이 그쳤다.

"저…… 저하, 이, 이것은……!"

왕가의 칼이었다.

위대한 존재의 눈물이 박힌 칼. 그것은 한 왕국 오천 년 동안 대대로 전해져 내려왔기 때문에 이것이 없으면 그 누구도 대관식을 통해 왕이 될 수 없었다.

카알은 소리를 죽여 소곤거렸다.

"이제 곧 반란이 일어요, 누이."

엘르는 충격을 받았다.

그에 카알이 손가락을 그녀의 입에 대고 조용히 하라 주의를 주었다.

억지로 비틀어진 웃음이나마 쥐어짜서 누이에게 보여 주었다. 카알 자신은 몰랐지만, 눈물이 그렁거리는 눈으로, 그래서 엘르의 가슴을 더 찢어지게 했다는 것을 잊은 채 보여 준 웃음이었다.

"괜찮아요, 누이. 이것이 없으면 저들도 날 죽이지 못할 겁니다. 반역이 일어나지 못하게 시간을 끌어요. 이걸 가져 가요. 꼭 살아서 돌아올 수 있게 해 줄 테니까. 마수의 숲으로 가요. 거기만이 유일한 안전 구역이요, 누이! 내 말 알아듣겠죠? 꼭! 마수의 숲으로 곧장 가요! 뒤돌아보지 말고! 멈추지도 말고!"

엘르가 손을 들었다.

그러고는 조용히 카알의 눈가에 넘친 눈물을 닦았다.

그래서 카알은 자신이 눈물을 흘렸다는 것을 알았고, 그리고 어릴 때처럼 누이가 그를 달래 주고 있다는 것도 깨달았다.

그 순간, 카알의 눈에서 눈물이 비 오듯 쏟아졌다.

엘르의 눈에서도 눈물이 흘렀다. 그 눈물을 닦지 않은 채 엘르는 두 손으로 공손히 그 칼을 받아 들었다.

일차 탈론의 난 때, 그리고 이차 탈론의 난 때 무수한 탈론들을 소멸시켜 저세상으로 돌려보낸 칼이다.

그리고 한 왕실을 상징하기도 하는 그 칼. 쥐고 있으면 그것이 곧 한 왕국 왕실이나 다름없는 그 칼을 엘르는 받아 들고 고개를 조아렸다.

"불충한 죄인 엘르 이수시느가 왕가의 칼을 감히 받드옵니다. 하늘에 맹세코 칼을 역적의 손에서 지킬 것이며, 세자 저하의 곁으로 살아 돌아올 것이옵니다. 그러니……"

말은 이어지지 못했다. 그녀의 눈에서도 눈물이 폭포처럼 흘러내리고 있었다.

카알은 돌아섰다. 눈물이 그치지 않았지만, 더는 누이를 붙잡을 시간이 없었다.

"바로……."

목이 메어 한 번 말을 삼킨 카알이 이를 악물고 말을 이었다.

"바로 추적 자객들이 따라붙을 겁니다. 궁에서 나가자마자 바로 달리세요. 남쪽으로, 무조건 남쪽으로, 마수의 숲으로 무조건 들어가요, 누이."

엘르는 그때도 고개를 들지 못했다.

"세자 저하의 명을 받자옵나이다."

엘르는 그렇게 뒷걸음질로 방을 나섰다.

그리고…… 눈물을 감추지 않은 채, 그 눈물을 손수건도 아닌 그냥 손등으로 스윽 문지른 채, 그렇게 그녀는 달리기 시작했다.

동생.

왕자가 일러 준 대로, 어린 나이에 어마마마를 잃고 왕위에 오르지도 못한 채 죽을 날만 기다리고 있는 아바마마, 그래서 홀로 남겨진 불쌍한 동생 카알이 가르쳐 준 대로 남쪽으로 달렸다.

마수의 숲.

일반 사람들에게는 죽음의 숲이다. 그러나 동생 카알은 아무 생각 없이 그 숲을 일러 준 것이 아니었다.

엘르는 그렇게 믿었다.

그녀는 울고 또 울면서 계속 달렸다. 숨이 턱까지 차올라

도 멈추지 않았고, 동생의 눈에 눈물이 고여 있을 것을 알아
도 뒤돌아보지 않았다.

그것이 카알이 원하는 것이었으니까.

달리고 또 달렸다. 심장이 터질 것 같아도 그녀는 달렸다.

그렇게 그녀는 카알의 시야에서 벗어났다.

카알이 문득 손으로 눈물을 슥, 닦았다. 그러더니 말했다.

"헤매지는 않소. 난…… 계속 갈 거요. 아바마마와 우리
왕국의 백성도, 누이도 같이 다 살리는 길로. 흔들리지 않고
계속."

종남일기는 그 말을 이해하지는 못했지만 빙긋 웃었다. 소
리에 담긴 파장도, 왕자가 내는 기파도 비슷했다. 결심이 굳
건했다.

옆에서 녹진자가 술을 한 모금 들이켜고 피식 웃었다.

"소년은 성장한다! 뭐, 아주 바람직하군. 아, 왕후장상의
씨만 아니면 내 제자로 받고 싶소, 선배."

그러자 종남일기가 코웃음을 쳤다.

"배 변화시키는 거 못 봤어? 그건 너보다 더 뛰어나더구
만. 네가 사부로 모셔야 할 판에 누가 누구더러?"

결국 녹진자의 얼굴도 일그러졌다.

"이런 제기! 나도 나이 꽤 먹었소, 선배!"

종남일기가 헹, 하고 웃으며 밖으로 나갔다.

녹진자도 질세라 밖으로 따라 나갔다.

나가나 마나 어차피 부서진 벽으로 휑뎅그렁한 곳이라 둘

은 해변으로 걸어갔다.

카알이 그런 둘을 바라보았다.

그 시선에 손 하나가 불쑥 끼어들었다.

광겸이었다.

올려다보니 광겸은 그다운 웃음을 지어 보였다.

"일어나요! 시운전을 해 봐야죠!"

햇살 속에서 광겸의 웃음은 눈부셨다.

"멈추지 않는다면서요?"

광겸의 말에 카알은 그 손을 잡았다. 당겨지는 힘으로 카알은 다시 일어섰다.

땅을 두 다리로 딛고 카알은 고개를 들었다.

저만치, 구름 기둥 근처에서 거대한 철선 하나가 물위에 떠 있는 것이 보였다.

밑에서 물보라가 확 피어오르며 철로 만든 거대 함선의 무게를 증명해 보이고 있었다.

카알의 눈이 빛났다.

"드디어 날았군. 내 생각대로."

그랬다.

중원, 아무 죄 없이 침략을 맞이해 죽어간 사람들을 장례 지내고 삶의 터전을 다시 건설하던 사람들이 일제히 하늘을 나는 배를 쳐다보고 있었다.

카알이 걸으면서 고개를 좌우로 흔들어 꺾고는 말했다.

"가지. 제국은 다시 쳐들어올 테니까. 7함대 전체가 몰려올 거야. 그전에 어서 정비를 끝내 놔야 해."

광겸이 장난 반으로 허리를 굽히며 손을 해변 쪽으로 뻗어 보였다.

"스스로의 손으로 준비하는 것으로는 첫걸음이십니다, 어린 왕자님. 단단히 가시지요."

카알은 씨익 웃는 것으로 답했다.

물살을 가르며 상륙정이 오고 있었다. 카알도, 그 뒤에 서 있던 견자단도 모두 눈을 빛냈다.

하늘을 나는 함선이 제국의 진입을 막는 데 아주 큰 역할을 할 테니까.

구름 기둥 안으로 들어왔다.

그녀의 가슴은 서서히 고동치기 시작했다.

'중원!'

제갈청청은 담담하려고 애를 썼다. 하지만 마나를 돌리고 호흡을 들이마셔도 가슴은 오히려 더 뛰었다.

구름은 짙었다. 앞이 보이지 않을 정도였다.

그 순간, 마나 회전이 뭔가 좀 이상하다는 것을 그녀는 깨달았다. 암기하고 주문을 외우는 것은 기본이다. 다만, 오웨느의 육체가 기억하는 것은 다른 주문이었다. 처음엔 그래서 그러려니 했다. 그런데 구름의 회전은 사람 몸의 마나도, 기도 다 같이 섞어 회전시켰다.

힘은 거대했다.

우주의 윤회 같기도 했다. 그것이 느껴질 만큼 강력한 힘이 돌고, 자신의 힘도 거기 섞이며 같이 구름 기둥에 힘을 더

하는 것이었다.

"……!"

그녀의 예상이 맞았다.

알카루스에게서 얻은 힘은 구름 기둥 너머에서 쓸 수 없었다.

제강청청의 눈이 분노로 반짝였다.

힘을 쓸 수 없다니! 단숨에 중원을 쓸어버리고 핏물에 담가 버리고 싶었다. 그러나 그렇게 할 수가 없었다.

제갈청청은 그래서 처음으로 이 우주에 화를 냈다.

'감히 균형을 만들고 거기 맞추라고 내게 요구하다니!'

제갈청청의 눈이 불타오르기 시작했다.

지옥의 분노였다.

제갈청청은 입술을 깨물었다. 자신의 행보에 원초적인 자연의 근본 원리도 막을 수 없어야 한다.

자신은 자연도, 우주도 극복해야만 했다. 그런 생각을 하면서 얼마나 나갔는지 모른다. 눈앞이 조금 트이기 시작했다.

저만치에서 찰랑이는 바다가 보였다. 그쪽도 날이 좋았다. 제갈청청은 다시 가슴이 두근거리는 것을 느꼈다. 그녀의 얼굴이 붉어졌다.

심장 고동이 그렇게 만든 것이다. 그녀의 몸은 흥분 상태였다.

이윽고 구름을 다 빠져나왔을 때, 그녀는 입을 딱 벌렸다. 물보라가 그녀의 실드를 덮치고 있었다.

조각배를 뒤엎을 정도로 큰 물결의 출렁임. 그녀의 신형이 배를 따라서 마구 출렁였다. 그녀는 놀라서 말을 할 수가 없었다.

오웨느의 지식에 의하면, 스팀 터빈의 팬을 거대하게 개조한 엔진을 다섯 개나 달고, 강철로 만든 배가 허공으로 날아오르는 중이었던 것이다.

바로 카알과 견자단이 타고 시험비행 중인 제국 7함대 부축 기동 함대의 기함이었다.

제갈청청의 눈이 사악하게 빛났다.

거대한 강철의 거대한 그림자가 거센 바람에 의해 피어나는 물보라로 흐릿해질 지경이었다.

거대한 힘을 가진, 그리고 완전히 새로운 힘이 탄생한 것이다. 잠시 당황했다.

멀리 해변이 언뜻 보였다. 분명 함포 사격에 폐허가 된 풍경이다. 중원이 맞았다.

드디어 돌아온 것이다.

이 강철의 함선은 침몰되지 않았다. 어떻게 된 것인지 알 수는 없지만, 제갈청청은 마음을 가라앉히고 사태를 주시하기 시작했다.

*   *   *

"왼쪽 1번 엔진! 올려! 더 밟고! 더!"

카알 왕자가 날을 새며 만든 조종석은 두 개였다.

롤리가 할 수 있는 대로 최대한 지식을 쥐어짜 설계한 통제 시스템을 카알 왕자는 충실히 구현해 냈다.

좌현의 엔진 두 개와 오른쪽의 엔진 두 개를 따로 통제하는 계통이었다.

선원은 달랑 카알과 롤리, 롯데, 셋뿐이었다. 셋이 모든 걸 다 해내려다 보니 당연한 일이기도 했다.

롯데가 1번 엔진의 가속 페달을 더 밟았다.

큐우웅—

함선의 몸체가 왼쪽으로 살짝 들리며 균형이 맞춰졌다.

"좋아!"

카알이 외쳤다.

롤리와 롯데, 둘은 바짝 붙어 있었다. 어쩔 수 없이 혼자서 네 개의 엔진을 다 통제해야 할 때를 가정해 일부러 붙여 놓은 것이다.

게다가 그건 위험하기도 했다.

아까 롤리가 혼자서 네 개의 엔진을 혼자 다룰 때는 함선의 거대한 몸체가 마구 뒤뚱거리고, 아예 뒤집혀 바닷물에 처박힐 듯 위태롭기까지 했던 모양새였다.

카알이 나이에 걸맞게 신이 나서 더 외쳤다.

"딱 지금이야! 지금 이 상태가 평형이다! 이 감각을 잊으면 안 돼!"

"예!"

"저하, 이제 뭘 하옵니까?"

카알이 성공을 자축하지 못하고 침을 꿀꺽 삼켰다.

욕심이 생겼다.

"균형을 잘 보도록! 진행 중이니까 이것으로 한걸음 더 나간다!"

"예?"

롤리가 입을 벌리고 다소 멍청한 표정으로 외치자 카알이 굳은 얼굴로 앞을 가리켰다.

"이 상태로 선회시키는 연습을 한다!"

"헉! 저, 저하!"

롯데가 비명을 질렀다.

지금 함선의 무게는 총 만 톤에 달했다. 이 무게의 균형을 맞추는 것조차 쉽지 않았다.

지금 페달을 밟고 있는데, 페달만 여섯 개였다. 두 발이 양쪽 페달을 밟고 있고, 한쪽 레벨이 올라가면 그걸 떼고 옆의 비출력 페달을 살짝 밟아야 했다. 그게 쉽지 않았다.

페달은 기계장치다. 맞춰져 끼운 기계 부품을 움직이게 하려면 꽉 조이는 것이 아니라 약간은 헐렁한 여유가 있어야 움직인다.

그 여유 때문에 수많은 부품의 조립된 상태에서는, 특히 페달 같은 것은 움직임의 오차가 생기게 된다.

페달은 아주 살짝만 더 밟히고 덜 밟히는 차이로 한쪽이 확 오르락내리락거렸다.

어떤 경계선 같은 것이 있는데, 그것은 굉장히 미묘한 차이라 오래 다뤄 본 다음이 아니면 조절하기 힘들었다.

그런데 이런 상황에 배를 선회시키겠다니!

카알이 외쳤다.

"롤리! 양쪽 페달 조금 더 세게 밟아!"

동시에 카알이 왼손으로 쥔 조종간을 앞으로 밀었다. 그리고 오른손의 조종간은 당겼다.

함교가 기울어지기 시작했다.

큐우우우웅—

함선이 그대로 전진하면서 천천히 궤도를 꺾기 시작했다.

"어어어어어…… 저, 저하!"

기울어지는 함선 때문에 롤리가 비명을 지르자 카알이 다시 외쳤다.

"지금이야! 지금 더 밟아 출력을 내! 지금!"

롤리가 얼떨결에 페달을 밟았다.

그러자 함선이 오른쪽으로 살짝 더 기울며 무리 없이 방향을 바꾸며 전진했다.

"으어? 이거, 이거 진짜 되네요! 저하! 으하하하하하!"

"다시 비출력!"

롤리가 빠르게 반응해 비출력을 밟고 함선을 안정시켰다. 이어서 카알이 롯데에게 외쳤다.

"이번엔 오른쪽 선회다! 롯데! 좀 빠르게 전진하니 잘 맞춰!"

"예, 엣! 저하!"

카알이 왼손 조종간은 그대로 앞으로 밀고, 오른손 조종간은 반대로 밀었다. 함선이 돌기 시작했다.

함교가 오른쪽으로 기울려 했다.

그때, 카알이 외쳤다.

"지금! 가속 페달!"

롯데가 맞춰서 확 밟았다. 그런데 조금 많이 밟았다. 왼쪽이 많이 올라오면서 함선의 궤도가 조금 더 급하게 오른쪽으로 꺾였다.

너무 오른쪽으로 기울었다. 만 톤의 무게가 균형을 잃기 일보직전이었다.

카알이 정신없이 외쳤다.

"롯데! 비출력 페달! 롤리! 가속 페달!"

함선의 균형이 이미 무너졌다. 늦은 때지만 다시 함선은 기울기를 회복하고 있었고, 카알도 다섯 번째 엔진을 최대한 기울여 함선의 궤도를 관성의 반대로 맞춰 비틀었다.

푸콰— 촤촤촤하—

함선은 옆면으로 추락하는 것을 간신히 면한 채 바다에 떨어졌다. 엄청난 파도가 일었고, 함선은 허공에서 돌던 궤도 그대로 물에서도 선회하며 그 반대쪽으로 큰 파도를 만들어 냈다.

"우욱!"

단련되었다지만 조금 튼튼한 정도의 훈련밖에 받지 못한 롯데가 구역질을 올렸다.

"정신 차려! 페달! 균형 유지!"

롯데가 의자에 허리를 깊이 붙이며 페달을 유지했다. 그러자 함선은 천천히 다시 떠올랐다.

큐우우우웅—

"휴우우우."

카알이 이마의 땀을 닦았다.

롯데도 한숨을 내쉬었다.

"욕심을 너무 냈다. 인정하지. 만약 땅에다 그랬다면 배가 버렸을지 나도 잘 모르겠어."

롯데가 고개를 수그렸다.

"송구하옵니다, 저하. 소신이 미흡하여⋯⋯."

카알이 고개를 저었다.

"아니, 아니, 괜찮아. 그래도 절반의 성공이다. 이것은 우리 튼튼한 함선의 몸체로 써먹을 수 있는 몸통 공격법을 하나 더 생각나게 했다. 롯데, 잘 버텨 줬어."

그때였다.

롤리가 앞을 가리키며 외쳤다.

"저하!"

아직도 크게 울렁이는 파도를 뚫고 뭔가 솟아오르고 있었다. 그것은 빛나는 구체였다.

파도가 덮친 힘을 뚫고 구체는 점점 더 떠올라 함교의 높이에 맞춰졌다. 그 빛의 구체 안에 여인이 있었다.

롯데가 중얼거렸다.

"실드 호버링⋯⋯."

"그게 뭔가?"

카알의 질문에 롯데가 화들짝 놀라며 대답했다.

"실드 자체로 허공에 떠 있는 상태를 말하는 것이옵니다! 제국의 황실에서 공개하지 않는 마법이옵니다!"

"황실?"

카알이 깜짝 놀라 구체 안의 여인을 자세히 보았다.

여인이 웃었다. 훤칠한 키. 화사한 미소, 아름다운 금발, 웃음이 어울리는 유혹의 눈꼬리.

어디선가 봤다. 제국의 황실에 한 번 다녀온 적이 있으니까. 그러다가 기억에 딱 떠오르자 카알이 깜짝 놀랐다.

"오웨느 황녀?"

롯데와 롤리도 경악을 했다.

"아니, 급작스러운 병으로 의식불명이라던 오웨느 황녀가 어떻게 여기 이곳에……."

상황이 심상치 않자 함선의 포대 안에 있던 견자단 삼 형제도 튀어나와 함교로 올라왔다.

그러고는 구체 안의 여인, 오웨느 황녀와 눈이 마주쳤다.

오웨느의 눈이 커져 있었다.

놀라움이다.

그리고 기쁨의 표정으로 변했다. 견자단은 어리둥절해했다.

"형, 저 여자 알아?"

물론 금발 아가씨와 하룻밤이라도 보내 봤던 광검에게 묻는 소리였다. 그러나 광검은 오웨느를 쳐다보는 채로 광겸의 뒤통수를 슬쩍 때렸다.

"내가 어떻게 아냐?"

말들이야 그랬지만, 정말 괴이한 여인이었다.

제국의 황녀라는 그 여자는 기뻐서 몸을 부들부들 떨고 있는 중이었다.

"내가 너희를 다시 만나게 될 줄이야……."

견자단 삼 형제의 얼굴이 한꺼번에 굳어지게 하는 말이었다.

"다시 만다다니!"

기쁨으로 빛나던 오웨느, 그녀의 눈동자가 한사람에게로 고정되었다.

그 시선을 받은 사람은 흠칫, 몸을 떨었다.

그 옆의 둘도 부정했다.

"아니야, 설마…… 아니야. 그럴 리가 없어. 당신은!"

견자단의 몸이 동시에 떨렸다. 그들의 눈이 커지는 사이, 오웨느의 손이 올라와 손가락 하나만 남긴 채 쥐어졌다.

그 손가락 하나가 가리키는 것은 광검이었다.

그녀의 입이 열렸다.

"백선고의 기운을 잘 흡수하고 있더냐? 더 발전한 듯싶구나."

쿠쿵—

견자단의 머릿속에 뇌격이 떨어졌다.

광검의 얼굴이 하얗게 변했다.

오웨느의 입에서 나온 다음 말은 중원의 말이었다.

"전생에 실패했으니 이번 생엔 꼭 널 삼켜 주마, 아들아!"

"아니야!"

광검이 소리 질렀다.

"아니라고!"

광수가 광검의 팔을 붙잡았다.

불타는 눈으로 오웨느가 혀를 내밀었다.

사악—

혀가 잠시 불타올랐다. 눈동자에서도 불길이 잠깐 솟구쳤다.

롯데가 떨리는 목소리로 외쳤다.

"아, 알카루스의 힘을 가졌어요! 아틸라의 몸에 깃들었던 지옥의 악마를 어떻게? 도대체 이게 어떻게 된 일이죠?"

그러자 오웨느가 불길을 사그라뜨린 다음 다시 웃었다.

"일개 국가의 정치 기반을 다 손에 쥐고도 경솔한 행동을 하는 사내더구나. 호호호, 이 몸이 몸보신하느라 먹어 주었단다."

"맙소사!"

롯데가 손으로 입을 막았다.

"마, 말도 안 돼! 오웨느 황녀께선 흑마법에 전혀 관여하지 않으시는 분이……."

오웨느가 손을 확 떨쳤다.

그 손에서 발출된 기운이 실드 벽에 문양을 남겼다.

투웅—

구체에서 한쪽을 새기며 올라온 빛의 문양. 그것은…….

광겸이 신음성을 흘렸다.

"아수라……."

오웨느가 크게 웃었다.

"깔깔깔깔깔! 알아보겠느냐? 천년마교! 중앙 교단을 지키는 자의 두 인장. 그중 지옥의 아수라니라!"

롯데는 혼란스러워했다.

"그건 우리 쪽 신화가 아닌데……?"

그러자 광검이 우울하게 대답했다.

"저 여인은…… 지금 다른 사람의 혼령을 가지고 있소……."

"혹시 당신들이 아는 사람인가요? 난, 이 이건 제국이 발칵 뒤집힐 사건이에요! 대체 저 여인은 누구인가요?"

대답은 나오지 않았다.

광검은 차마 대답할 수가 없었다. 너무 기가 막혔다. 어떻게 이런 일이 있을 수가!

대답을 오웨느가 대신했다.

"나는 제국의 황녀 오웨느. 그리고 나는 이 중원 마교의 아수라를 받드는 천마녀, 제갈청청이다."

롯데의 입이 딱 벌어졌다.

"대체, 대체 그게 무슨……?"

오웨느, 제갈청청은 깔깔대며 웃더니 광검을 쏘아보았다.

"넌…… 그 몸을, 그 몸의 힘을…… 기어이 내게 바쳐야 할 것이다. 넌 어차피 내게서 나온 것이니까."

제갈청청은 혀를 다시 내밀었다. 불타는 혀가 침을 입술에 두르고 들어가고, 그 바람에 더욱 붉어진 입술이 아주 가볍게 나풀거렸다.

"오늘은 이만 돌아가겠다. 곧…… 선물을 보낼 테니 즐겨 보려무나. 제국의 함선을 침몰시키고 사사로이 강탈했으니, 7함대 전체의 힘을 맛보는 것이 어떠하겠느냐?"

이내 광채가 강해졌다가 다시 줄어들며 오웨느도 사라졌다.

광검은 후들거리는 다리를 감당 못해 풀썩, 주저앉고 말았다.

견자단 모두 다 주저앉고 싶은 심정이었다.

제갈청청이 저쪽 서대륙, 그것도 황실 공주로 환생하다니!

분위기가 무거워 아무도 입을 열지 못하는 가운데, 롤리가 한참 만에 입을 열었다.

"에, 저하…… 7함대 전체라면…… 공중에서 한참을 떠 있어야 하옵니다. 그러려면…… 증기압이 문제이고…… 증기를 대려면 물을 더 실어야 하옵고…… 그러자면 엔진의 워터 재킷을 더 크게 만들어야 하옵니다."

카알이 한숨을 쉬었다.

"운항 실력도 아직 멀었는데 그런 대공사를 해야 하다니."

하나 주저앉아 있을 틈이 없었다. 광검은 숨을 크게 쉬었다.

'일어서야 한다!'

그랬다. 뭐라도 해야 하지 않겠는가. 억울해할 일도, 분노할 일도 나중이었다.

제국의 함대가 얼마나 무서운지는 이미 충분히 경험했기 때문이다. 광검은 자신의 얼굴을 찰싹 때렸다.

그러고는 자리에서 일어나 오웨느, 아니, 제갈청청이 사라진 자리를 노려보았다.

'다시 살아나셨어도 그 욕심은 여전하시군요, 어머니……!'

하지만 그 자리에는 파도만이 사납게 부서질 뿐이었다.

오웨느, 제갈청청은 돌아오는 내내 웃음을 지우지 않았다.

증오가 이렇게 기분이 좋은 것인 줄을 죽었다 깨어난 그녀로서도 처음 알게 된 일이었다.

"호호호호호호!"

눈은 분노로 불타오르면서도 웃음소리는 정말 즐거운 마음이 담겨 있었다. 기뻤다.

모든 것을 망쳐 버린 그 아들놈이 살아 있다는 것이 기뻤다. 정말 기뻤다.

"내 손으로 직접 고통을 주고 찢어 죽일 수 있어서 얼마나 기쁜지 모른단다, 내 아들…… 호호호호호호호호!"

그녀는 황궁으로 돌아왔다.

황녀궁 상궁인 마가리타가 슬며시 항의하는 말을 올려붙였고, 오웨느의 예절 선생인 안달리아 백작 부인도 잔소리를 해 댔다.

그러나 이미 오웨느가 아닌, 제갈청청의 정신이 그것을 들을 턱이 없었다.

"미안해, 마가리타 상궁. 하지만 아바마마께서 아시기 전에 돌아왔잖아."

"마마!"

마가리타는 더 이상 말을 못하고 고개를 숙이고 말았다. 거의 칠 개월 만에 병석에서 일어난 황녀. 그 얼마나 나가 보고 싶었을 것인지 심적으로 이해는 했기 때문이다.

오웨느의 얼굴은 정말 밝았다.

간만의 외출이 그녀에게 가져다준 변화는 긍정적이었다. 마가리타는 그래서 넘어가기로 했다.

오웨느의 웃는 모습은 그만큼 효과가 컸다.

게다가 제멋대로 외출한 것에 대해 그녀는 상궁과 시녀들에게 스스로 근신 한 달을 발표했다. 그 핑계를 이용해 틀어박혀 알카루스의 힘을 이용해 무공을 끌어 올리는 데 힘을 쏟았다.

그녀가 가장 먼저 고른 것은 마교의 신체 연단 마공이었다. 그녀의 기억으로는 그랬다.

황궁의 근위들.

황궁의 천장을 뚫고 내려가 황제를 죽이는 것이 덜 귀찮은 방법이지만, 보여 줄 필요가 있었다.

실드를 치지도 않은 상태에서 총알과 마나 파장을 실은 공격을 무용지물로 돌리는 장면을 황궁 사람들에게 똑똑히 보여 줄 필요가 있는 것이다.

암습이 통하지 않는 육신, 그리고 단단한 육신 위에 실드, 즉 호신강기를 일으키면 어떤 결과가 나오는지 똑똑히 보여 줄 필요가 있었다.

'단 한 번에 공포로 군림을 하는 것.'

그것이 그녀의 목표였다.

마교에서 신체를 단련하는 연단공 중에 '심체(心體)'라는 이름의 마공이 있다.

마음으로 자기 육신을 조종한다는 사상에서 따온 이름이

다. 종국에는 호신강기의 극한을 넘어서 심강(心罡: 마음만으로 강기의 벽이 일어나는 현상)을 일으킬 수 있는 것이고, 그 극한을 다시 넘어서면 자신의 육체도 마음에 따라서 기화(氣化)될 수 있는 무공이었다.

마교의 영생불멸에 대한 몇 천 년의 광기가 만들어 낸 무공이었다.

제갈청청도 이 심체를 익혔다.

그러나 오웨느의 육체는 익히지 않았다. 그랬기에 그녀는 이것을 속성으로 익힐 작정이었다.

마교의 무공이라 해도 정상적으로 맑고, 깨끗하고, 바른 수련법이 있다. 원래 두 갈래였으니까.

그러나 정상적으로 익히면 아무리 알카루스의 힘이라 해도 수십 년은 걸린다. 사실 심체라는 무공은 중원에서 익히려면 사람의 피 없이는 이백 년도 모자란다. 모자란 그 이백 년을 살 수 있는 사람도 없다.

그것은 여기서도 마찬가지였다.

물론, 제갈청청은 전혀 그럴 생각이 없었다.

그렇지 않다면 그녀는 마교조차 몸서리를 치는 제갈청청이 아닌 것이다.

밤마다 그녀는 마가리타와 시녀들, 그리고 마법사들의 감시를 받으며 꼼짝도 하지 않았다.

오늘도 마가리타가 마지막으로 점검하고 방문을 닫은 직후였다.

홀로 방에 남은 제갈청청은 눈을 떴다.

그리고 상반신을 일으켰다.

궁정 벽의 알람 마법을 건드리지 않고 마음대로 드나들 수
있는 존재, 탈론이 스윽 벽에서 몸을 솟구쳐 올렸다. 그런데
탈론의 몸 형상이 이상했다.

탈론의 거의 투명하던 검은 형체가 엄청나게 짙어졌다. 뒤
가 잘 보이지 않을 정도의 반투명으로 짙게 보이고, 다리마
저 생긴 것이다.

탈론은 그래서 걸어왔다.

제갈청청이 웃으며 눈을 감았다. 대신 입을 벌렸다.

그러자 탈론이 그녀와 입을 맞추듯 얼굴을 가져다 댔다.

동시에 탈론의 몸이 벽을 투과하듯 제갈청청의 몸을 투과
하기 시작했다.

두 존재의 몸이 겹쳐지자 탈론의 입이 벌어졌다. 원래 입
이 없어야 정상이지만, 벌어진 탈론의 입에서는 아주 미약한
신음 소리가 흘러나왔다.

"끄으윽—"

나이 든 남자의 소리였다. 그리고 탈론이 떨어지자 바로
옆의 궁전, 네이든 팰레스에서 일하던 늙은 시종장이 나타났
다. 네이든 궁의 시종장은 온몸이 발가벗겨져 있었다.

시종장의 쭈글쭈글한 살이 오웨느의 젊고 싱싱한 몸, 그
탱탱한 피부에 닿았다.

"허억!"

*　　　*　　　*

네이든 궁의 시종장은 눈을 찢어질 듯 크게 떴다. 분명히 꿈이 아니었다. 분명히 오웨느 황녀가 벌거벗은 채로 자신과 살을 맞대고 있는 것이다.

무슨 영문인지는 몰라도 네이든 시종장은 공포부터 느꼈다.

황녀와 감히 살을 맞대는 짓을 대체!

그다음 순간, 생각할 틈도 주지 않으며 오웨느 황녀의 흰 팔이 시종장을 휘감고 당겨 밀착시켰다.

"크―커커커커커헉!"

미약한 신음 소리였다. 시종장의 몸이 급격하게 늘어지기 시작했다.

시종장의 입에 자신의 입을 맞춘 오웨느. 그녀의 입으로 시종장의 피가 빨려 들어가기 시작했기 때문이다.

시종장의 늙은 몸이 고통 때문에 본능적으로 몸부림을 치기 시작했다.

그러나 오웨느의 팔은 그냥 가녀린 것이 아니었다.

중원 천년마교.

말만 천년이지 근 삼천 년을 이어 온 힘이 탄생시킨 심오한 무공, 심체를 운용하는 육체를 늙고 평범한 시종장이 떨쳐 낼 수는 없었다.

시종장은 남은 힘마저 다 빠져나가자 축 늘어졌다.

입가에 피도 없었다.

오웨느가 시종장의 시체를 밀어 떨어뜨리자 탈론이 다시

그 위를 덮었다.

탈론이 시종장의 시신을 감싸자 탈론의 몸은 다시 짙은 검은색으로 변했다. 다리도 다시 생겼다.

탈론이 일어나자 바닥에는 아무것도 없었다.

그리고 탈론이 걸어서 벽으로 스며들어 사라지자 제갈청청은 만족한 듯 혀를 사악— 내밀어 입술을 핥으며 웃고는 장난기 많은 소녀처럼 이불을 푹 뒤집어썼다.

그렇게 밤이 지나가고 있었다.

*   *   *

"아냐! 아냐! 아니라고!"

롤리는 소리쳤다.

정말 화가 난 소리였다. 그는 몽키 스패너를 휙 집어 던지고는 머리를 감싼 채 웅크리고 앉았다.

"대체 왜 그러는 거요?"

그와 부쩍 친해진 광겸이 물었는데도 그는 꼼짝도 하지 않았다. 롤리가 그러고 있자 아무도 건드리지 않았다.

엔진의 워터 재킷을 더 크게 만드는 일이 생각보다 어려웠기 때문이다.

재킷이라는 말 그대로 물통이 엔진에 옷을 입히듯 감싸는 형태이기 때문에 장갑판을 그 물통, 워터 재킷 위에 덧씌워야 했다. 그 무게를 매달고 물을 순환시키면서 버텨야 했다.

비단 무게뿐만이 아니었다. 충격도 고려해야 했다.

포탄의 폭발도 있다. 게다가 제국은 소국들의 마법사들도 불러들일 것이다.

그들이 쏘아 내는 마나 충격도 버텨야 하고, 끓다가 폭발할 것 같은 압력을 버텨야 했다. 그런데 잡아 줄 부위는 한정이 되어 있는데 부피와 체적은 더 커진 것이다.

조립을 하면 왕자가 일체화시키는 작업을 할 것이지만, 그래 가지고서는 몇 번 버티지 못할 것이 분명했다.

함선의 비행술 또한 장난이 아니었다. 그것만 익히려 해도 시간이 촉박했다. 하지만 현실은 엔진의 워터 재킷을 제대로 달아 놓는 것도 아직 못했다.

롤리가 마구 뒹굴기 시작했다.

"아아아아악! 난 소질이 없어! 난 바보 병신인가 봐! 으아아아아아악!"

자신의 머리와 뺨을 마구 때리며 자학을 해 대는 롤리를 보며 롯데도 한숨을 쉬었다.

"제국 황실에서 함대가 침몰된 것에 대한 비상 대책 회의가 이미 결론이 났을 시간이에요."

정말 여유가 없었다.

"어쩌면 7함대가 이미 이곳으로 향하고 있는 중인지도 모릅니다."

초조하기는 다들 마찬가지였지만, 정작 기계 설계에 대해서는 아는 사람이 아무도 없기 때문에 롤리가 저러면 아무할 일이 없었다.

그런데 함선의 꼬리에 함교만큼이나 높이 솟구친 5번 엔진을 물끄러미 바라보던 광수가 광검을 손짓해 불렀다.

"둘째야, 저거 좀 가져와 봐."

진기를 좀 실어 말한 탓에 롤리도 저만치서 듣고 고개를 살짝 들었다. 광검은 광수가 가리킨 두 개의 판자를 가져왔다.

그리고…… 하나 더 가져온 것은 물 호스였다.

롤리가 갑자기 놀란 얼굴을 했다.

"어?"

광수가 두 개의 판자를 겹치더니 빗겨 쳤다.

그러자 바깥 판자 하나가 날아갔다. 당연히 안쪽에 겹친 판자는 그대로 서 있었다.

광검이 눈을 반짝였다.

"응? 토성 벽에 매다는 포대자루 같은 거야?"

광검의 얘기는 이러했다.

공성전을 할 때 방어하는 쪽이 만약 토성, 흙벽돌로 쌓은 성이라면 수비하는 측은 공성병기가 맞기 쉬운 곳에 큰 포대를 빙 둘러 달아 놓는다. 판자와 흙이 가득 찬 포대다. 그로 말미암아 공성용 탄차의 충격과 공성용 쇠뇌의 관통력을 반감시키는 것이다.

광수가 고개를 끄덕였다.

"그래. 충격을 받으면 터져 나가지만, 대신 토성의 벽은 그 한 번만큼이라도 보호가 되지. 충격을 포대 자루가 대신 먹었으니까. 그것만이라도 꽤 도움이 되기도 하고."

"그럼 그 물 대어 주는 관은 뭔데?"

광겸의 질문을 들은 롤리가 갑자기 웃음을 터뜨렸다.

"와하하하하하하하하! 액티브 아머! 그거였다! 으하하하하하하!"

그러더니 롤리는 광수에게 다가가 와락 끌어안았다.

"헉!"

비명에도 아랑곳하지 않고 광수에게 얼굴을 비벼 댄 롤리가 엄지손가락을 치켜들더니 말했다.

"당신은 천재요!"

그러더니 롤리는 함교로 뛰어 올라가 버렸다.

광수가 그 뒷모습을 보면서 중얼거렸다.

"서대륙 문화는 아무래도 적응하기 힘들군."

광겸이 어리둥절해했다.

"대체 무슨 말들이 서로 오간 거야?"

가만히 있던 광검이 끼어들었다.

"너 바보냐? 토성의 충격 완화용 포대 자루 같은 거, 그걸 서대륙에선 액티브 아머라고 부르는 모양이지."

그러자 광겸이 항의했다.

"아니, 눈치로 알지, 그건! 근데 그게 지금 물 끓이는 화덕……."

광겸이 우물쭈물하자 광검이 다시 핀잔을 주었다.

"화덕? 에이, 무식한 놈. 엔진이잖아, 엔진! 증기 터빈 엔진!"

광겸이 일단 인상을 썼지만 모르는 건 모르는 거라 어쩔 수 없었다. 그래서 그냥 하던 말만 이었다.

"아니, 그래. 부뚜막인지 아궁인지 말고…… 그래, 엔진. 그러니까, 그 엔진에 물통 크게 덮는 거랑 저 포대 자루랑 무슨 상관이냐고!"

"그건 나도 모르지."

김빠지게 만드는 광검의 말에 광겸이 투덜거렸다.

"자기도 무식한 주제에…… 뭐, 뭐? 엔진? 증, 터, 기빈…… 증기…… 빈터…… 증기? 증기, 뭐?"

"증기 터빈이라고!"

"어쨌든 물 끓이는 가마솥 아냐, 그게!"

그런 둘의 투닥거림을 광수는 말없이 바라보았다. 사실 광수도 그 정도 기계 지식은 몰랐다.

단지 무게와 부피에 맞는 충격을 걱정하는 일은 낮은 수준이긴 해도 마교의 대장간에서도 꽤 고민하던 화두였고, 광수는 기계 부품 공학까지야 몰라도 어쨌든 이 일의 큰 뼈대는 이해하고 있었기 때문에 그냥 가장 기본적인 것만 짚었을 뿐이다.

다행히 롤리는 거기서 힌트를 얻었다.

그는 다시 설계를 시작했고, 곧 성공할 것이다. 광수뿐만이 아니고 다들 그렇게 믿었다.

그렇게 한숨을 돌릴 때였다.

"저건 뭐지?"

마침 한가한 때였다. 구름 기둥에서 아주 작은 물체가 삐져나오는 것이 보였다. 조그만 돛단배였다.

그러다가 망원경을 보던 롯데의 표정이 확 달라졌다.

작은 배지만 그 돛에 새겨진 무늬는 화산 꽃. 독한 유황 연기에서도 살아남아 활짝 피는 꽃이었다.

모두 다 타락한 가운데에서도 고고한 아름다움을 피우는, 독한 환경에서도 기어이 살아남는다는 강한 의지를 뜻하는 꽃. 그것은 한 왕실 최고의 충신 레땡이 사용하는 문양이었다.

롯데가 소리쳤다.

"저, 저하! 레땡 경에게서 사람이 왔사옵니다!"

"음?"

카알이 롤리와 설계도를 한참 노려보다가 고개를 들었다. 상태는 너덜너덜, 배는 표류하고 있는 것이 틀림없었다.

"사람은 살았는가?"

"잘 모르겠사옵니다. 여기로 흘러 들어온 것만 해도 기적 이라고 할 수밖에는……!"

당장 작은 배가 내려졌다.

다가가 그 배를 예인해 사람을 건져 놓고 보니 그는 카알 도 익히 아는 얼굴이었다.

롯데의 마나 치료에 정신을 차린 그가 카알을 보자 벌떡 일어나 바닥으로 내려와 무릎을 꿇었다.

"저하!"

"에런 남작! 경이 어떻게?"

카알이 놀란 얼굴로 물었다.

에런 남작은 자신의 자치권이 있는 영토를 가지고도 레땡을 섬기는 것으로 유명한 사람이었다.

한데 정작 레땅은 땅은커녕 처자식 안정시킬 만한 집 한 채도 없는 사람이었다. 오죽하면 레땅의 부인과 자식들이 에런의 저택에서 살겠는가.

그런 만큼 에런은 레땅의 뒷배를 봐주고 그 자금과 병력을 충당하는 일로 없어서는 안 될 사람이었다. 한데 그런 그가 부하를 시키지도 않고 직접 달려 온 것이다.

"대체 무슨 일이오?"

에런은 그대로 보고했다.

"왕자 저하의 숙부이신 밍박 공작이 왕도로 들어왔사옵니다. 그가 지금 정치를 농단하고 있사옵니다. 저하와 아틸라 백작이 돌아오지 않는 틈을 타 레땅 경을 남쪽의 작은 영지로 쫓아내 버렸사옵니다."

카알의 얼굴이 일그러졌다.

"아틸라가 죽으니 이번엔 숙부께서……!"

그러자 에런이 깜짝 놀랐다.

"저, 저하! 아틸라가 죽었다니오?"

카알이 쓴웃음을 지었다.

"그가 지옥의 알카루스와 계약을 했던 모양이오. 그 일과 관련해 죽었소."

그러자 에런이 흥분했는지 눈물을 글썽거렸다.

"왕실 조상님들의 돌보심이 있으십니다! 아틸라가 죽었으니 이제 큰 적 하나는 사라진 것이옵니다, 저하!"

카알은 그게 자신이 한 것이 아니라 더 자세히 말하기도 뭐해서 말을 돌렸다.

"그런데 에런 경, 사람을 시키지 않고 왜 여길 직접 오신 것이오?"

그러자 에런이 붉게 상기된 얼굴로 말했다.

"저하, 블루 샤크, 그 천하의 몹쓸 자객 집단을 기억하시 옵니까? 감히 엘르 마마의 옥체에까지 위해를 가한 그놈들 말이옵니다."

카알의 얼굴이 굳어졌다.

블루 샤크.

각국의 고위 정치가들과 뒷거래를 주고받는 조직. 사실상 엘르의 추방 문제는 그들이 만들어 낸 것이나 마찬가지였다. 카알이 그걸 잊을 리 없었다.

카알의 눈이 불타오르는 것을 본 에런이 고개를 끄덕이더 니 조심스럽게 말을 꺼냈다.

"밍박 공작이 레땡 경을 보낸 곳이 바로 마수의 숲을 낀 최남단 지역이옵니다. 영지민도 얼마 없어 세금조차 걷지 못 하는 그곳 말이옵니다."

마수의 숲. 카알은 정신이 번쩍 들었다.

천하에서 오직 레땡만큼은 누나 엘르가 그 숲으로 들어간 것을 알고 있었다.

에런 백작이 말을 이었다.

"그 숲에 최근 블루 샤크가 진입해 들어갔사옵니다."

롯데가 놀라서 외쳤다.

"예? 에런 경! 그 말씀은?"

에런이 눈을 반짝였다.

"저하, 그 남쪽, 마수의 숲 근처에 사는 백성 하나가 숲에서 금발의 미녀를 보았다 하옵니다. 한쪽 손 새끼손가락이 없는."

쿠쿵!

카알의 가슴이 고동쳤다.

"엘르 누이가 살아 있다는 것인가? 정말로?"

에런이 고개를 끄덕였다.

"저하의 영민한 판단이 맞았사옵니다. 왕가의 칼, 그것은 마수의 접근을 막아 주는 것이 틀림없사옵니다! 그렇지 않다면 어찌 엘르마마께서 그 무시무시한 마수의 숲에서 일 년을 살아 계실 수 있겠사옵니까!"

카알의 콧잔등이 일그러졌다.

감정을 참느라 얼굴도 붉어졌다.

에런이 서둘러 말을 이었다.

"지금쯤 레땡 경이 그 흉악한 블루 샤크와 맞서고 있을 것이옵니다. 저하, 아직까지는 아무도 엘르 마마의 생존 사실을 몰라야 하기에 저도 수십 년 섬긴 집사에게조차 말하지 않고 이리 달려온 것이옵니다."

카알은 온몸이 굳었다. 말을 할 수가 없었다.

마수의 숲. 엄청나게 흉악한 곳이다. 그런 곳에서 엘르는 살아남은 것이다. 카알의 눈이 더 활활 불타오르기 시작했다. 카알이 짐작한 대로 엘르는 살아남은 것이다.

"롤리 경! 어서 서두르게! 7함대를 막고, 제국의 함대를 넘고, 내 누이에게 가야 하니까!"

카알은 에런 남작의 손을 꼭 쥐었다.

"고맙소, 정말 고맙소. 내 지금은 경의 손을 잡아 주는 것 말고 할 수 있는 것이 아무것도 없구려."

그러자 에런이 고개를 숙이며 외쳤다.

"저하, 아틸라의 손에 이끌려 이곳으로 오시는 것을 막지 못한 것만으로도 소신은 이미 죽고 싶을 정도 괴로웠사옵니다! 이리 건재하게 옥체를 보존 하고 계신 것만으로도 소신에게는 크나큰 은혜를 베푸신 것이옵니다, 저하!"

에런의 등은 떨리고 있었다. 늙은 충신, 늙은 몸을 이끌고 작은 배로 대해를 건너 여기까지 왔다. 카알은 정말 뜨겁게 그의 손을 잡아 주었다.

그가 말했다.

"유쾌한 삼 형제를 사귀었소. 그들이 아니었으면 진즉 죽었을 거요."

에런 남작의 눈이 카알이 가리키는 손가락 방향으로 향했다. 거기에는 견자단 삼 형제가 웃고 있었다.

광겸이 말했다.

"하이? 나이스 투 미츄."

에런의 입이 조금 늘어지듯이 벌어졌다.

29.
그녀와 그녀의 소식 2

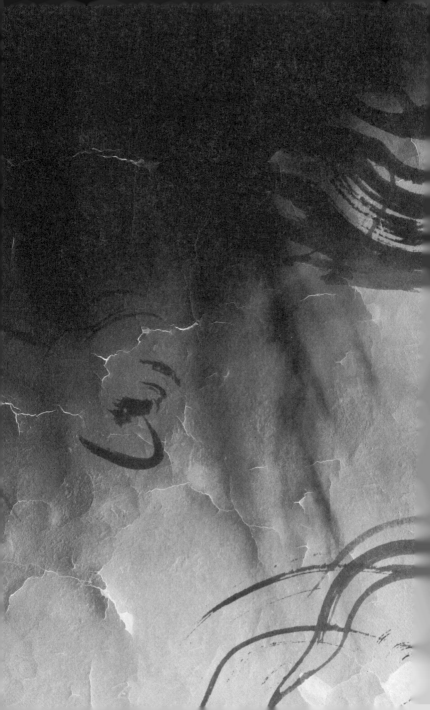

견자단과 함께 구슬땀을 흘리는 카알.

그런 카알이 아주 철석같이 믿고 있는 레땡.

그 레땡은 지금 늘어지게 자고 있었다.

"드르르르렁— 푸아ㅡ!"

남쪽, 마수의 숲은 행성의 적도와 아주 근접해서 굉장히 더운 곳이었다.

그런 마을이었다.

레땡이 쫓겨나듯 부임한 이 영지는 마을이 고작 일곱 개에 지나지 않았다. 게다가 이십 년간 영주도 없었다.

영주성이라고 해 봐야 정말 작은, 저택이라고 부르기도 민망한 크기의 약간 큰 집에 지나지 않았다. 그것마저도 성한 게 아니었다.

군데군데 허물어져 있으며 거미줄은 눈앞이 보이지 않을 만큼 처져 있고, 집기들도 다 썩어 청소하러 들어갔던 백성이 슬쩍 건드리자 쾌적, 소리를 내며 주저앉았다.

그나마도 썩은 목재 안에서 벌레들이 우글거리며 기어 나왔다.

이 더운 곳에는 '마수의 숲'이라는 명성대로 독충들이 꽤 있었다.

그 독충들 중에는 마나를 다루는 마수들조차 슬슬 피하는 독한 놈도 있었다.

그러니 사람이 함부로 건드리면 세상을 한순간에 작별하는 거나 다름없었다.

이제 정식으로 영주를 맞아 영지민이 된 백성들이 질겁을 하며 도망쳐 나오자 새로 부임한 래땡은 자신이 데려온 부하들과 같이 직접 청소를 했다.

쓰레기를 대충 치우고, 전쟁터 막사에서 쓰는 간이 야전 침대를 펴더니 바로 쓰러졌다. 그다음부터 하루 내내 이 모양이었다.

레땡이 데려온 병사들도 가관이었다.

영주 저택의 마당에 그냥 천막을 치더니, 그대로 거기서 먹고 자는 생활을 이어 갔다.

새로 부임한 영지를 뭐 크게 일으킨다든지 하는 야망 같은 것은 전혀 보이지 않았다.

영지민에게 딱히 취임식 파티 따위를 요구한다든지, 앞으로 영지의 새 법은 뭐 어쩌구 하는 것도 없었다.

그냥…… 잠만 잤다.

이곳으로 귀양살이를 온 건지, 영주로 온 건지 구분이 가지 않았다.

오히려 영지의 일곱 개 마을 촌장들이 모여서 회의를 해 가지고 뭘 어찌해야 할지 먼저 물어볼 정도였다.

그때도 수하들이 신임 영주 레땡을 무례하게 마구 흔들어 깨우는 모습을 연출했다.

그래서 대충 수염에 묻은 침을 닦고 부스스 일어난 레땡은 간단히 말했다.

"뭐, 우리 한 왕국에 수천 년 내려오는 훌륭한 도덕에 기초하여 왕실을 섬기고, 영주인 나와 이 영지의 유일한 전투 병력인 이 기사들이 굶어 죽지 않나 가끔 들여다보면 된다. 이상, 해산."

그러더니 손을 흔들고 나가라는 손짓을 했다.

황당한……. 이게 대체 영지민을 죄다 노예로 거느려도 누구 하나 항의하지 못하는 영주의 말이 맞는지 의심할 만한 내용만 귀찮다는 듯 발표한 영주 레땡은 영지민들이 나가기도 전에 쓰러져 또 잠을 자는 것이었다.

"드르렁—!"

영지민들은 그래서 혼돈에 빠져들었다.

그러나 사실 현실을 돌아보자면 레땡의 이런 행동이 맞는 것일 수도 있었다.

고작해야 일곱 개 마을.

그나마 마수의 숲은 인간이 건드리지 못할 곳이었다. 더구나 조금씩 사람의 활동 영역을 빼앗기는 와중이어서 사람들은 자꾸 줄어들었다.

십 년 전, 탈론의 이차 난 때 너무 사람이 없어 피해가 없기도 한 지방이었다.

영지민의 숫자라고 해 봐야 곧 죽을 노인들까지 박박 긁어 헤아려도 천오백이 고작이었다.

사실상 병사를 뽑지도, 운용하지도 못할 인구수였다.

영주와 그의 기사 수십 명은 그나마 근근이 먹고사는 촌마을 사람들에게 짐 덩어리나 마찬가지였다.

이런 상황에서는 제아무리 천하의 명장 레땡이라지만 할 수 있는 일이 아무것도 없는 것이다.

영지민들은 그렇게 이해했다.

마지막에 그의 오른팔로 유명한 부관 후카시의 말만 인상적이었다.

―뭐, 영주님의 뜻이 이와 같습니다. 우린 여러분에게 거지 동냥을 하면서 살 처지니까 대신 여기 마을 사람들 깔보고 마구 들어와 사람 해치는 놈들이 있다든지, 마수가 숲 밖으로 튀어나와 설친다든지 하면 우리에게 말씀하시면 됩니다. 밥 얻어먹는 대가는 할 테니까요.

거지 동냥이란다.

영주의 부관, 그것도 폰을 열이나 거느릴 권한이 있는 정식 기사가!

사실 이 마을은 저런 기사가 영주에게 봉토로 하사받을 만큼 작은 곳이었다.

그런데 레땅이, 한 왕국의 절대 충신 레땅이 아틸라가 없는 틈을 타 국왕의 동생인 밍박 공작에게 쫓겨나듯 이리로 내려온 것이다.

그나마 백성의 눈치를 본 결과물이었다.

백성들에게 인기가 높은 공주를 쫓아낸 데 이어 레땅마저 죽인다면 정말 반란이 일어나도 이상하지 않은 상황이니까.

그래서 영지 백성들은 한탄을 했다.

나쁜 정치가 몇몇이 나라를 망치고 있다고. 어서 빨리 카알 왕세자 저하께서 돌아오셔야 한다고.

그게 한 달 전의 일이었다.

아무리 아끼는 딸이라고 해도 황제를 알현하려면 허가를 받아야 했다. 오웨느 황녀는 이것을 무시한 적이 한 번도 없었고, 오히려 그녀 자신이 황제를 자주 만나는 것을 꺼렸다.

한데 지금 오웨느는 무작정 황제에게로 다가들고 있었다.

처음 근위대장 타란트라는 눈을 의심했다.

오웨느가 다가드는 걸음걸이, 소매 안에서 삐져나온 손가락의 구부러짐, 그리고 무엇보다 웃는 데도 불구하고 눈에서 흘러나오는 그것은……

살의였다.

타란트라의 솜털을 바짝 일어서게 만들 만큼 지독한 살의였다. 그는 저절로 총검의 손잡이를 쥔 손아귀에 힘을 주었다.

"황녀 마마, 지금 폐하께션⋯⋯."

타란트라는 오웨느의 웃음을 보았다.

오웨느의 입이 열리고 나오는 소리도 들었다.

"그래, 너희가 반항할 의지를 놓지 않을 만큼만 보여 줘야지. 그냥 손 놓고 덜덜 떨기만 해서야 어디 재미가 있겠느냐."

"황녀 마마? 그건 무슨 말씀이시온지?"

퍼억—

타란트라의 눈에 보이던 세상이 갑자기 확 멀어졌다. 그의 의지와 상관없었다.

벽에 쾅, 하고 부딪치고 나서야 그는 자신이 뒤로 날려졌다는 것을 깨달았다. 통증은 그다음에 느껴졌다.

"푸흭?"

숨이 샜다. 호흡이 안 되고 있었다. 마나를 다루는 자가 호흡이 끊어진 상태라니, 말도 안 되었다. 타란트라는 본능적으로 숨을 들이마시려 노력했다. 가슴에 무지막지한 고통이 밀려든 것은 바로 그때였다.

타란트라는 고개를 내려 바라보았다. 그리고 나서야 어찌된 사태인지 알았다.

탄타니움의 갑옷이 뚫려 있었다. 주먹이 들어갈 정도였다. 자신의 가슴도 당연히 관통당한 것이다.

근위대장 타란트라의 눈이 왕창 커졌다. 그 눈에 핏발이 섰다. 고통 때문이었다. 힘이 추욱 빠졌다.

출혈량이 극심했다.

타란트라는 믿을 수가 없었다. 오웨느 황녀의 손은 맨손이었다. 복도에 설치된, 전파를 내뿜는 최신형 탐지기에도 금속 반응은 없었다.

목걸이도, 반지도 없었다. 오웨느 황녀의 손가락은 가늘고 여려 보였다. 그러나 활짝 펴진 그 손, 거기서 김이 모락모락 올라오고 있었다.

"타, 탄타니움을 맨손으로…… 푸익!"

타란트라는 벽에 기댄 상태 그대로 미끄러지며 주저앉았다. 황제에게 대량의 적이 몰려 들어가지 못하게 만든 벽과 긴 복도에 근위대장 타란트라의 피가 퍼져 나가고 있었다.

"막아!"

부대장이 퍼뜩 정신을 차리며 고함을 질렀다.

근위대원들이 자신들의 몸을 방패 삼아 좁은 복도를 막았다. 무려 이십 명이었다.

"황녀 마마께서는 발걸음을 멈추십시오! 더 이상 다가오시면 정말 발포하겠사옵니다!"

오웨느는 그 말에 웃었다.

"내가 바라는 것이 그것이니, 부디 쏘려무나."

"마마! 이러지 마십시오! 황족을 죽인 죄인이 되고 싶지 않사옵니다!"

오웨느는 여전히 밝게 웃었다.

"나는 죽지 않으니 걱정 말려무나. 그따위 것으로는 날 어쩌지 못하니까."

"황녀님의 전공은 이런 흉악한 싸움이 아니시옵니다! 지금

대륙 최고의 강자도 이 총은 견디지 못합니다! 물러서 주시옵소서, 마마!"

그러나 오웨느는 웃을 뿐이었다.

오웨느의 발걸음은 가벼웠다. 타란트라의 피를 찰박, 사뿐히 밟아 주며 그녀는 웃었다.

마침내 부대장이 명령했다.

"거총!"

기사들의 움직임은 빨랐다. 그래도 제갈청청의 지식으로 육체를 수련한 오웨느의 눈에는 느리게 보였다. 총을 겨누는 동작을 인내심을 가지고 기다려야 할 정도였다. 오웨느는 입술을 나풀거렸다.

"준비 다 끝났는가?"

치맛단을 살짝 들어야 끌리지 않는 드레스, 그 끝단부터 피가 절어 스며들기 시작했다. 하얀 드레스를 타고 점점 위로 물들여지는 근위대장 타란트라의 피.

오웨느의 걸음이 다시 내디뎌졌다.

찰박.

부대장의 목이 꼴깍, 침을 삼켰다.

"대체 왜 이러시옵니까?"

그러자 오웨느가 아주 가볍게, 그리고 명랑한 소녀의 웃음을 실은 감정으로 말했다.

"내 아버지를 죽이고, 그 자리를 차지하기 위함이니라. 왜? 그에 대해 불만들이 있더냐?"

이미 오웨느의 눈에서 흘려지던 살의는 없어졌다. 그냥 정말 순수하게 웃었다. 하지만 말의 내용이 그래서 더욱 미친 여자처럼 들렸다.

역모였다.

제국의 권력이니 골육상쟁도 당연하지만, 그러나 이것은 뭔가 아니었다.

분노도 없고, 지면 죽는다는 비장함도 없고, 그냥 어디 놀러 나온 소녀가 꽃이나 한 송이 따야겠다는 감정이나 다름없었다.

그러나 그 소녀의 손은 정녕 무시무시했다.

소녀의 발걸음이 한달음에 4미터를 번쩍이며 좁혔다. 그 순간, 소녀의 손이 꽃이 아니라 탄타늄 갑옷을 생으로 찢고 들어갔다.

빠콰작—

"커허어—!"

근위대원의 입에서 피가 울컥 뿜어졌다. 그게 오웨느의 얼굴에 묻었다.

얼굴의 반을 뒤덮은 핏물을 그대로 둔 채 여전히 웃는 오웨느가 중얼거렸다.

"허, 훈련은 어떻게 받은 것이냐? 가슴 좀 뭉개졌다고 입으로 피를 뿜다니. 이런이런."

그러더니 오웨느가 가슴에서 손을 쑥 뺐다. 그냥 뺀 것이 아니었다. 근위대원의 심장이 딸려 나왔다.

피가 뿜어졌다. 오웨느의 손과 소매도 같이 피에 절었다.

털썩—

오웨느가 여전히 농담하듯 말했다.

"비키지 않으면 다 죽을 것이니라."

부대장이 외쳤다.

"이걸로 마마께서 승리하실 수는 없으시오! 수도 방위군이 가만있지 않을 것이고, 제국 각지의 속주 왕이 보낸 군대가 가만히 있지도 않을 것이오!"

오웨느가 웃었다.

"그래, 내가 바라는 것이 그것이다. 모조리 보내라고 해라. 모조리 죽여 줄 테니."

더 이상 대화할 가치가 없었다.

반신반의하며 부대장은 마취탄을 쏘았다. 동시에 외쳤다.

"발포!"

동시에 타타타타타탕— 무지막지한 총소리가 들렸다.

그리고 그들은 오웨느의 옷이 찢어지며 얼굴에 총알이 부딪쳐 불똥이 튀는 광경을 목격해야 했다.

부대장의 눈이 찢어져라 커졌다.

근위대가 들고 있는 총의 발사 속도는 마하 5다.

보통의 총들의 발사 속도가 마하 3이다.

거의 두 배이니 강철은 물론이고, 탄타니움이라도 2밀리 이하의 두께라면 충분히 뚫을 수 있는 것이었다.

한데 그걸 사람의 맨살이 버틴 것이다.

오웨느의 웃음이 더욱 가벼워졌다.

"이걸로 대화는 끝이더냐? 그럼 죽어야지."

오웨느의 손이 양쪽으로 뻗었다.

빠카칵!

근위대 둘이 또다시 탄타니움 갑옷을 꿰뚫리며 즉사했다.

양팔을 훤히 벌렸으니 당연히 다시 탄타니움 탄환을 온몸에 두들겨 맞았다. 그러나 오웨느는 미동도 하지 않았다.

그저 웃을 뿐이었다.

그녀는 피를 묻히고 그 피를 뽑아내며 마치 꽃을 따는 것처럼 즐거워했다.

근위병들이 그렇게 시간을 끄는 사이, 마법사들이 달려왔다.

마법사들의 저주 마법이 시작되었다.

그러나 저주 마법은 먹히지 않았다. 마법사들은 차원이 아예 다른 마나 실드를 느꼈다.

그게 뭔지를 알 수가 없었다. 경악하는 사이, 오웨느가 말했다.

"심강(心罡)이란 것이다. 그 심오함을 경험하고 죽음을 영광으로 알라."

동시에 마법사들은 차원이 다른 반탄력을 느꼈다. 그다음은 죽음이었다.

그래서 근위병들보다 마법사들이 오히려 먼저 몰살당했다. 근위병들의 육체 수련 정도나 갑옷을 따져 보면 마법사들은 종이 몸이나 다름없었다.

마법사들이 힘없이 몰살당하는 순간이야말로 근위병들이 대항할 의지를 잃은 순간이었다. 그리고 그것이 황제를 순간 이동으로 탈출시키기 직전의 순간이기도 했다.

오웨느는 피에 절은 모습으로 황제의 집무실에 들어섰다.

번쩍하는 순간, 이미 마법사의 주문은 끊겼다. 황제를 탈출시키려던 마법사의 목을 틀어쥐었다.

우두둑.

황제의 얼굴이 창백하게 질렸다.

"오웨느야…… 내 딸아, 도대체 이게……."

콱.

오웨느는 황제의 목을 틀어쥐고 말했다.

"아직도 내가 네 딸로 보이느냐?"

"그게 무슨……."

우드득.

황제가 뭐라 말을 하기도 전에 목이 꺾이고 말았다.

오웨느는 그대로 황제를 버렸다.

털썩— 투닥—

그러고는 황제의 권좌인 탈란 황좌를 물끄러미 내려다보았다.

그녀는 거기 앉았다.

아무도 없이 피만 가득한 황제의 방에서 화병에 담긴 꽃을 하나 빼 향기를 맡았다. 피 냄새를 뚫고 꽃향기가 느껴졌다. 그래서 그녀는 다시 웃었다.

오웨느는 웃으며 말했다.

"그래, 나는 제갈청청. 이제 내가 이 제국을 다스리고, 이 힘으로 중원을 정복할 것이다."

오웬느의 순진한 미소를 뒤집어쓴 제갈청청의 웃음소리가
와르르 몰려드는 군대를 향해 울려 퍼졌다.

제갈청청이 탈란 제국을 왈칵 뒤집어놓는 순간이었다.

*   *   *

"우리 지금 뭐 하는 거지?"

광겸이 갑자기 멍하니 손을 놓았다.

햇살은 그대로 바다 물결을 반짝이게 하고, 저 멀리 해변
의 북적이는 사람들은 살아가기 위해 건물을 올리고 부두 벽
돌을 다시 깔고 있었다.

처참하게 보였던 폭발의 잔해들도 이젠 제법 정리가 되었
다.

중원의 모습이다.

견자단 삼 형제는 지금 하늘을 나는 배를 타고 있었다.

배의 엔진 개조는 이미 끝났다.

결국 워터 재킷은 크게 만들어지지 않았다.

대신 물을 재킷에 공급하는 관이 바깥에 노출된 형태로 추
가되었을 뿐이다. 물론 부피는 커졌다. 장갑판 때문이었다.

롤리가 의기양양하게 말했다.

"함선 본체는 워낙 두꺼우니 필요가 없지만, 바깥으로 노
출된 엔진 부위는 그게 불가능합니다. 그래서……."

롤리는 장갑판을 두 개를 덧붙였다.

그러고는 왕자에게 설명을 계속했다.

"일차 장갑판은 정식으로 워터 재킷을 전부 다 감싸는 형태로 입혀집니다. 그리고 그 위에 이차 장갑판이 다시 붙는 형태입니다."

이차 장갑판이 바로 어느 정도 충격을 버티다가 한계가 넘는 충격이 오면 떨어져 나가는, 액티브 아머 같은 역할을 하게 되는 것이었다.

물론 물을 연결하는 관은 함선의 위쪽으로 노출되었다. 함선의 포가 위쪽을 직접 향하지는 못해도, 작은 포나 기관포들은 공중을 직각으로 향해 쏠 수 있다. 거기에 맞아 물관에 구멍이 나면 큰일이었다.

그래서 엔진을 연결한 대상부로 나오게 했다.

물탱크는 함선의 밑에 있었다. 거기서부터 연결을 해 끌어다 대는 것이었다.

왕자와 견자단은 죽어라 힘을 써서 함선 개조 작업을 했다.

그렇게 개조와 장비가 끝나자 함선은 다시 날기 시작했다.

지금은 함선의 기동훈련이 한창이었다.

저번에 함선을 그냥 물속에 처박을 뻔했던 기억도 있지만, 함선의 기동은 셋이 손을 정말 하나처럼 맞춰야 했다. 그리고 포사격은 견자단의 몫이었다.

하는 김에 아예 포들을 밑으로 향하게 한 것이다.

주포의 각도보다 상당히 더 밑으로 내려가게 개조되어 있어서 근 칠십오도 정도의 하향각 포격이 가능했다.

주포는 앞과 뒤로 하나씩, 두 개였다.

이것들과 아예 선체의 외벽에 매달린 작은 포들이 다 견자단의 몫이었다.

배는 날고, 자신들은 외워 둔 길목, 외워 둔 자리로 부지런히 뛰어다니며 위치를 바꿔 쏘는 훈련을 하고……

그게 네 번째인가 다섯 번째인가 헷갈리던 때, 도대체 뭔 짓인가 싶은 날이 찾아왔다. 광겸은 갑자기 행동을 멈췄다.

치익—

"야, 왜 안 가? 뭐 하나?"

치익—

광검의 소리가 들려왔다.

광겸은 이젠 사용이 익숙해진 마이크 스위치를 누르며 대꾸했다.

"재미가 없어."

치익—

서대륙, 탈란 제국의 문물에 흥미를 가장 많이 보이던 놈이 갑자기 이러니 훈련이 중단되었다.

다들 무전으로 듣고 있는 중이었다.

재미로 하는 것이 아니니 화가 날 만한 말이었다. 이들이 같이 땀을 흘리고, 같이 이 구름 기둥 해역을 지키는 것은 중원에 피해가 가면 안 된다는 기초 도덕 때문이다. 그런데 광겸이 갑자기 이러면 다들 맥이 빠졌다.

그러나 광검은 그 말에 동의했다.

"그래, 재미없긴 하지."

치익—

새로 합류한 에런이 뭐라고 한마디 하려다 참았다. 카알은 이들 견자단을 존중하고 있었다. 게다가 함선을 개조할 때 견자단이 어떤 역할을 하는지 똑똑히 보았다. 카알 왕세자의 입장을 고려한다면 에런은 나설 수가 없었다.

그래서…… 롯데가 끼어들었다.

"뭐예요?"

치익—

"갑자기 왜 이래요, 다들?"

치익—

그러자 광겸은 광겸에게 말을 했다.

"재미야 없겠지."

치익—

"그런데 겸아, 넌 어머니를 어떻게 생각하냐?"

치익—

"뭐? 그런 걸 왜……."

치익—

광겸이 묻자 광겸은 아무렇지도 않은 듯 대꾸했다.

"날 낳아 주신 어머니가 제국의 황제를 그냥 둘 거라고 생각하지 않는데, 이 형은."

치익—

"뭐?"

치익—

놀란 것은 광겸뿐만이 아니었다.

명색이 탈란 제국에게 인생 자체를 저당 잡혀 온 약소국,

한 왕국 왕실의 중심인물들이다. 그들은 경악을 금치 못했다.

"무슨 뜻이에요, 그게?"

치익—

광검은 자신의 어머니가 가진 성격을 가장 잘 알았다. 그랬기에 단언했다.

"오웨느인가 그 황녀의 육신으로도 꽤 강한 힘을 보였다. 원영신의 경지까지 올라갔던 어머니야. 그 경지까지 올라간 고수가 새 육신을 단련시키는 데 오랜 시간이 걸릴 거라고 생각하는 건 아니겠지 설마?"

치익—

롯데가 놀라서 악셀을 잘못 밟을 정도의 내용이었다.

함선은 이제 네 개의 엔진을 서로 전부 약간씩 다르게 트는 것으로 제자리 회선을 연습하던 중이었다.

함선이 제자리에서 빙글 도는 것이 가능한가?

중원 사람들이 알고 있기로는 얼마 전 왜의 임진년 조선 침략 당시의 해전뿐이다.

당시 조선의 이순신이 이끄는 판옥선 함대가 학 모양 포위진을 펼치고 함포의 집중사격을 위해 보여 준 제자리 회선 기동이 유일했다. 이들은 지금 그걸 허공에서 하는 중이었다. 함선이 거대하게 흔들렸다.

그 와중에 좌측 엔진의 팬 회전 속도가 갑자기 올라갔다. 속도를 죽여야 오른쪽의 힘을 얻어 왼 방향 회선이 가능한데, 왼쪽이 갑자기 치고 올라갔으니 당연한 결과였다.

"우와앗! 롯데! 정신 차례!"

치익—

롯데가 급하게 비가속 페달을 밟아 조정하자 그제야 함선의 흔들림이 멈췄다.

아무도 말을 하지 않았다. 잠시간의 침묵 가운데 광검이 담담한 음색으로 말을 꺼냈다.

치익—

"그리고 황실의 핏줄이라면, 아마 친부를 살해한 죄를 덮어쓰고도 황제의 권좌를 빼앗을 수 있을 거다. 다른 후계자들은 상대가 되지 않을 테니까."

치익—

"말도 안 돼! 제국은 그런 무식한 힘으로 권력을 얻을 수 있는 체제가 아닙니다!"

치익—

롯데가 항변했다.

거기에 대고 광검이 드디어 슬픈 감정을 말에 실었다.

"내 어머니는 굴복하지 않는 자는 살려 두지 않소. 그게 제국 전체라면, 차라리 제국 전체를 다 죽이고 말 거요."

치익—

"미쳤어요? 제국은 대륙 전체나 마찬가지예요. 수억 명이라구요!"

치익—

그러자 광검은 홀로 웃었다. 참으로 씁쓸한 웃음이었다.

"그렇다면 그 수억 명을 다 죽이고 홀로 서 있는 오웨느 황녀를 구경하게 될 거요. 그 육신을 차지한 내 어머니는 그런 사람이니까."

치익─

"말도 안 돼요!"

치익─

롯데의 말에 광검은 슬프게 웃었다.

"그렇지, 말이 안 되지. 내 어머니는, 존재 자체가 말이 안 되는, 그런 사람이니까……."

치익─

그 이후로 침묵이 길게 이어졌다.

뭔가 말하려는 듯 마이크의 버튼을 눌러 대는 소리가 이어졌지만, 말은 나오지 않았다.

광검의 마음은 하늘을 나는 함선에서도 이미 바닥으로 곤두박질치는 중이었다.

바로 그때, 에런이 끼어들었다.

치익─

"세자 저하, 이 사람들의 말대로 제국의 황실에 급변이 일어난다면 공주 마마의 신병을 확보하는 일이 더 급해지옵니다. 그분께서는 지금 힘들어 하는 백성들 마음의 구심점이십니다. 공주 마마를 잃으시면 아니되옵니다."

에런의 호소를 들은 카알도 결국 한숨을 내쉬며 곧 명령하고 말았다.

"일단 오늘은 여기서 훈련 중지. 이대로 바다에 착륙한다."

치익─

카알은 누이 생각에, 견자단은 제갈청청 생각에, 나머지 사람들은 제국에 급변이 일어날 것에 대해 종일 답답한 하루였다.

아주 끔찍한 형태로 이미 급변이 일어났다는 사실은 몰랐지만, 제갈청청을 익히 알고 있어 예상하고 있으니 소식을 들은 것이나 마찬가지였다.

어쩌면 더 정확하게 아는 것일지도 모를 일이었다.

제갈청청은 그런 여자니까.

그리고 그 시각, 견자단 일행이 쳐다보는 구름 기둥 너머. 탈란 제국의 동쪽 변방.

한 왕국 최남단 마수의 숲.

마수의 숲은 분명 적도 부근의 밀림인데도 안개가 끼는, 신기한 곳이었다.

광대한 밀림의 중앙에 커다란 호수가 있고, 그 깊은 물속에 용이 산다고 이야기가 전해지며, 어느새 그것을 용호라고 부르게 되었다.

그 호수에서 급변하는 기온을 따라 이른 아침 햇살에 안개가 자욱하게 일어나는 날이 가끔 있었다.

물론 거기를 본 사람도 없고, 이제 이 숲에서 일 년이나 거하고 있는 엘르조차도 가 본 적이 없었다.

그러나 그 안개만큼은 호수의 존재를 확실히 증명하는 것이었다.

엘르.

카알과 더불어 한 왕국의 모든 백성들이 그리워하는 그녀는 퍼뜩 잠에서 깼다.

새벽안개의 찬 기운 때문이 아니었다.

마수의 숲에서도 마나 파장을 느끼려 꾸준히 노력해 왔다. 그녀는 사람이 복닥거리는 곳보다 훨씬 더 빨리 변화를 감지할 수 있었다.

'사람이 들어왔다!'

엘르는 후다닥 일어났다.

분명히 느껴지는 것은 사람의 기운이었다.

사람만이 이토록 요란하게 멀리까지 자기 존재를 알리고 다닌다. 그것이 마나의 파장을 느끼고 다룰 수 있는 사람이라면 더했다.

엘르를 긴장시키는 것은 지금 느껴지는 파장이 엄청나게 강한 사람이 내뿜는 파장이라는 사실이었다.

살의.

엘르의 머릿속에 퍼뜩 스쳐 지나갔다.

'블루 샤크!'

엘르는 활과 화살을 챙기고, 허리춤에 칼을 차면서 천막을 빠져나왔다.

어차피 느껴지는 파동은 어디 멀리 도망가지도 못하게 생겼다. 그녀는 이를 악물었다.

'정말 끈질기구나…… 벌써 일 년이나 되었건만!'

더더구나 자신들도 죽을 각오를 해야 하는 마수의 숲까지 따라 들어온 것이다. 지독한 집착이었다.

엘르의 몸이 수풀을 파사삭, 건드리며 뛰었다.

그 소리가 살의를 드러내며 다가오던 사람들에게 들린 모양이었다. 그들의 발자취와 소리가 급격히 바뀌었다.

"저쪽이야!"

파사사삭거리는 소리가 더 빠르게 가까워져 오고 있었다. 엘르는 활을 꼬나 쥐고 화살을 메겼다.

심장이 뛰는 속도가 빨라졌다.

이블 고곤은 사람들이 거의 보지 못한 마수다.

전설에나 나오는, 거의 악귀 같은 괴물이었고, 요즘은 없다고 생각하는 사람들도 꽤 많았다.

그러나 그것은 요즘 사람들의 생각일 뿐, 이 마수의 숲에는 있었다.

이블 고곤은 입을 쩍 벌렸다.

혀로 냄새를 맡는 이블 고곤의 특성상 당연한 일이었다.

이블 고곤은 숲에 인간들이 들어왔음을 알아차렸다.

빠작거리며 발바닥으로 뭘 밟아 부러뜨리는 소리, 나뭇잎을 비비는 것도 모자라 가지들을 부러뜨릴 듯 휘며 대책 없이 지나다니는 일, 껄껄대며 크게 웃고…….

가장 큰 것은 냄새였다.

인간들은 불에 고기를 구워 먹는다.

그 탓에 냄새가 몸에 배어 있다.

육식을 하는 맹수들에게, 게다가 인간들보다 몸집이 크고 마나까지 다루는 마수라면 침부터 질질 흘리는 것이 당연한 일이었다.

이블 고곤은 나직하게 소리를 냈다.

글글글글글.

인간들은 지금 '그 여자' 에게로 가고 있었다.

순간, 이블 고곤은 망설였다.

그 인간 여자는 위대한 존재가 약속한 증표를 가지고 있었다. 그 증표의 파장이 이블 고곤을 감히 접근조차 할 수 없게 했다. 이블 고곤에게 지배를 받는 작은 마수들도 마찬가지였다.

이블 고곤은 침을 흘렸다.

바깥의 인간이 숲에 들어와 그 증표를 가진 인간 여자에게 접근하는 것은 처음이었다.

하지만 곧 이블 고곤은 다른 한 가지를 느꼈다. 마수, 마나 파장을 느끼고 다루는 마수이기 때문에 알 수 있는 것. 그 것은 살의였다.

지금 들어온 인간들은 증표를 가진 인간 여자에게 살의를 뿜고 있었다.

이블 고곤은 어찌 될 것인지 따라가 보기로 했다.

이블 고곤의 3미터가 넘는 거대한 몸이 곧 위장색으로 뒤덮이기 시작했다.

주변의 나뭇잎까지 다 투과되었다.

외형이 완벽하게 숨겨졌다. 이블 고곤이 발걸음을 옮기자 그 속도에 맞춰서 위장색이 계속 변했다.

심지어는 생명체라면 그 어떤 존재든 낼 수밖에 없는 숨소리와 마나 파장도 완벽하게 감춰졌다.

시끄러운 인간들 중 하나가 휙, 뒤를 돌아보았다.

이블 고곤을 정확히 바라본 것이다.

그러나 그도 결국 머리를 갸웃하더니 도로 돌아서 버렸다.

"왜 그래, 부두목?"

다른 인간들이 묻는 소리가 들리고, 부두목이라 불린 인간이 대답했다.

"아니, 잘못 느꼈나 보다. 뭐, 가끔 마나 파장이 엇갈리는 수도 있으니까. 자, 어서 가자."

인간들이 숲으로 우르르 몰려 들어가자 그 자리에 투둑, 걸쭉한 액체가 떨어지며 잎이 흔들렸다.

불에 익힌 구수한 고기 냄새를 아직도 몸 전체에서 풀풀 풍기는 인간들을 보고 흘린 이블 고곤의 침이었다.

*   *   *

사실은 숲에서 흘러가는 상황을 지켜보는 존재가 하나 더 있었다.

'그'.

'그'는 이 숲에서 꽤나 오래 살았고, 일 년 전 엘르가 들어올 때부터 알았다. 그때부터 엘르를 지켜보던 '남자'였다.

남자가 보기에 엘르는 곧 죽을 것 같았다.

이 흉악한 곳은 마수 이블 고곤이 또 다른 마수 이블 비비를 생으로 찢어 발겨 잡아먹는 숲이었다.

그런 위험한 숲에 들어온 여자가 그깟 별 사슴 하나를 잡지 못해 망설이다가 결국 한숨을 쉬더니 도로 놓아준 것이다.

뭐, 별 사슴이 정말 귀엽긴 했다. 가녀린 목, 늘씬한 발목, 작은 소리에도 깜짝 놀라는 큰 눈망울.

그래도 저건 정말 아니었다.

마수의 숲에 들어온 여자. 더구나 새끼손가락 하나가 없으니 그게 누군지 금방 알아차린 '그'는 피식 웃었다.

궁에서 쫓겨난 엘르 공주.

그녀는 급박한 도주 생활로 제대로 먹지도 못했을 터다. 그런 급박한 상황임에도 기껏 잡은 별 사슴을 도로 놔주는 건 정말 아니었다.

그래서 그가 별 사슴을 잡아 가죽을 벗기고 내장도 빼 손질 싹 다 해서 그녀의 옆에 던져 주었다.

깜짝 놀란 그녀가 두리번거리는 모습이 너무 귀여웠다.

'그'는 그렇게 엘르에게 흥미를 가졌다.

그도 사내였고, 오랫동안 여자를 가까이에서 본 적이 없었다. 거기다가 엘르는 정말 착하고 예뻤다.

'그'가 일 년간 모습을 드러내지 않고 그녀를 가끔 도와준 것은 그래서였다.

그리고 오늘, 바로 지금, '그'도 숲에 요란하게 침입해 이블 고곤을 자극한 멍청이들을 알아차렸다.

그리고 그 뒤를 이블 고곤이 쫓는 것도 알았다.

그래서 내버려 두기로 했다.

그러다가 '그'는 흠칫했다.

이블 고곤이 그 멍청한 사내들 뒤를 졸졸 쫓아가기만 하는 것이 느껴졌다.

그제야 '그'는 아차 했다.

위대한 존재의 눈물.

그것도 그냥 드롭이 아니라 마수의 뇌파를 조종하는 무시무시한 것이었다. 이블 고곤은 야생 짐승이다. 당연히 자유의지를 가졌다.

그러니 드롭을 가진 여자, 엘르를 지금 침입한 인간들이 죽이기를 원하는 것이다.

이블 고곤의 지능은 그런 점이 무서웠다.

그걸 미처 생각하지 못한 '그'의 실수였다.

"이런!"

'그'의 이빨이 바득 갈려진 순간에 발은 벌써 나뭇가지를 박차고 뛰었다.

파삭—

팍—

화살은 매서웠다.

소리가 먼저 들리니 마나 파장을 익히던 '폰'의 감각으로 당연히 피했다. 정말 무조건반사에 의한 본능적인 움직임이었다.

하지만 수풀을 거칠게 헤치고 나온 시간과 정확히 맞아떨어졌기 때문에, 게다가 너무 가까운 곳에서 대놓고 쐈기 때문에 첫 번째 사내도 옆구리에 커다란 생채기가 날 만큼 간신히 피했다.

그러니 바짝 붙어 따라오던 두 번째 사내는 당연히 그걸 맞았다. 오른쪽 배가 뚫렸다.

재수 없는 것은 그게 간을 뚫고 사선으로 들어가 척추뼈를 부쉈다는 것이다.

화살은 그만큼 깊이 박혔다.

첫 번째 사내가 빠르게 칼을 뽑았다. 뽑는 동작 자체가 공격이 되는 발검술을 보고 엘르는 경악했다.

"팔검!"

첫 번째 사내도 매서웠다.

엘르가 팔, 이라는 발음을 할 때, 이미 소닉 블레이드가 땅을 긁어 헤집으며 쏘아져 나오고 있었다.

잽싸게 활을 버리며 칼을 거꾸로 쥐고 날을 팔뚝에 붙이는 역수도의 자세로 그것을 막았을 때, 검, 이라는 발음이 끝났다.

까깡!

소닉 블레이드는 마나로 발현해 날리는 것이다.

당연히 칼로 막았다고 해서 막아지는 것이 아니었다.

그것은 동급의 힘을 가진 소닉 블레이드를 발출시켜 막아야 했다.

사내가 뿌린 소닉 블레이드가 엘르의 칼에 막혀 휘어지며 뒤쪽의 나뭇가지 서너 개를 자르고 지나갔다.

파사사삭—

그래서 이번엔 사내들이 놀랐다.

"이런! 말을 내뱉어 숨이 빠져나갔을 텐데, 그런데도 소닉 블레이드를 막아 냈다고? 더더구나 여자가?"

그러나 엘르에 비할 바가 아니었다.

"블루 샤크? 겨우 뒷골목 깡패들 따위가 어떻게 십오 년 전에 망한 아트에 왕국의 왕궁 검술을 익힌 거죠?!"

자객이든 뭐든 왕족에게야 그게 그거다. 엘르니까 이런 표현을 쓸 수 있는 것이다.

그래서 엘르를 그냥 죽여야 한다는 것을 새삼 깨달은 사내들이 와락, 한꺼번에 달려들었다.

엘르가 휙, 뛰었다.

파박—

동시에 그녀가 밟고 있던 두꺼운 나뭇가지가 한방에 잘려 나갔다.

옛날, 칼날을 팔뚝에 붙이는 것은 의외로 방어 면적이 넓어지게 된다. 문제는 엘르의 남은 한쪽 손이 아무것도 없는 맨손이라는 것이었다.

사내의 소닉 블레이드를 칼날로 쳐 흘려내면서 내뻗은 엘르의 손.

그것이 활짝 펼쳐졌다.

팡—

공기 압축이 터지는 소리가 나고, 무려 다섯 걸음이나 떨어져 있던 사내의 몸이 들썩거렸다. 엘르로서는 기분 더러운 경험이었다.

사람의 내장이 터져 나가는 느낌이 마나 파장을 타고 생생하게 전해져 왔기 때문이다.

그러나 어쩔 수도 없었다.

사람 목숨만큼은 빼앗지 않게 힘을 조절해서 때리는 것, 게다가 강한 사내 서넛이 한꺼번에 달려드는 상황에서 그렇게 한다는 것은 엘르의 실력으로는 정말 어림도 없었다.

그래서 엘르는 큰숨을 들이마셔 끌어 올린 마나를 있는 대로 한 방에 그냥 다 퍼부었다.

그래서 사내는 입에서 피를 내뿜으며 뒤로 나동그라졌고, 그 옆에서 시간 차 공격을 날린 사내의 칼도 엘르의 손등 타격에 칼의 면을 얻어맞고 궤적이 휘어 나가 버렸다.

당연히 사내의 허점이 고스란히 노출되었다.

칼을 내려친 자세가 제자리로 돌아가지도 못했으니까.

그래서 엘르의 칼이 본능적으로 그 사내의 목을 파고들며 딱 멈췄다.

그것도 본능이었다.

엘르는 잘 수련했지만 사람을 죽여 본 적은 없었다. 더욱이 칼로는.

찰나의 망설임이 치명타를 불러왔다.

네 번째 사내.

아무 움직임도 없이 지켜보기만 하던, 엘르가 가장 신경 쓰던 부두목이라는 사내가 칼을 홱 휘두른 것이다.

그건 정말 빨랐다.

열 걸음이 넘는 거리였다.

그런데 소닉 블레이드같이 무식하게 넓은 궤적으로 땅까지 긁고 들어오는 수준이 아니었다.

압축된 것이다.

소닉 블레이드가 압축되어 정말 하나의 칼처럼 찔러 들어왔다. 그래서 엄청 빨랐다.

공기의 일렁임, 아지랑이처럼 보이는 칼의 형태가 있었다.

오러 소드는 아니지만, 정식으로 프라나 소드의 반열에 오른 찌르기가 열 걸음 거리를 정말 빠르게 확— 쇄도해 들었다.

엘르가 무의식중에 그걸 막았다.

깡!

칼이 부르르 떨렸다.

엘르의 다리가 정신없이 몇 걸음이나 밀려 나갔다.

파사사사삭—

땅에 쌓인 나뭇잎들이 먼지와 함께 파헤쳐지며 날렸다.

쿵—

밀리다가 뒤의 나뭇등걸에 부딪치고서야 엘르는 자신의 배에서 엄청난 고통을 느꼈다.

쳐다보았다.

철퍼덕—

배가 갈라져 피를 폭포처럼 흘렸고, 내장도 쏟아졌다.

그걸 보는 순간, 엘르는 포기했다. 모든 것을 놓았다.

엘르에게 죽을 뻔한 사내가 외쳤기 때문이다.

"부두목! 저년 쓰러뜨리고 즐길 수 있게 허락해 준다며?! 내장 흘린 년을 어떻게 눕히고 그 짓을 해! 아, 씨!"

정말 냉정한 현실을 알려 준 한마디였다.

그래서 고통 중에도 엘르는 피식, 웃었다.

'그래도 죽기 전에 강간은 당하지 않겠구나.'

정신이 점점 희미해졌다.

블루 샤크가 정말 뒷골목 깡패인 줄만 알았다. 그런데 망한 아트에 왕국의 팔검을 고도로 익혔다니! 미리 알았다면 이런 어리석은 짓은 하지 않았을 것이다.

엘르는 마지막으로 중얼거렸다.

"저하, 저하를 두고 먼저 가는 불충을…… 우리 불쌍한 세자 저하…… 내 동생 카알……."

눈물이 핑 돌았다.

약속을 지키지 못했다. 정말 보고 싶었다.

카알이 다른 차원의 세상, 중원으로 나간 것까지는 몰랐지만, 엘르는 한 왕궁에서 간교한 신하들의 힘겨루기에 홀로 버티고 있을 카알이 너무도 불쌍했다.

그리고 너무…… 미안했다.

똑, 눈물 한 방울이 떨어졌다.

엘르의 뇌리에 마지막으로 떠오른 것은, 지난 일 년간 이 숲 안에서 그녀를 도와준 사람이었다. 문득 궁금했다.

그리고 다시 피식 웃었다.

이젠 다 의미 없다.

자신은 곧 죽는다. 자신의 배를 이렇게 만든 사내, 블루 샤크의 부두목이 다가오고 있었다.

그가 칼을 치켜들었다.

그리고…… 엘르의 출혈 때문에 칼에 박힌 위대한 존재의 파장이 약해진 순간, 이블 고곤이 참지 못하고 달려들었다.

크르르락!

"어?"

소리를 낸 것은 엘르의 화살에 맞고 쓰러져 숨을 몰아쉬던 사내였다.

이블 고곤은 사내의 목을 쥐고 그대로 들어 올렸다. 이블 고곤은 목이 없다. 그리고 입이 크다.

그래서 입을 벌리면 가슴까지 벌어졌다. 척추를 다쳐 하반신이 축 늘어진 사내의 두 발이 그냥 통째로 들어갔다.

이블 고곤의 이빨은 세 줄이다.

그 이빨이 고양이 발톱처럼 입천장 안을 들락거리면서 먹이를 빨아들이듯, 갈고리로 찍듯, 세 줄의 이빨이 번갈아 가며 목구멍 안으로 끌어당기는 구조였다.

한 번 물린 먹이는 그래서 빠져나갈 수 없었다.

"으어어어어— 아아아아악!"

사내가 이블 고곤의 입으로 끌려 들어가며 상체와 팔을 마구 버둥거렸다.

"저, 저게 뭐야!"

엘르에게 죽을 뻔했던 사내가 소닉 블레이드를 발출했다. 그러나 이블 고곤은 총을 든 인간보다 더 상위의 포식자라는 것을 정확히 증명했다.

따당—

소닉 블레이드가 그냥 그대로 맞았다. 그러나 이블 고곤의 몸에는 생채기 하나도 없었다. 털 몇 가닥 날린 것이 전부였다.

"헉!"

그제야 사태의 심각성을 느낀 부두목이 프라나 블레이드를 발출했다.

따당─

하지만 그것도 소용이 없었다.

탄타니움으로 만든 10밀리 구경 총탄이 마하 5의 속도로 쏘아지는 것보다 아주 살짝일지는 몰라도 관통력이 더 우위에 있다고 한 프라나 블레이드.

그게 그냥 튕겨졌다.

이블 고곤은 그냥 움찔했을 뿐이다.

이블 고곤이 삼키던 사내의 손이 마지막으로 부르르 떨렸다. 그랬다가 그마저 콰득거리며 삼켜졌다.

꺼윽─

트림을 한다.

제국이 총을 대량생산하기 시작한 것도 이 프라나 블레이드를 발출하는 기사들 때문이었다.

그만큼 프라나 블레이드는 제국의 군사 체계를 근본 뿌리부터 뒤집어 바꿔 놓은 것이다.

그 정도로 무서운 프라나 블레이드.

하지만 프라나 블레이드를 맞은 이블 고곤의 반응은 고작 트림 한 번 한 것이다. 눈으로 보고도 믿지 못할 괴사였다.

그래서 부두목은 외쳤다.

"빨리 도망쳐! 내가 시간을 끌 테니까!"

"부두목! 부두목은 어떻게?"

살아남은 사내가 외치자 부두목이 칼을 치켜들었다.

"난 안 죽어! 난 노이레다!"

그 이름을 듣는 순간, 출혈 때문에 주저앉을 정도로 기력을 잃은 엘르도 놀랐다. 노이레는 망한 아트에 국의 왕궁 기사단장이었던 것이다.

'그런 사람이 블루 샤크에 있었다고?'

너무도 어이가 없었다.

도대체 블루 샤크는 어떤 조직일까?

깡패?

말도 안 된다.

너무 아프고 정신이 어지러운 엘르는 그냥 생각하기를 포기했다. 헐떡이는 것도 너무 아프고 힘들어 숨쉬기도 싫을 지경이었으니까.

어쨌든 그때, 노이레는 검에 중요한 변화를 일으켰다. 칼이 빛나기 시작했다.

오러였다.

"오, 오러 소드! 부, 부두목! 저, 정말 이 정도일 줄은……!"

블루 샤크 조직원이 말까지 더듬었다.

오러 소드.

이블 고곤이 그제야 인간을 또 하나 집어 들다가 멈췄다. 그러고는 정식으로 털을 곤두세우고 울부짖었다.

크르르르락!

그 순간, 공터를 둘러싼 큰 나무들의 단단한 둥치까지 부르르 떨게 만드는 힘이 울렸다.

쿠──웅──!

노이레도, 이블 고곤도 그 울림에 휘청거릴 정도였다.

공터에 쌓인 나뭇잎들이 일제히 허공으로 날아올랐다.

이블 고곤이 켕기는 듯 뒷걸음질을 쳤고, 노이레 같은 높은 경지의 기사도 한순간 움직이지 못했다.

다만, 엘르는 그대로였다.

엘르는 직감적으로 알았다.

'그 사람이야!'

자신을 도와주던 '그'가 도착한 것이다.

그것까지 보고 엘르는 정신줄을 놓았다.

그녀가 마지막 순간 중얼거린 것은 불쌍하고 또 불쌍하신 세자 저하였고, '그'가 그런 그녀에게 말했다.

"그런 걱정 다 내려놓고, 일단 그냥 자요."

그리고 엘르는 정말 까무라쳤다.

*　　　*　　　*

팔찌가 울었다. 롤리가 슈텐 제독에게서 도로 찾아준 왕가의 팔찌였다.

"응?"

지이잉—

팔찌에 박힌 보라색의 드롭이 진동하고 있었다.

카알의 얼굴이 굳어졌다.

"혹시 누이에게 무슨 일이 생겼나?"

팔찌는 아주 심하게 진동하고 있었다. 차원을 넘어 여기 중원에서도 왕가의 검을 든 사람의 생명이 위급한 상황임을 알려 주는 것이었다. 전혀 몰랐지만, 견자단과 같이 각오를 든 다음부터는 알았다. 그만큼 달라진 것이다.

카알의 마음이 급해졌다.

"이런! 엘르 누이!"

눈물이 핑 돌 정도로 마음이 급해졌다.

그러나 카알은 당장 뱃머리를 구름 기둥 안으로 넣을 수가 없었다.

함선은 전파를 사방으로 뿌려 반사되는 전파로 멀리 떨어진 곳의 상황을 알게 되는 기판을 가지고 있었다. 한데 지금, 그 기판이 울고 있었다.

롯데가 외쳤다.

"반사된 음파로 보아 철로 만든 함선입니다! 숫자는 백여 척에 달할 것으로 보입니다! 현재 거리는 3킬로미터 정도!"

얼굴색이 딱딱하게 굳어진 롯데가 말을 어렵게 이었다.

"제국…… 7함대인 것 같습니다, 저하."

카알의 누이, 한 왕국 백성들의 꽃, 엘르 공주의 생사가 오락가락하는 상황이었다.

그래서 카알도, 롤리와 롯데도, 견자단도, 구경하던 종남일기와 녹진자도 모두가 속이 타들어 갔다.

30.

서로의 핏물을 밟고

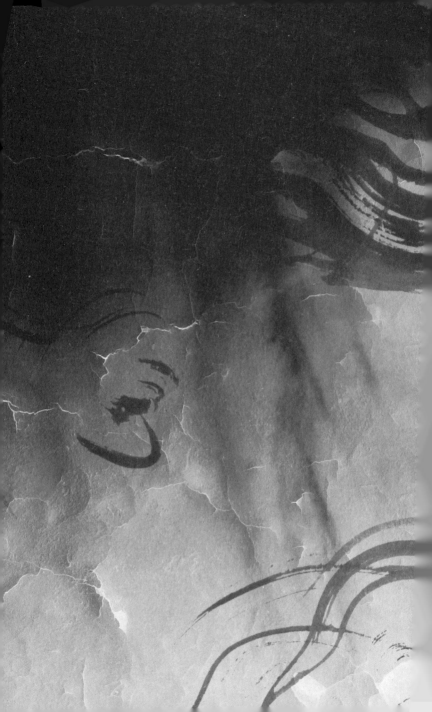

제7함대는 황도에서 날아온 급보에 충격에 빠져 있는 상태였다. 황제 폐하의 갑작스런 죽음.

그것도 살해당했다는, 충격적인 소식이었다.

탄타니움 갑옷과 큰 구경의 자동소총에 대검을 꽂은 최신 무기를 들고, 소닉 블레이드를 구사하던 황실 근위병 이십이 한 번에 몰살당하고, 황궁 마법사 오십 명이 무참하게 학살당했다.

그다음 세 차례에 걸쳐 몰려든 수백의 근위대가 패했다. 황제를 보좌하던 내관들도 다 죽었다. 다섯 명의 황자도 그날 동시에 다 죽었다.

같은 날 고관대작들도 근 반수 이상이 죽었다고 했다. 그리고 나머지는 인질로 잡혀 있다는 것이었다.

그것이 바로 황녀 오웨느의 반역 사건이었다.

급보의 연속이었다.

다섯 황자를 밀던 세력이 모두 힘을 합쳐 오웨느를 공격했다. 황궁의 외벽은 물론이고, 튼튼한 내벽이 무너질 정도의 공격이었다.

그리고 모두가 전멸했다.

오웨느가 보여 준 힘은 이미 인간의 것이 아니었다.

황녀 오웨느를 거스를 수 있는 사람은 누구도 없었다.

그런데 다음에 날아든 급보는 7함대 전체를 다시 또 혼돈으로 밀어 넣는 것이었다.

구름 기둥으로 들어가 중원 정벌을 마무리 지으라는 명령서였다. 황녀 오웨느의 이름이 찍힌 것이었다.

7함대 사령 제독은 분노로 부들부들 떨었다.

"나는 오로지 황제 폐하의 명만을 받들 뿐이다!"

그러나 7함대 소속 넵튠 함대의 제독 슐리이만이 조심스럽게 반대 의견을 내놓았다.

"사령 각하, 그 명을 거절한다면 오웨느 황녀가 무슨 짓을 저지를지 예측할 수 없습니다."

그러자 사령 제독은 고함을 쳤다.

"뭣이! 난 인질이 된 내 가족들을 당연히 죽음으로 몰아넣을 것이다! 제국을 혼돈에 빠뜨릴 수는 없어! 내 가족들도 당당히 오웨느의 손에 죽어 갈 것이다!"

그러나 7함대의 또 다른 소함대 타이거 샤크 함대 제독, 예링거도 반대 의견을 내놓았다.

"사령 각하, 이것을 보셔야 할 것 같습니다."

전보였다.

전파와 무전으로 아주 먼 거리까지 음성을 직접 전달할 수는 없었다. 하지만 마법사들 간의 공간 도약 능력을 응용해 점을 찍을 정도의 신호를 보내는 것은 가능했다.

그래서 그 점을 마법으로 계산하고, 그림을 점으로 환산해 보냈다.

받은 쪽은 다시 마법사가 계산하고, 그 점을 해독해 그림으로 풀어낸다.

그렇게 받은 그림 속에는 오웨느가 무언가에 기대 웃고 있었다.

황실 연구소가 비밀리에 연구하던 마탄이었다.

화약의 고농축 물질에 마법을 섞어 대단한 폭발력을 갖춘 폭탄. 물론, 폭발할 때 마법이 필요했지만, 마법은 오웨느의 전공이다.

게다가 그 폭탄 뒤로 보이는 것은…….

그 뒷 배경을 보는 순간 7함대 사령 제독, 올라카는 할 말을 잃었다.

그녀는 사람들을 황궁 앞 탈란 광장에 모았다. 물경 수만 명이 훌쩍 넘는 듯했다.

거기다가 그 마탄을 놓고 기대서서 아주 환한 함박웃음을 짓고 있는 것이었다.

그림 속에서 웃고 있는 오웨느는 그냥 순수한 아가씨였다. 마탄이 뭔지도 모르고 기댄 것 같은 그림이었다.

물론 오웨느가 그걸 모를 리는 없었다.

무슨 뜻인지는 명백했다.

황도의 인구는 이백만이다. 한데 마탄이 광장에서 터진다면?

"이, 이걸 지금, 자국의 백성을 인질로 삼는 것을 지금 협박이라고…… 이토록 자연스럽게 웃는단 말인가!"

올라카의 손을 떨게 만드는 분노가 다른 감정으로 바뀌었다.

공포가 스멀거리며 등골을 타고 기어 올라왔다. 그림 밑에 쓰여진 글귀가 보였기 때문이다.

내가 이 마탄을 황도 한 군데에만 쓸 것 같으냐? 인구 수십만이 사는 도시는 얼마든지 있느니라. 명을 행하지 않으면 수십개 도시에서 수천만 명이 한꺼번에 죽는 것을 보게 될 것이니라. 그대의 인도주의적인 판단으로 구름 너머 원주민에게 감히 제국에 대항한 것을 엄벌하여 권위를 세우고 돌아온다면, 내 기쁘게 마탄을 제국 신민들에게서 거두고 너와 네게 충성하는 부하들에게 훈장과 영지와 젊고 싱싱한 미녀 노예들을 하사토록 하겠노라.

그대의 제국을 향한 순수한 충정을 끔찍이 아끼는 오웨느로부터.

올라카는 이마를 감싸 쥐었다.

"최악이로군, 이건……."

그는 원래부터 마탄 개발에 반대하던 입장이었다.

조상들이 지구에 살 무렵, 마탄의 개념과 비슷한 핵무기를 개발해 놓고 스스로의 무게 때문에 무슨 병신 짓을 저지르고 살았는지 잘 알았기 때문이다.

원래 그는 고고학에 관심이 많았다. 무기 쪽이 아니라 역사 쪽으로.

핵무기는 국가 급의 거대한 조직조차도 이성을 마비시키고 희한한 작태를 이끌어 내게 만드는, '저주받은 마물'에 지나지 않는 것이었다.

그래서 애당초 마탄의 개발을 반대해 왔던 것이다.

그러나 마탄은 황도의 비밀 지하 연구소에서 수십 개나 만들어졌고, 다시 발톱을 드러낸 미친 마녀의 손에 고스란히 들어갔다.

오웨느는 수많은 사람들이 아무것도 모르고 복닥거리며 살아가는 광장 한가운데에 그것을 떡하니 꺼내놓았다.

무슨 새로운 장식물처럼.

올라카는 한숨을 내쉬었다.

"이것을…… 오웨느 황녀가 정말 터뜨릴 정도로 미친 상태가 맞는가?"

그러자 또 다른 소함대 제독이 한 장의 전보를 내밀었다.

그 그림은 사람들의 목이 잘려 학살된 장면이었다.

옷차림으로 보아 대학 교수가 분명했다.

그리고 엎드려 절하며 두 손으로 임명장을 받아 드는 교수의 모습이 그 시체들의 앞에 있었다. 그 임명장을 건네주는 오웨느는 역시 웃고 있었다. 활짝.

대학교 정문 앞이었다.

그러니 그림이 보여 주는 것은 빤했다.

전통과 도덕을 부르짖는 학자와 교수들을 몰살시킨 다음, 진리를 구부리고 부도덕과 타협한 교수와 학자들을 그 자리에 밀어 넣는 광경이었다.

다른 설명이 없어도 알아들었다.

탈란 황국대학이라는 간판이 설명이니까.

아무리 무식한 독재 지배라도 일단 사회 철학이며 갖가지 인문 계열 학문 이론이 뒷받침되어야 한다.

하지만 오웨느는 제국의 사회 규범이나 이론 자체를 뿌리부터 바꿀 의도임을 확실히 보여 주고 있었다.

바른말하는 학자들부터 죽이고 굴복시키는 발걸음이 정말 빠르기도 했다.

하기야 오웨느는 사회도덕을 오랜 시간 쌓는 학문의 힘에 대해 가장 잘 아는 황족이었다.

그녀가 가장 깊이 공부한 분야니까. 그녀는 그걸 악에 써먹고 있었다.

그림 밑에는 글귀가 쓰여 있었다.

구름 너머의 이계, 중원의 원주민들이 곡학아세(曲學阿世)라고 일컫는 것이니라. 학문을 내게 맞춰 왜곡하고, 내게 맞춰 아부해야만 살 수 있느니, 학문의 힘이 대단하여 아마 오륙 년 후면 새로운 세상이 열릴 것 같구나. 그때에도 네가 나에게 충성을 거부할 것인지 두고 보자꾸나. 너의 제국을 향한 순수한 충정을 정말, 아주, 끔찍이 아끼는, 그리고 너를 절대로 죽이고 싶지 않은 오웨느로부터.

올라카는 정신이 아득해졌다.

마나 파장이 한순간 역류해 신형이 비틀거렸다.

"사령 각하!"

"정신 차리십시오, 사령 각하!"

올라카는 숨을 크게 들이마시고 곧 자세를 바로잡았다. 그러나 어깨에는 힘이 없었다.

그는 맥이 빠진 듯, 아예 목쉰 소리로 간신히 명령을 내렸다.

"함대, 구름 기둥 너머로. 중원이라는 세계를 정벌한다."

함장들을 보았다. 제독들을 보았다.

그들의 가족, 그들이 지키려던 가치…… 모든 명분이 사라졌다. 오웨느가 그들의 목숨이 아니라 그들의 '생각', 살아가는 '공식'을 손에 쥐고 싶어 한다는 것을 알았다.

어쩔 수 없었다.

그렇게 제국의 제7함대는 구름 기둥 해역으로 향했다.

구름 기둥으로 들어서자 과연 보고서에 쓰여진 대로 앞이 보이지 않았다. 함교 바로 밑의 주포가 간신히 보일락 말락 할 지경이었다.

"사령 각하, 전파가 제대로 작동하고 있습니다."

올라카가 고개를 저었다.

"공간과 차원이 접한 곳인데 어째서 전파가 잘 퍼지고 전달된다는 것인가?"

"이유는 확실히 밝혀진 것이 없다고 합니다. 그럴 것이라는 전언을 받기는 했습니다만."

"음……."

올라카는 구름을 노려보았다. '원주민'이라는 표현을 썼다.

그런데 슈텐의 함대는 몰살당했다.

보통 일이 아니었다.

원주민이란 단어를 들으면 일단 창 던지고 칼질이나 좀 해대고, 기껏해야 독침이나 떠오를 뿐이었다.

올라카의 눈이 일그러졌다. 오웨느 황녀의 느닷없는 공포정치만 해도 머리가 아프고 가슴이 아려 와서 제대로 서 있을 수조차 없었다.

그런데 해변에서 10킬로미터가 넘게 떨어진 강철의 함선을 침몰시키는 원주민이라니.

올라카는 구름 해역을 벗어나자마자 곧바로 진을 펼칠 것을 명령했다.

그때였다.

"사령 각하! 전방에 함선입니다!"

올라카가 마나를 끌어 올려 앞을 봤지만, 역시나 배 끝머리 이상은 보이지 않았다.

"거리상으로 아마 구름 기둥 바깥에 바짝 붙어 있는 것으로 예상됩니다!"

"몇 척인가?"

"한 척입니다!"

올라카가 인상을 썼다.

"단 한 척?"

"예! 그런데……."

전파 반사판을 해독하는 병사, 옛 조상들 말로 레이더병인 병사가 더듬거리며 말했다.

"그런데…… 반사된 전파 신호가……."

"뭔가?"

"그게…… 금속 반응이 뭔가 이상합니다! 철은 철인데…… 철 고유의 반사 신호가 아닙니다!"

"뭣? 무슨 말인가, 그게?"

"그게…… 저도 모르겠습니다! 교과로 배운 바로는 철보다 더 단단한 금속이 보여 주는 반사 신호입니다!"

"뭐라? 철과 섞은 합금이 아닌가?"

"아닙니다! 제가 전에 탄타니움의 반사 반응을 보았는데, 이건 그것보다 더 강한 금속인 것 같습니다!"

"뭣이?"

순간, 함교가 술렁였다.

"원주민이라더니? 대체 어찌 된 일입니까?"

올라카의 입이 굳게 다물어졌다.

"으음, 일단 구름 해역을 벗어난다! 먼저 신호 잡힌 지점에 시험 발사를 해 보도록!"

"명을 받듭니다!"

선봉은 타이거 샤크 함대였다. 무전병이 함대 제독 기함, 예링거 직속의 무전병에게 바로 전달했다.

"레이더 기판에 배 한 척이 잡히는가?"

치익—

"잡혔다."

치익—

"사령 제독 각하의 명이다. 전방의 배 한 척에 에이 테스트다."

치익—

에이 테스트.

적이 뭔가 이상한 꿍꿍이를 취할 때 적의 의도를 예측해 보기 위해 한 번 찔러 보는 것을 말함이었다.

타이거 샤크 함대의 기함 무전병이 즉각 알아듣고 응답했다.

"타이거 샤크 함대 기함, 에이 테스트 명령 접수."

치익—

함대 제독 예링거는 직접 각도 계산을 하고 발포 명령을 내렸다.

구름 안쪽이다.

보이지도 않는 적을 향해 전파 반사만 가지고 판단해 포격을 해야 했다. 그러나 못할 것도 없었다. 예링거는 닳고 닳은 백전노장이었으니까.

함선의 주포는 옛날처럼 나선형 강선을 새긴 것에서 새기지 않은 무강선 포신으로 회귀했다.

포탄 자체의 속도가 그것이 더 유리한 기술이 상용화되었기 때문이다. 발사된 포탄이 포신을 벗어나자마자 꼬리날개가 펼쳐지는 것이 가능해졌기 때문에 강선을 새긴 것이 지금에 와서는 오히려 더 불리했다.

예링거는 레이더 반사 기판의 점 하나만 보고 사격 각을 결정하여 지시를 내렸다.

"발포!"

콰앙―!

폭음이 함교 유리창을 흔드는 순간이었다.

예링거의 함교가 포격을 맞았다.

콰콰쾅―

포탄은 함교 천장을 뚫는 순간, 다시 한 번 폭발했다. 그 폭발력에 의해 타이거 샤크 기함의 함교는 산산조각 나며 갑판으로 주저앉았다. 예링거는 물론이고, 그 안의 사람들도 산산조각으로 짓찢어지며 몰살했다.

경악할 일이었다.

선두 함대였던 타이거 샤크 함대는 물론이고, 뒤의 7함대 전체를 지휘하는 사령 기함도 혼란에 빠져들었다.

"어떻게 이런 일이!"

＊　　　＊　　　＊

열흘 전이었다.

제갈청청의 방문 후 침통에 젖어 아무 말 없던 일행에게 뜻밖의 방문자가 찾아왔다.

배를 타고 직접 함선까지 찾아온 것은 엄자령이었다.

그렇지 않아도 제갈청청 때문에 분위기가 안 좋은 광검이 자리를 피하려 했는데, 광수에게 뒷덜미를 잡혀 질질 끌려왔다.

엄자령이 그런 광검을 한 번 쏘아보더니, 일단 공적인 업무에 관해 말을 꺼냈다.

"이번 해안 포격 사건은 개방에서 해결한 것으로 마무리했습니다. 서대륙 사람들의 정식 침략 건을 감추고 입막음을 하는 대가로 각 관계 인사들에게 뇌물만 이십만 냥이 들어갔어요."

서대륙 사람들, 카알 왕자와 일행들은 아무 소리도 못했고, 견자단과 종남일기는 헉, 소리를 내뱉었다.

"이십만?"

엄자령은 탁자에 종이 뭉치를 올려놓았다.

특히 광검은 더 움찔했다.

무시무시한 금액이었다.

확실히 전쟁 중이라 이곳에 신경을 안 쓴 것만은 아니었다. 그게 바로 엄자령의 힘이었다.

"아무래도 여러분은 단 한 척을 가지고 수십 배가 넘는 적들과 싸워야 할 것 같아서 자료를 좀 가져왔습니다."

"자료?"

그제야 광검이 어눌하게 물었다. 엄자령은 그런 광검을 싸늘하게 노려보았다. 광검이 고개를 움츠리자 엄자령이 흥, 하더니 말을 이었다.

"기본적으로 여러분이 무너지면 중원, 특히 지금 명 황실 은 치명타를 맞게 됩니다. 서대륙의 제국이라는 곳의 기술 수준이 조선을 침략한 왜하고는 차원이 다르니까요."

"음?"

그제야 녹진자가 게눈처럼 슬며시 술병 주둥이를 감췄다.

"어, 저쪽 장백산 맞대고 있는 해동 조선에 왜가 침략해서 지원군을 보냈다는 소식을 듣기는 했지."

그러자 엄자령은 고개를 저었다.

"사실은 그 지원도 보내지 못할 뻔했습니다. 조선이 너무 빠르게 무너져서 왜가 그대로 우리 중원까지 넘볼 뻔했지 요."

"응? 왜놈들이 그 정도로 강했더냐?"

엄자령은 함교 안의 벽에 걸려 있던 총 한 자루를 가리켰 다.

"저것과는 비교도 되지 않습니다만, 총포가 왜의 손에 있 었습니다. 게다가 그때 조선의 왕이 너무 큰 실정을 해서 부 정부패가 심해 군사 운용도 형편없었구요. 조선의 왕도가 함 락된 것이 한 달 무렵인가 그랬습니다."

"뭐야? 그럼 지원군을 어떻게 보냈다는 게야? 그럼 이미 조선이 망한 후 아니냐?"

그러나 엄자령은 고개를 도리도리 흔들었다.

"아닙니다. 왕실과 관에서는 실패했지만, 조선의 백성들이 스스로 들고 일어나 저항을 한 것이 주효했습니다. 게다가 해전에서 왜군이 아주 커다란 패배를 해서 물길이 막혀 보급선이 길어진 것도 큰 원인입니다."

해전이라는 말에 일행의 귀가 번쩍 토였다.

"응? 왜놈들이 배 운용 하나는 기가 막히게 하는데 어떻게 엉터리 같은 조선 수군에게 패했다는 게냐?"

엄자령이 서류 뭉치를 들추며 보여 주었다.

"이순신이라는 함대 제독이 아주 걸출한 인물이었던 것 같습니다. 해변 가까이에서만 쓸 수 있는 판옥선의 단점을 기가 막힌 전술 운용법으로 극복한 것도 그렇구요."

"화포를 운용한 육지전도 아니고, 왜놈들에게 해전으로 패배를 안겨 줄 수 있다니, 대체 그 이순신이라는 인물의 재능이 어느 정도란 말이냐?"

엄자령은 싸늘하게 코웃음을 쳤다.

"그 당시 조선의 왕이 그 이순신을 죽이려고 했다가 난리가 났습니다. 조선 수군이 그것 때문에 무능한 지휘관을 맞아 바로 왜군에게 몰살당했죠."

잠시 침묵이 일었다. 다른 차원의 세계에서 온 카알 일행도 얼이 빠졌다.

'뭐, 그런 인간이!'

종남일기가 물었다.

"그 조선의 왕…… 제정신인 거 맞냐?"

엄자령의 평가는 단순했다.

"백성들이 아마 스스로의 힘으로 일어서고, 이순신이라는 이름을 중심으로 뭉치는 것에 살짝 미친 것 같습니다. 안 그러면 전쟁 중에 그런 장수를 죽인다는 것이 말이 안 되는 거겠지요."

민심을 모은 장수의 반란을 염려해 전쟁 끝나면 내쳐지는 일.

원래 중원의 역사에서도 흔히 있어 온 일이었다. 나라의 주인이 못 되는 간사한 그릇의 인간들이 권력을 잡은 후 흔히 행하는 배신이기도 했다.

그러나 그것도 전쟁 끝난 다음의 일이지, 전쟁 중에 그 정도로 중요한 장수를 죽인다는 것은 나라 끝장내겠다는 것과 다르지 않았다.

그것도 왕을 배신하는 매국노가 아니라 왕 스스로가 그 짓을 하다니.

종남일기도 인상을 썼다.

"주인을 잘못 만났군……."

"어쨌든 그게 중요한 것이 아닙니다. 여러분께는 그다음 해전이 중요합니다."

그래서 다들 놀랐다.

"응? 조선 수군이 몰살당했다며? 무슨 해전이야?"

엄자령이 설명을 계속했다.

"조선의 왕은 조선 수군이 몰살당한 후에 다시 이순신을 제독으로 채용한 모양입니다."

이쯤 되면 그 뻔뻔함에 어이가 없어졌다.

"뭐야? 걔 정말 왕 맞냐? 미안하다는 말은 했대냐?"

"어쨌든 이순신은 군말 없이 승락하고 다시 재건에 들어간 모양입니다."

그러자 광겸이 눈을 꿈뻑이며 한마디를 던졌다.

"야…… 이건 뭐, 진짜 개도 아니고, 어떻게 그런 충신이 있을 수가 있지?"

"여하간, 왜는 이순신의 존재를 알아차리자마자 조선 수군에게 재건할 시간을 주지 않기 위해 삼백여 척을 바로 동원했습니다. 그 당시 이순신의 함대는 달랑 열두 척이었구요."

"음, 들어본 인물됨으로는 거기서 장렬히 전사했겠군. 아까운 인물이로다. 이런 쯧쯧."

종남일기가 혀를 차자 엄자령이 고개를 저었다.

"아닙니다. 그 해전에서 왜군이 졌습니다."

"뭐? 삼백 대 열둘이라며?"

일행은 모두 놀랐다. 종남일기가 물었다.

"대체 그게 어떻게 가능하다는 거냐? 이순신이 뭐 손짓 한 방에 배 한 척씩 부수고 하는 절대고수였더냐? 그거, 바다처럼 먼 데선 나도 안 되는데?"

믿기지 않는 일이었다.

엄자령은 다시 한 번 서류를 들춰 한 장을 빼 가리켰다.

지도였다.

"조선의 남쪽과 서쪽 해안은 꽤 복잡합니다. 이순신은 몇 차례에 걸쳐서 서쪽으로 계속 도망가는 듯했습니다. 그런데 조선에서 가장 좁은 해협, 남해와 서해의 기점. 거기에서 멈췄습니다. 아마 그것이 유인 작전이었던 것 같습니다. 왜군의 함대는 다 들어가지도 못하고 백오십여 척 이상이 그 해역 바깥에서 대기하고 있을 만큼 좁은 해역이랍니다."

"실제로는 백 몇 십 척만 상대했다? 음, 그래도 열두 척에게 지는 건 좀 아니지 않나?"

그 순간, 엄자령은 눈을 빛냈다.

"조류입니다. 좁은 해역에 조수 때 물살이 확 거세지는 해역이랍니다. 울돌목이라고, 해로를 통해 거래하는 우리 강북련 상인들에게도 악명이 굉장히 높은 곳이죠. 실제 전술로도 그 빠른 조류를 이용했고요."

"그래도 이해가 안 된다. 그건 방심하고 술 마시고 놀면서 싸워도 이겨야 당연한 거야. 게다가 해전에 능한 왜군인데."

"그러나 실제 결과가 그렇게 나왔습니다. 물살에 대비해 조수가 바뀔 때까지 시간 끌기도 주효했고, 결정적으로 이순신이 자신의 기함을 이끌고 직접 맨 앞으로 나가 적들의 총격 목표가 되는 전술을 썼습니다."

모두의 입이 딱 벌어졌다.

"지휘를 하는 기함이 왜군 조총의 총알받이 미끼가 되었다고?"

"왜군의 심리적 압박감도 교묘하게 이용했던 것 같습니다. 이순신이 살아 있으면 언제든 조선 수군은 살아난다는 점 때문에 왜군이 이순신에게 집착하는 점을 역이용한 전술입니다."

엄자령이 덧붙였다.

"그게 먹혔습니다. 스스로 미끼가 된 이순신의 기함 덕택에 다른 함선들의 포격이 왜군의 배들을 서너 척씩 빠르게 침몰시킨 것 같고요. 그날 왜군은 백오십여 척의 배를 잃고 도주했다고 합니다."

"허……."

백오십 척의 함선이 집중사격을 하는 그 한 점.

얼마나 두려울 것인가.

그런데 그곳에 이순신의 기함이 과감히 들어갔다. 그것이 초반 제압을 가능케 하고, 다시 시간을 끌며 조류가 반대로 바뀔 때까지 버티게 한 것이다.

종남일기는 전해 들은 이야기만으로도 기가 질린다는 표정으로 감탄했다.

"하늘 아래 그 누가 감히 그런 전술을 택할 수 있단 말인가. 허허, 참……."

침묵이 도는 가운데, 종남일기가 불쑥 말했다.

"난 오히려…… 이순신보다 그 조선의 왕을 만나 보고 싶구나. 운이 정말 좋은 인물이로다. 그런 작자가 어떻게 이순신 같은 장수를 얻었을꼬? 운이 그 정도로 좋은 인물도 정말 드문 법인데. 유비처럼 후덕한 왕도 아닌데 참으로……."

엄자령이 말했다.

"하늘의 뜻 아니겠습니까, 운이라는 것도."

그러자 광수가 비로소 입을 열었다.

"미끼군요."

"뭐?"

광수는 웃었다.

"지금 하늘을 뜨는 이 배 말고 놀고 있는 배 한 척이 더 있지 않습니까. 그걸 미끼로 적진 안에 돌진시키는 겁니다. 게다가 그 배는 애당초 적 함대 안으로 돌진해 들어가는 돌격함이기도 하구요."

그러자 롤리가 외쳤다.

"어? 정말 그런데요? 추적 마법을 쓰면 그 미끼 함선에 누군가 타지 않아도 되고요."

롯데가 반대 의견을 냈다.

"추적 마법은 한계가 있어요. 저렇게 큰 철선을 추적 마법으로 어떻게 할 수 없어요."

그러자 롤리가 씨익, 웃었다.

"함선은 마법이 아니고 스팀 터빈이 움직이는 것이고요, 그 스팀 터빈은 조종간의 손잡이로 움직이는 거죠."

"조종간이라구요?"

그러자 카알이 고개를 저었다.

"지금 우리 함선이 허공에 떠 있다 해도 멀리서는 어차피 함포 포격각 안에 들어갈 수 있어. 그걸 피하려면 더 높이 떠야 한다. 그럼 조종간같이 작은 것들을 정밀하게 조종하기는 어려워."

롤리가 씨익 웃었다.

"저하, 조종간을 바꾸죠. 페달처럼 누르는 것으로. 방향 전환도 필요 없습니다. 어차피 적의 지휘함에게 우리가 먼저 포격할 시간만 얻어 내자는 거니까요."

카알이 다시 고개를 저었다.

"지금 오고 있을 것이라 예상되는 7함대는 사령제독 올라카도 그렇지만, 휘하 각 함대 제독들의 역량이 너무 뛰어나. 곡사로 계산해 쏴서 갑판에 맞으면 어쩔 건가? 그건 그들에게 다가가기도 전에 침몰할 거야."

그러자 엄자령이 결정적인 한마디를 남겼다.

"그때는 없었지만, 석년에 규모가 컸을 때 이순신 함대의 돌격선은 왜군의 총탄을 버틸 수 있도록 금속 장갑판을 둥글게 덧대 씌운 형태였습니다. 배의 전체에 천장을 올린 것 같은 형상이라서 조선에서는 그것을 귀선, 거북선이라고도 했습니다. 그걸 참고하시는 것도 좋을 것 같습니다."

"귀선?"

"오, 그렇다면 승산이 있군요! 둥근 형태는 포탄을 튕겨 내기에도 대단히 좋은 구조죠!"

롤리가 머리를 굴렸다.

"음, 배의 윗부분에 그렇게 무게를 많이 실으면 배가 뒤집힐 수도 있습니다. 그렇게 되지 않기 위해서는 뱃바닥의 형태도…… 으음……."

그는 급히 뭔가를 계산하고 닥치는 대로 종이에 그려 대기 시작했다. 몇 개를 구겨 폐기한 후에 결국 하나를 카알 왕자에게 내밀었다.

"저하, 이대로라면 대략 가능할 것 같습니다."

롤리가 제시한 설계도는 지금 운용 가능한 돌격선 하나와 그냥 떠 있기만 하는 폐선이나 마찬가지인 배 두 개를 합쳐놓은 쌍동선이었다.

그 쌍동선 위에 둥근 천장을 올리면 배는 뒤집히지 않고 그대로 항해가 가능했다.

"하지만 이 두 배 중에 엔진은 하나뿐이에요. 그 배의 엔진도 끌어다 써서 위대한 존재의 눈물은 이제 없어요."

롯데가 지적하자 카알이 눈을 반짝였다.

"아니, 이걸로 충분하다. 스팀 터빈의 팬으로 스크루를 돌리는 것이 아니라 직접 물을 끌어들였다가 내뱉는 방식으로 바꾼다."

"예?"

기계에 약한 롯데가 맹한 얼굴로 되물었고, 롤리가 깡총 뛰며 고개를 끄덕였다.

"맞습니다! 제국 황실 전략 무기 연구소에서 최근에 제시된 수류(水流) 제트엔진입니다. 그걸 기억하고 계셨군요."

물을 직접 빨아들이고 그걸 다시 세차게 내뿜는 방식.

"평범한 하나짜리 배라면 개조하는 것이 어렵지만, 두 개를 그냥 연결하는 것이라 두 선체 사이 중앙을 그대로 사용하는 자연스럽습니다. 맞아요!"

일행은 곧바로 미끼가 될 장갑 돌격함을 만들었고, 카알과 견자단은 녹초가 될 때까지 힘을 썼다.

그 직후에 7함대를 만난 것이다.

그들을 발견한 즉시 무선조차도 꺼 버리고 쓰지 않았다.

그래서 일행은 광검의 자명고 수법과 종남일기의 혜광심어로 대화를 주고받았다.

[좀 더 솟구쳐, 지금 높이 얼마인가?]

[해면에서 200미터입니다, 저하.]

[1킬로미터까지 급상승한다. 1, 2, 3, 4번 엔진 급가속. 지금!]

큐우우웅―

함선이 치솟았다.

[롯데, 추적 마법을 7함대 선두에 걸어놔. 지금 거리는?]

[1킬로미터! 구름 기둥을 벗어나기 직전입니다, 저하!] (전음)/

그 순간, 카알이 명령했다.

[미끼, 돌격선 시동.]

큐우우웅―

선체가 두 개인 쌍동선이 중앙에서 물을 세차게 내뿜었다. 물결이 급하게 뒤로 확 밀려 나갔고, 돌격함이 움직이기 시작했다.

[돌격선 급가속.]

[저하! 우리 돌격선에 저들의 추적 마법이 걸렸습니다!]

과연 쌍동선에는 붉은 십자가 빛이 떠올라 있었다.

[음, 구름 안에서 불확실한 전파 반사만 가지고도 이렇게 정확히…… 과연 7함대로군.]

그때, 포안에서 포격 순간을 기다리던 광검의 상념이 들려왔다.

[조준하는 중앙에 매달은 붉은색 드롭이 효과가 있군. 구름 안의 함선들이 형태뿐이지만 그래도 보인다. 조준 가능해.]

카알이 씨익 웃었다.

[어마마마의 반지에서 빼 온 드롭이오. 어마마마 덕택이군. 좋

아, 기함을 구분할 수 있겠소?]

그러자 광검이 웃었다.

[우리 미끼에 추적 마법을 건 경로가 붉은색으로 보이는군. 거기 함교 부분이오.]

설마 추적 마법의 역추적까지 될 줄은 몰랐다.

[구름을 빠져나오기 전에 한 방 먹입시다. 그럼. 쏴요!]

허공에 떠 있던 함선의 외벽에 붙은 포, 광검의 포대가 불을 뿜었다.

동시에 미끼선의 둥근 장갑판에 포탄이 작렬했다.

콰쾅—

구름 기둥 안의 7함대는 당황했다.

"타이거 샤크 함대의 기함이 피격당한 것 같습니다!"

올라카가 즉시 외쳤다.

"전속력으로 구름 해역을 벗어난다!"

일단 그래 놓고 물었다.

"연락은? 연락은 되나?"

구우우웅—

무전병이 침통하게 외쳤다.

"지금 교신이 안 되고 있습니다."

뒤이어 반사 전파 기판을 쳐다보던 병사가 외쳤다.

"타이거 샤크 함대 기함, 속도가 줄고 있습니다!"

그렇다면 함선을 조종하고 있지 않다는 뜻이었다.

최소한 엔진부를 다루는 기술 병사에게 다른 지시가 내려가지 못했다는 의미.

그것은 함교를 직격당했다는 뜻이었다.

"예링거가!"

올라카가 이를 악물었다.

도대체 어떻게 이 구름 기둥 안에서 정확한 시야를 확보하고 함교 직격을 노린 것일까? 추적 마법을 썼다면 즉각 마법사들이 알아차렸을 것이다.

"추적 마법을 쓰지 않고 어찌 이 구름 기둥 안을 그리 정확히 조준한단 말인가!"

*　　　*　　　*

견자단 삼 형제의 눈에 붉은색 세상이 보였다.

카알의 어머니, 한 왕국의 왕비가 남겨 준 반지.

거기 박힌 보석은 그냥 루비가 아니었다. 위대한 존재의 눈물, 드롭 중 붉은색을 지닌 '진실의 눈동자'라 불리는 것이었다.

그걸 카알이 세 개로 쪼개 포격을 위해 바깥을 내다보는 가늠자 정 가운데 박아 놓은 것이었다.

견자단 삼 형제는 지금 약간 덜 붉은 것과 더 붉은 명암으로 구분되는, 구름 기둥이 회전하는 것과 그 사이로 제국군의 함대를 보았다.

롯데가 추적 마법을 걸 수도 있지만, 그럴 수 없었다.

돌격선을 전진시키고 있기도 했고, 마법사들이 허공에 뭔가 떠서 폭격한다는 것을 알아차리는 순간 제국 7함대는 미끼를 버려두고 죄 흩어져 해변을 사납게 공략해 중원 사람들을 인질로 쓸 것이 분명하다고 예상했기 때문이다.

게다가 지금 함선의 높이는 1킬로미터, 즉 중원의 거리로 환산해 삼백삼십여 장이나 되었다.

게다가 포는 중원인들에게 너무 이질적이었다. 단번에 맞추기는 힘들었다.

그런데 이번에는 달랐다.

활을 쏠 때 진기를 이용해 쏘아 본 적은 있다. 광검의 자명고 정신 파동이 셋을 같이 움직이게 만들었다.

감각도 그대로 같이 느꼈다.

포신의 떨림, 그리고 순간적이지만 포탄이 쏘아질 때의 떨림.

견자단은 폭발의 충격파가 번져 나가는 찰나의 파동을 읽었다.

예전 같으면 불가능한 일이었다. 폭발이 워낙 빠르기 때문이다.

제아무리 고수라도 폭발 시에 생기는 충격파의 파동을 고스란히 읽어내는 것은 불가능했다.

하지만 카알 왕자의 물질 변화를 돕던 과정에서 겪은 각오의 경험을 거치면서 생긴 변화를 그들은 깨달았다.

광검이 먼저 숨을 들이마시고 멈췄다. 활 쏘듯이 포를 조준하는 것이었다.

광수의 격려가 들려왔다.

[맞아. 그 느낌. 그거다.]

광겸은 아예 말도 없었다. 광겸은 그냥 생각 없이 계산 없이 그냥 흡수하는 중이었다.

구름 밖으로 막 뱃머리가 나온 세 척의 함선, 그 함교를 향해 셋이 동시에 포격을 가했다.

콰콰쾅—

구름의 형체를 확 흐트러뜨리며 폭발 충격파의 형체를 보였다. 세 군데, 배가 관성을 타고 그대로 나왔다. 함교가 주저앉아 있었다.

광겸을 비롯한 견자단과 카알 일행이 환호성을 올렸다.

"기선제압 성공입니다!"

종남일기와 녹진자도 놀랐다.

'이놈들, 우리 중원의 구식 화포도 아니고, 이렇게 빠른 포 발사 파동을 느끼고 맞춰 내다니!'

녹진자가 입을 열었다.

"저놈들, 이제 확실히 애가 아닌가 본데, 선배."

종남일기가 씨익 웃었다.

"얼마 전에 소년은 성장한다고 그런 게 너 아니었냐?"

"어, 나도 선배처럼 반노환동이나 할 걸 그랬나? 저놈들, 내가 못하는 임기응변 순발력을 보니 나이 먹는 게 서럽네."

그러자 종남일기가 타박을 했다.

"나이로 치면 너보다 서러운 게 더 많은 선배한테 할 소리냐, 그게?"

그러자 녹진자가 투덜거렸다.

"육체로만 치면 완전 꽃중년 뺨치겠구만, 서럽긴 뭔……."

종남일기가 정색을 했다.

"농담하지 마라. 제국인지 뭔지, 저놈들 구름에서 빠져나오자마자 해변에 포격할 거다. 애들 잘 살펴!"

함교의 밑을 살피던 녹진자의 표정이 다시 찌푸려졌다.

구름을 뚫고 나오는 뱃머리가 열 척 이상으로 늘어 있었다.

그만큼 적 함선의 숫자는 많았다.

지금은 무선을 받아들이기만 하는 쪽으로 감청을 하고 있는 상태였다. 그래서 카알 일행과 잠시 끊긴 혜광심어를 다시 교류하기 시작했다.

저들의 상황이 개략이나마 감이 잡히기 시작했다.

그래서 상황은 많이 좋은 것이 아니다. 적은 지금 크게 당황한 것이 아니었다. 속도를 더 올리고 늦어진 함선들을 회선시켜 충돌을 피하며 구름 기둥을 빠져나오고 있었다.

앞이 보이지 않는 상태에서 정말 대단한 항해술인 것이다.

한편, 7함대 제독 올라카는 굉장히 어려운 싸움이 될 것임을 직감했다.

분명히 적에게 함포 타격이 명중했다. 그럼에도 적은 포격을 가하고 있었다.

대체 어떻게 된 것인지 알 수가 없었다. 올라카는 빨리 구름 해역을 벗어나야 한다는 것을 강하게 느끼며 휘도는 구름 기둥을 함교 유리창으로 노려보았다.

함선 세 척의 교신이 또 끊겼다.

그나마 이제 열 척이 구름 기둥을 갓 벗어났다는 소식이 들려왔다. 함대의 중간도 곧 벗어나게 될 것이다.

올라카는 이를 갈았다.

"나가기만 하면 어디 두고 보자!"

그때, 구름이 바깥에서 안으로 확 흩어져 찌그러지는 것이 눈에 들어왔다. 폭발의 폭풍이었다.

콰콰쾅—

폭발음에 이어 무전으로 비명이 들려왔다.

"으아아액!"

치익—

"함교가 당했다!"

치익—

무전병의 마이크에서 누군가 몸에 불이 붙었다는 비명이 들렸다. 통제가 되지 않았다. 패닉 상황이었다.

무전을 들은 올라카가 외쳤다.

"벗어나려면 아직 멀었나?"

"바로 지금입니다! 구름을 벗어납니다!"

그 순간, 다시 폭음이 들려왔다. 구름이 확 흩어져 나가며 올라카가 탄 바로 옆 함선의 함교가 폭발하며 불덩이가 되어 그대로 주저앉는 것이 보였다.

도무지 말이 안 되는 상황이었다. 대체 적은 이쪽을 어떻게 이토록 정확히 노릴 수 있다는 말인가.

올라카는 확 밝아지는 것을 느끼며 앞을 보았다. 시야를 가리던 구름이 사라졌다. 바다가 보였다.

마침내 구름 기둥을 나온 것이다. 그리고 얼굴이 굳어졌다.

적선은 전파 기판이 보여 준 대로 단 한 척뿐이었다.

그런데 포탑도, 함교도 없었다.

배 두 개를 합쳐 놓은 쌍동선. 두 개의 갑판을 같이 덮어 놓은 둥근 천장 형태의 장갑판이 전부였다.

"도대체 어디서 포격을 했단 말인가!"

저렇게 극단적인 방어를 취하는 형태의 함선을 본 적도, 그리고 필요하다고 생각한 적도 없었다.

그런데 7함대의 기함만이 갖추고 있는 전파 기판이 또 하나 있었다.

바로 저주파 기판이었다. 저주파는 원래 빽빽한 밀림의 나뭇잎이나 엷은 나무의 몸통 정도는 투과한다.

물론 금속을 투과하지는 못하지만, 그래도 그 성질을 이용해 마법사가 마나 파장을 증폭해서 적함 내부를 살피는 데 쓰였다.

올라카는 실제로 자신의 함대가 쏘아 댄 포탄 수와 적 함대에 남은 잔탄을 보고 전술을 그때그때 바꾸곤 했다.

탈란 제국에게는 못 미치지만, 철선을 운용하는 작은 국가 연방들이 늘어났기 때문이다.

바로 그 저주파 기판을 살피던 마법사가 외쳐 댄 소리 때문에 올라카의 얼굴색이 확 변했다.

"적선의 내부가 보이지 않습니다!"

"무슨 소리냐? 장갑판이…… 환상을 보는 마법사의 마나를 증폭시킨 저주파가 투과하지 못하는 장갑판이라니!"

그 정도로 장갑판이 두꺼울 수 있다니, 올라카는 정말 당황했다.

포탄각을 계산하는 작전 참모가 외쳤다.

"말도 안 되는 소리요! 장갑을 그 정도로 두껍게 썼는데 물위에 뜨는 배가 어디 있단 말이오! 물의 부력이 감당하지 못할 질량이 나올 텐데!"

그러자 마법사가 얼굴을 일그러뜨리면서 대답하는 것이었다.

"그, 그것이…… 잘…… 여하튼, 그 정도로 두꺼운 장갑판이 틀림없긴 합니다!"

그 순간, 올라카는 구름 기둥 안에서 레이더병이 한 말을 떠올렸다.

제국이 자랑하는 금속 기술의 결정체, 탄타니움보다 더 단단한 금속인 것 같다는 말을.

순간. 올라카는 머릿속에서 어떤 생각이 번개처럼 스쳐 갔다. 급하게 명령을 내렸다.

"전파 기판을 더 강하게! 다른 곳에 함선이 더 있거나, 아니면 해안포가 여기까지 날아오는 것이 틀림없다! 저 배는 그냥 미끼일 뿐이야! 우린 속았다!"

올라카가 직접 전체 무전을 방송하는 마이크를 들고서 급하게 명령을 내렸다.

"전 함대, 당장 산개한다! 저 미끼선을 버려 두고 당장 중원의 해변에 포격을 집중한다! 전 함대, 산개한다!"

전파를 더 강하게 확 증폭시킨 직후에 전파 기판병이 외쳤다.

"함선을 또 하나 발견했습니다!"

"어디인가!"

그러자 전파 반사 기판, 즉 레이더병이 머뭇거리며 말했다.

"그, 그것이…… 지금 우리에게로 돌격하는 저 미끼선과 같이…… 거의 겹쳐져 있습니다!"

"뭣이?"

레이더병이 자신 없다는 듯 말했다.

"아무래도 하늘…… 우리…… 함선의 위쪽인 것 같습니다!"

올라카의 얼굴이 일그러졌다.

함교의 통유리로도 보이지 않는 각도라면 엄청 나게 높이 뜬 상태였다. 제국이 지금 가스를 가득 넣은 비행선을 운용하고는 있지만, 그 정도 고공을 항행할 수는 없었다.

게다가 가스를 가득 채운 비행선에 큰 함포를 갖추고 사격을 한다는 것도 말이 안 되는 일이었다. 그것은 전술적으로, 군사용으로 쓰는 것 자체가 불가능한 일이었다.

그러나 레이더가 가리키는 결과를 무시할 수도 없었다.

"잘 살펴라!"

말이 떨어지기가 무섭게 올라카의 옆 함선이 직격을 당했다.

콰콰쾅—

함교의 기둥 부분이 폭발하면서 함교가 기울기 시작했다.

"린덴 함 피격!"

올라카가 허공을 노려보았다.

번쩍하는 섬광이 퍼져 나가는 중심, 그 선이 가리키는 역방향이 바로 위쪽이었다.

올라카가 명령했다.

"목표는 해변이다! 진형을 갖춰라! 전 함대, 포격 준비!"

올라카의 눈이 불타오르기 시작했다.

롯데가 외쳤다.

"제국 7함대, 일부 피해를 입었어도 결국 해변에 포격을 가하기 위해 일자진을 펴고 있습니다!"

카알이 흡, 하고 숨을 들이마시더니 천천히 말했다.

"결국…… 2단계 작전이 펼쳐져야 하는 것이군."

올라카의 지휘 능력이 너무 뛰어나 미끼만으로 충분히 혼란을 줄 수 없을 때를 대비해 하나 더 준비한 것이었다.

카알의 얼굴이 찌푸려졌다.

"희생이 너무 커진다."

"그러나 해변이 다시 포격을 받습니다, 저하! 지금입니다!"

카알은 롯데의 권고를 받아들였다.

"롤리, 미끼선 전속 항진."

롤리가 계기판 위에 따로 새겨진 마법진 손잡이를 앞으로 쑤욱 밀었다.

순간, 물위의 미끼선이 뒤에서 물기둥을 촤악— 뿜어 올리며 속도를 내기 시작했다.

미끼선이 제국 7함대의 선두 사이로 파고들었다. 막 산개가 시작되는 순간이었기에 미끼선의 빠른 속도에 놀라기는 했어도 그리 큰 당황이 일어나지는 않던 때였다.

롤리의 손이 마법 리모트 컨트롤 손잡이에 달린 단추 네 개 중 맨 위의 것 하나를 꾸욱 눌렀다.

순간, 쌍동선 선체의 두꺼운 장갑판, 선체 옆면의 일부가 열렸다.

모두 열다섯 개였다. 뚜껑이 열리자 7함대 함교에서 바깥을 내다보던 수병들의 표정이 경악에 물들었다.

창문처럼 열린 부분이 함체가 얼마나 두꺼운지 잘 보여 주었기 때문이다. 그리고 그 양쪽의 구멍에서 나온 것은 포신이었다.

"아니?! 사령 각하! 옛날 돛단배 목선처럼 함포를 갑판 밑 선체 외벽에 설치하는 방식입니다!"

"이, 이런!"

올라카의 얼굴이 경악에 물들었다.

저 미끼선은 이제 중앙으로 파고들었다. 이미 늦었다. 발포하는 순간, 7함대의 함선 십여 척 이상이 한꺼번에 구멍 뚫리게 된다.

올라카가 외쳤다.

"포탑을 저 미끼선으로 돌려라! 집중 포격!"

7함대의 주포들이 해변이 아닌, 함대가 산개하는 진형의 중앙, 미끼선으로 돌았다.

 위이이이이아—

 올라카의 지휘는 실시간으로 먹혀들었다. 거대한 함포 수십 개가 거의 한순간에 돌아갔다.

 콰콰콰쾅—

 7함대 주포의 발포가 조금 더 빨랐다. 함선 주포의 위력은 무시무시했다. 포신이 무려 세 개였다. 그걸 근 삼십여 척 이상이 쏘아 맞췄으니 한꺼번에 백여 발이나 맞은 것이다.

 미끼선은 폭연과 폭풍으로 출렁이고, 항로 궤도마저 틀어졌다.

 "쳇!"

 위에서 지켜보던 롤리가 투덜거렸다.

 쌍동선을 급히 만드느라 사실 선체에서 내미는 포의 각도 조정까지는 할 수가 없었다. 선체가 저렇게 출렁이고 항로가 틀어지니 자연스럽게 중요 지휘선을 타격하려고 한 조준점이 흐트러졌다.

 이렇게 되면 쏴도 겨우 몇 척만 맞출 수 있을 것이다.

 올라카는 과연 대단했다. 그러나 그는 한 가지를 몰랐다.

 미끼선의 외부 선체를 이룬 장갑 재질은 여태까지 존재하지 않은 새로운 물질로 만들어졌다는 것을.

 과연, 올라카가 탄 기함의 레이더병이 처절하게 외쳤다.

 "적함, 피해 없습니다!"

 뿌연 포연이 가라앉기도 전에 전파가 먼저 더듬은 적의 미끼선. 그게 그 많은 함포 사격을 받고도 끄떡없다니.

이제야말로 올라카의 얼굴빛이 흙색으로 변했다.

"이, 이런!"

쌍동선, 그 선체에서 내밀어진 포가 그냥 전진만 하는 선체를 따라 눈앞에 드러났다.

포신은 한눈에 봐도 밑을 향하고 있었다. 선체의 밑 부분에 구멍을 내 침몰시키겠다는 의지를 강력하게 보여 준 것이다.

하늘 위의 롤리가 그 순간에 조종간의 두 번째 단추를 눌렀다.

딸깍—

콰콰콰콰콰쾅—

쌍동선의 양쪽 포신이 한꺼번에 불을 뿜었다. 7함대 함선 대여섯 척이 한꺼번에 흔들리고, 물보라가 크게 일었다가 물거품을 뿜어냈다.

쿠르르르르르르르르—

선체에 거대한 구멍이 난 것이다. 올라카는 잠시 할 말을 잃었다.

그는 숨을 들이마시고 마이크를 잡았다.

"타이거 샤크 함대 린덴 함, 탈론 함, 고스트 함, 에스틀 함, 공작함…… 해당함의 선원들은 즉각 배를 버리고 탈출하라! 즉각 탈출하라!"

그러고는 눈에 핏발을 세운 채 물었다.

"돌격함! 준비 끝났나?"

치익—

"명령하십시오, 제독!"

치익—

"중원의 해변에 포격한다! 함대의 돌격선 10척 모두 다 해변으로! 저들의 해변을 노린다! 저들의 함선 숫자가 적은 것을 노려야 해! 적의 해변에 탱크를 내리고 민간인들을 쓸어라! 저들의 공격을 더더욱 분산시켜야 한다! 그것만이 위기의 탈출 법이다, 알았나!"

"옛! 사령 각하!"

치익—

무전 도청으로 올라카의 명령을 듣고 있던 카알이 종남일기를 쳐다보았다.

"결국 저들의 상륙을 막지는 못했군요. 뒷일을 부탁드립니다."

종남일기의 눈빛도 씁쓸하게 물들었다.

"결국…… 서로의 핏물을 밟고 서야 한다는 말이로군."

종남일기가 녹진자와 손을 잡았다.

그러더니 진기를 합쳐 혜광심어를 해변으로 전달했다.

해변에는 개방도와 그나마 남쪽에 있다는 무인들 중 합류한 문파의 고수들이 자리해 있었다.

거기에 서안 분타주였던 도현호도 같이 합세해 있었다. 그는 견자단 형제의 소식을 듣고 들른 참이었다. 그가 방주에게 후계자로 찍혔다는 비극적인 소식을 전하기 위해.

하지만 그는 돌아가지 않고 남았다.

이미 점창과 사천의 당가에서도 고수들이 파견되어 있었다. 명색이 개방의 후개가 이걸 보고 어찌 그냥 돌아갈 텐가.

개방의 후개이기 전에 그는 속에서 불이 치밀면 참지 못하는 '도현호'였던 것이다.

종남일기의 혜광심어를 전해 들은 그의 얼굴이 일그러졌다.

"에이, 이 비실한 개들 같으니! 형제들 셋이 뭉쳐 다니면서 저런 볏짚단도 한 번에 못 쓸어서 해변의 나까지 손을 쓰게 만드냐, 그래."

졸지에 볏짚단이 된 7함대 사령 제독 올라카가 들었으면 얼굴이 어떻게 되었을지는 모르지만, 도현호는 늠름하게 외쳤다.

"나, 이번에 후개로 임명된 도현호입니다! 저 망할 침략자들 때문에 억울하지만 우리 땅에서 거지같은 쌈박질하려 합니다! 여기 근처에 일반 백성들 없는 것 확실합니까?"

우렁찬 대답이 돌아왔다.

"예! 개미 새끼 정도는 몰라도, 사람은 없습니다! 다 피신시켰습니다!"

도현호가 해변으로 돌진해 들어오는 제국의 돌격선을 보고 명령했다.

"강철 상자, 아니, 탱크 움직이는 법은 다들 숙달시켜 놨겠지?"

"예!"

도현호가 숨을 크게 들이쉬고 외쳤다.

"다들 탱크에 올라타 시동을 걸어라! 해변에 도착해 기어 나오는 적 탱크부터 쓸어버리는 거다!"

그러고는 점창과 당문의 고수들에게도 덧붙였다.

"탐욕에 눈먼 침략자에게 하늘의 법도를 보여 주시오! 갑시다!"

"우와아아아아아!"

개방도들과 중원의 무인들이 함성을 질렀다.

31.

세상은 변한다 1

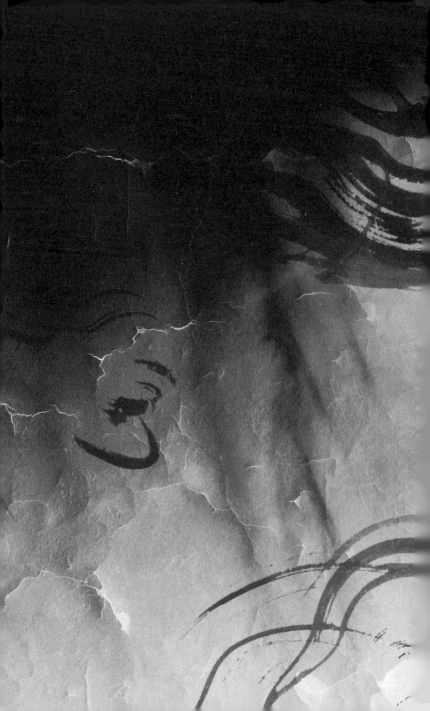

드라이 샌드 에이지.

전설의 시대다. 태초에 흙이 있었다. 흙과 먼지. 그것뿐이었다. 아, 또 있다.

뜨거운 열 폭풍.

열 폭풍을 타고 행성 표면을 넓게 휩쓰는 모래와 흙먼지들.

단지 그것뿐이었다.

행성 표면에는 물이 없었다.

그래서 말 그대로 마른 모래 시대다. 그 메마른 행성에 지구인의 후손들이 내려앉았다.

그들이 물을 만들어 뿌렸다.

드라이 샌드 에이지는 최초의 인간이 내려앉고 이 행성에 물을 가득 채우는, 행성 개조 시기를 칭했다.

"그 시기…… 원래 얼마 없는 기록이었어. 아니, 사실은 우리 한 왕국의 핏줄에게만 전해지는 기억이지. 그 기억이 보인 것도 근 200년 동안은 내가 처음일 거야, 누이."

그랬다.

현재 탈란 제국이 이끄는 세상에서 드라이 샌드 에이지 시대의 기록은 아주 희귀했다. 거의 이름만 알고 있다고 해도 과언이 아니었다.

그래서 고고학자들은 아주 근본적인 모순에 도달하고 말았다.

―지구 조상들은 원자 조합을 통해 먼지를 철로 바꿀 수 있었으며, 그래서 그들은 인공 행성을 만들 수 있는 존재였다. 그런데 그들은 굳이 이 뜨거운 사막 행성에 내려앉아 행성을 개조했다.―

왜 그랬을까?

정말 궁금하지만 아무도 풀지 못한 수수께끼였다. 그 비밀의 일부를 한 왕실의 핏줄, 왕세자 카알 이수시느가 쥐고 있었다.

엘르가 어릴 적이었다. 그러니 왕세자 카알은 당연히 더 어렸다.

그녀는 일찍 어마마마를 여읜, 그래서 또래의 귀족 아이들이 그 어머니들과 같이 있을 때를 가장 부러워하던 어린 왕세자를 무척이나 신경 썼다.

게다가 카알 왕세자는 자주 이런 꿈을 꾸곤 했다.

그걸 누이인 엘르에게만 이야기했다.

그래서 엘르도 카알이 전설로 내려오는 '왕가의 피'가 흐르고 있다는 것을 눈치 챘고, 그녀는 이것에 대해 아무에게도 이야기하지 않도록 신신당부했다.

어려서부터 정치라는 극악무도한 이중성격의 세계에서 시달려야 하는 가여운 동생 카알에게.

그런데…… 그 꿈을 지금 엘르도 꾸고 있는 것이다.

마른 모래가 눈앞을 가득 채웠다.

'이 꿈을 왜 나도 꾸고 있지?'

꿈.

'응?'

꿈인데 지금 꿈이라는 것이 느껴지다니?

'자각몽이 이런 것인가?'

그래서 엘르는 눈을 떴다.

"으윽……."

나직한 신음이 흘러나왔다. 배의 통증이었기 때문에 본능적으로 나온 것이다.

그러나 그냥 가벼운, 은은한 통증일 뿐이었다. 즉각 엘르는 그것이 다 나으며 새살이 올라왔기 때문이라는 것을 깨달았다.

배의 통증은 이제 그것 말고는 없었다.

'이럴 수가?'

그녀는 좌악 갈라져 나간 뱃살 사이로 철퍼덕, 하고 한꺼번에 쏟아진 자기 자신의 창자를 보았다.

이건 마나 치료사가 오든 말든 상관없이 죽어야 당연한 상처였다.

'어떻게 치료한 거지?'

신기한 걸 넘어서서 두려움이 일었다.

마수의 숲.

도대체 무슨 존재들이 살고 있는 곳인가. 엘르는 조상들 대대로 마수의 숲을 개발하려 들면 왕국, 아니, 대륙 전체에 재앙이 찾아온다는 농담 반, 진담 반의 실체를 느끼고 으스스하게 몸을 떨었다.

'그'가 틀림없었다.

'그 사람이 날 치료한 것이 틀림없어.'

엘르는 그날의 기억이 떠올랐다.

일 년 전, 처음 숲에 들어온 날이었다. 부스럭거리는 소리를 들었다. 그리고 왕가의 검이 미묘하게 진동하는 것이 느껴졌다. 순간, 부스럭거리는 소리가 끊어졌다.

그것이 마나 파장에 가까운 진동이라는 것을 나중에야 알았다. 그녀가 마나의 흐름을 다루는 역량이 더 성장한 다음에.

그날 그녀는 숲의 냇가에서 몸을 씻었다.

궁을 벗어나 정신없이 도망치다가 이 주일 만에 몸을 씻었다. 그러다가 문득 물속에 주저앉아 울었다.

신세가 처량했다. 동생인 카알 왕세자도, 아바마마께도…… 그냥 눈물만 나왔다.

그렇게 한참 울다가 고개를 들었을 때, 그녀는 정말 놀랐다. 사슴 가죽이 고이 접혀져 있고, 그 위에 나뭇잎으로 싼 사슴 고기가 놓여져 있는 것이었다.

"누구세요?"

그녀가 본능적으로 가슴을 가리고 소리쳤다.

대답은 없었다.

들어간 지 두 시간이면 흔적도 없이 사라진다는 마수의 숲에서 그녀는 알지 못하는 존재에게 호의를 받았다.

믿어지지 않았지만, 눈앞의 사슴 고기는 현실이었다.

엘르는 일단 빠르게 옷을 입고 칼을 챙겼다.

"후우욱……."

그제야 좀 안심이 되었다. 엘르는 사슴 고기를 들고 불을 피웠다.

그러고는 숲에 대고 외쳤다.

"고마워요!"

그게 일 년 전 일이었다.

엘르는 그렇게 숲의 '그'와 직접적이지 않은 교류를 주고받았다.

그러다가 반년 전.

그녀는 숲에서 무엇이든 하고 싶어 했다. 아무것도 하지 않는 자신이 견딜 수 없어서 그녀는 마나 수련을 했다.

단련된 사내의 가슴뼈를 한 방에 주저앉히는 엘르였다. 그 정도 수련을 했다면 이끌어 주는 사람 없이 혼자서 수련을 하는 것이 정말 위험한 일이었다.

그러나 엘르는 고집스럽게 꾸역꾸역 수련을 했고, 그러다가 마나 역류에 걸려 피를 쏟고 기절했다.

눈을 떴을 때, 그녀는 뒷등을 보이며 사라지는 사람을 보았다. 분명 남자였다.

"잠깐만요!"

순간, 아무 일 없었다는 듯 움직여지는 몸 상태에 그녀는 깜짝 놀랐다. 그녀는 마나 역류로 인해 몸이 배배 꼬이고 마구 뒤틀리는 지경까지 갔다.

그게 바로잡힌 것이다. 게다가 마나 파장에 대한 감각도 더 예민해지고 넓어진 것이 느껴졌다.

'그'.

엘르는 본능적으로 '그'가 자신의 상태를 고쳐 주고, 역류된 마나를 안정시키고, 혼자서 수련해도 되는 경지까지 이르도록 마나를 퍼부어 주었다는 것을 깨달았다.

'말도 안 돼!'

왕궁 기사단장도 총을 잡고 사격술을 연마하는 시대였다. 그런 만큼 다른 사람의 마나 역류를 이토록 잘 치료할 수 있는 사람은 정말 드물었다.

그런데 그 정도 실력자가 존재했다니.

그것도 마수의 숲에.

그녀는 그렇게 또 반년을 보냈다. 그러다가 그녀를 쫓아

마수의 숲까지 뛰어든 블루 샤크에게 당한 것이다.

이제는 세상없어도 죽는 줄 알았다. 그런데 '그'는 이번에도 또다시 엘르를 살려냈다.

엘르는 숨을 크게 쉬어 보았다. 복식호흡. 그래서 배가 크게 부풀어도 은은한 통증만 남아 있을 뿐이었다.

정신을 차리고 주변을 살펴보니 우선 나무로 만든 천장이 보였다.

바깥에 누군가 있는 것이 느껴졌다.

"어?"

밀폐된 공간에서 문 바깥의 누군가를 안다는 것은 상당한 경지의 마나 파장 감각이다.

그래서 엘르는 '그'를 다시 떠올렸다.

'정말 대단한 사람이다.'

엘르는 원래 폰보다 조금 강하거나 같은 급이었다.

기사를 바라보기 시작하는 경지. 그런데 그런 경지의 사람을, 그것도 기절해 마나를 돌릴 수 없는 상황임에도 더 큰 마나를 불어넣은 것이다.

지금 엘르의 감각이 그 증거였다.

'사람인지조차 의심스럽네.'

정말 궁금해졌다.

'누굴까, 그는?'

문이 열렸다.

*　　　*　　　*

카알이 빠르게 지시를 내렸다.

"해변으로 돌진하는 돌격선에 우선으로 포격하시오! 광 견자단!"

카알은 요즘 견자단이 삼총사라면서 견자단이라는 이름 앞에 광 자를 붙여 썼다.

허공에 뜬 함선, 제국의 심장을 찌를 스트라이크 캐논이라고 이름 붙인 함선의 주포 셋이 동시에 세 목표를 노렸다.

광수와 광검, 광겸이 먼저 가장 선두 세 함선의 갑판을 쐈다.

콰콰쾅—

주포를 뚫고 선체 안에서 폭발한 포탄이 갑판을 통째로 뒤엎듯 부쉈다.

"아, 아니!"

올라카가 눈을 부릅떴다.

갑판이 뒤집히며 산산조각이 나고 함선이 출렁거리더니 그대로 꺾였다. 배의 용골도 꺾인 것이다.

돌격함 세 척이 빠르게 침몰했다.

전함의 주포가 가진 위력이란 그런 것이었다.

그리고 고도가 조금 낮게 내려온 스트라이크 캐논 함을 보았다.

"저것이 바로!"

올라카의 얼굴이 사정없이 구겨졌다.

"추적 마법을 걸어라! 저 허공에 뜬 괴함선! 76밀리 포의 각을 최대한 상향으로 맞춰라!"

각 함선의 마법사들이 내쏜 추적 마법이 카알의 함선에 온통 그려졌다.

"추적 마법입니다!"

롯데가 긴장했다. 그러나 카알은 그냥 스치듯 고개를 돌리고 계속 지시했다.

"무시한다! 광 견자단! 포신의 열은 좀 어떻소?"

주포의 포신이 방열하는 시간이 짧아야 한다. 하지만 카알은 세 번 연속 쏘고, 광 견자단이 주 포탑에서 작은 포탑으로 달려가 각 배에서 쏟아질 상륙정을 잡는 것으로 작전을 짰다.

견자단 삼 형제도 그 적전에 동의했다. 그래서 함 내를 바쁘게 뛰어다니고 있는 중이었다.

드디어 종남일기와 녹진자가 한숨을 쉬며 혜광심어를 내던 파장을 잠깐 그쳤다. 무려 두 시진째였다. 그때, 광겸이 무전기를 든 듯 무전이 들려왔다.

"정확히 두 발 더 가능."

치익—

그 무전을, 상대방의 연락을 간절히 찾아 헤매던 올라카도 들었다. 그리고 해변의 산마루 너머에서 탱크를 배치해 놓고 기다리던 도현호도 들었다.

그가 중얼거렸다.

"자자자, 한 대라도 더! 여기 탱크는 지금 일곱 대가 전부라구! 여기가 높아도 두 배 이상 많이 상륙하면 힘들어! 힘 내, 광겸 이 친구야!"

결국 전술 운용에 능숙한 올라카의 함대가 76밀리 포를 일제히 발사한 것이 먼저였다.

쿠쿠쿠쿠쿠쿠쿠쿠쿠쿠쿠쿠웅—

함선에 진동이 찾아왔다.

불꽃에 휩싸였다.

해변에서 그것을 바라보던 고수들은 숨을 죽였다.

결국 허공에 떠 있음에도 집중사격을 당한 것이다.

올라카의 함대에서 잠깐 환호성이 일어나기도 한 순간이었다.

차마 전장을 떠나지 못하고 몰래 숨어서 바라보던 엄자령의 고개가 돌아갔다. 그녀의 손, 광검의 칼을 든 손이 파르르 떨었다.

그 순간.

외부에 불이 붙어 활활 타는 것 같던 큰 불꽃 속에서 하늘을 나는 함선의 주포가 다시 기잉— 움직였다.

그리고 76밀리하고는 비교도 되지 않는 10인치(260밀리미터) 구경의 함선 주포가 다시 불을 뿜었다.

게다가 올라카는 몰랐지만, 이 주포는 10인치가 아니었다. 현재 전투함의 함포 중 가장 크다는 10인치 포보다 더 크게 12인치로 개조한 것이었다. 300밀리미터가 넘었다.

포탄의 포심 바깥을 둘러싼 금속의 질량만 해도 200킬로그램이 넘는다. 그것이 3연장 포신에서 마하 4의 속도로 불을 토했다.

콰콰쾅—

해변으로 향하던 돌격선의 갑판들이 다시 뒤집어지는 대폭발이 일어났다.

이제 해변을 향해 달려가는 돌격선은 네 척뿐이었다.

그리고 다시 한 번 이어진 함포 사격에 네 척 중 한 척만 빼고 모두 격침당했다.

올라카가 얼이 빠진 듯 외쳤다.

"하늘을 나는 것이 어떻게 저런 두꺼운 장갑을?"

올라카가 다시 명령했다.

"내려왔다."

치익—

"상대가 내려왔다. 함선 주포 최대 상향각을 유지하라. 목표는 저 하늘을 나는 함선이다. 조준된 함선부터 차례대로 발포하라!"

치익—

드디어 함선 주포의 포격각까지 내려온 것이다.

우선 올라카의 기함부터 불을 뿜었다.

콰쾅—

그러나 하늘을 나는 함선은 몸체가 조금 움찔할 뿐이었다. 그리고 그때쯤, 이미 선체 외벽에 붙은 작은 포대로 다시 돌아가 앉은 견자단 중 광겸의 포좌가 가장 먼저 움직였다.

광겸이 고른 것은 2연장 40밀리 총열을 가진 캘리버 기관포였다.

그것이 적 함교를 노리고 불을 뿜었다.

투다다다다다다다다다닥—

함교의 통유리가 와장창 깨져 나가며 벌집처럼 변했다.

허공을 나는 함선의 소형 포대에서 바닷물로 떨어지는 탄피들이 줄을 이었다.

함교 부분의 장갑판은 그렇게 강하지 않다.

직격으로 맞추기가 힘들기 때문이었다. 추적 마법은 역추적 마법으로 반응하면 된다. 그러나 추적 마법을 걸지 않고도 이 정도 명중률이 나오는 경우는 올라카도 처음 보았다.

게다가 유리창 쪽, 올라카의 함선 주포가 명중시킨 충격을 그대로 버티고 바로 앞에서 가한 총격이었다.

마법사가 실드를 펼쳤지만, 40밀리 기관포의 위력은 실드를 금방 갉아 먹었다.

"크허허억!"

실드가 깨졌다. 함교 안의 계기판이 날아가고, 모든 것이 부서지며 사람들도 쓰러졌다.

올라카도 마나 수련을 하긴 했지만, 초급 기사 수준을 넘기지 못했다. 게다가 그마저도 퇴화한 지경이었다. 40밀리 기관포탄을 버틸 수는 없었다.

그의 옆구리가 터져 나가며 옆의 무전병 머리도 터졌다. 흘러나온 내장이 머리가 박살 난 무전병의 뇌수와 섞였다. 계속해서 쏟아지는 총탄은 그의 가슴마저 터뜨리며 관통했다. 함교 안의 모든 것이 다 터져 나가듯이 관통당했다.

올라카는 쓰러졌다.

"푸익, 치익……."

그는 숨을 쉴 수가 없었다. 내뱉을 숨 대신 피만 흘러나왔다. 그는 본토에서 웃고 있을 오웨느 황녀를 생각하며 눈을 채 감지도 못했다.

올라카는 마지막 힘을 쥐어짜 냈다.

어릴 적 처음 마나 수련을 위해 호흡을 가르치던 사부의 말을 떠올리며 피를 뱉어내고 목소리를 가다듬었다.

"전 함대, 중원의 야만인들에게 제국의 위엄을…… 푸익."

치익—

그것이 올라카의 마지막이었다.

그의 손에서 무전기가 놓아지고, 그 순간 광겸의 40밀리 캘리버가 7함대의 사령 기함인 올라카 함의 함교를 누더기로 만들어 버렸다. 함교 내부에 생존자는 없었다.

*　　　*　　　*

한편, 해변에는 마지막까지 살아남은 한 척의 돌격선이 들이받으며 안착했다.

쿠좌좌좌좌좌악—

물살과 함께 모래가 밀리며 돌격함의 거대한 선체가 드디어 중원 땅에 뱃머리를 들이밀었다.

쿠그그그그그긍—

함선의 머리 부분이 열리면서 탱크가 나왔다.

도현호가 뒤를 돌아보았다.

엄자령이 슬쩍 소매를 눌러 눈물을 감추는 것이 보였다.

강북련주 엄자령. 그녀도 결국 여자였다. 그것을 못 본 척

도현호가 권했다.

"련주, 뒤로 빠지는 것이 좋겠소. 이제 흉악한 것들이 횡횡 날아들 거요. 어서."

엄자령은 고개를 끄덕였다.

그러나 그 눈이 어쩔 수 없이 허공에 뜬 함선으로 향한 것을 보고 도현호가 혀를 찼다.

"누구보다 차가웠던 광검 저놈이 딴 여자를 건드릴 만큼 뜨거워질 줄이야."

그러자 엄자령이 흘려내듯 한마디 했다.

"사람은 누구나 변하니까요. 변하지 않으면 힘들어요."

그래도 감싸 주는 소리를 들은 도현호가 픽, 웃더니 손을 쳐들었다.

"맞소. 그러니 걱정 마시오, 련주. 살아남는 데는 아주 탁월한 인간들이니까!"

도현호가 당문 무인 쪽을 쳐다보았다. 그래도 그나마 포격전에 대해 조금이라도 더 알고 있는 당문이 가장 낫다.

그들이 고개를 끄덕인 시점은 제국군의 탱크가 모래를 막 벗어나기 직전이었다.

모두 열 대.

도현호가 신호를 내리며 명령했다.

"발포!"

콰콰콰콰쾅—

둔덕 위의 탱크들이 불을 뿜었다.

그중 네 발이 모래를 흩날리게 했지만, 세 발은 적 탱크에 맞았고, 그 중 두 대가 당장 동작을 멈췄다.

"어서 강북련주를 모셔라! 이제 이곳도 포탄이 쏟아질 것이다!"

"이쪽으로 내려가십시오!"

여개방도가 그녀를 업는 순간, 그녀의 눈이 다시 한 번 하늘의 함선으로 돌아갔다.

콰콰쾅—

함선이 하늘에서 흔들리고 있었다. 폭연이 피어나고, 불꽃도 거대하게 퍼져 나갔다.

제국의 함포 사격을 한 발이라도 더 감당해야 하기 때문이었다. 안 그러면 포격이 해변으로 돌려질 테니까.

엄자령은 한숨을 쉬었다.

'너무 많이 맞잖아……'

그녀는 여개방도의 등에 업힌 채 둔덕 밑으로 내려가기 시작했다.

그 와중에 생각했다. 실제로 자신의 마음이 이렇게까지 광검에게 기울 줄은 솔직히 몰랐다. 그것이 롯데와의 관계를 보고하는 문건을 보고 확 뒤집힌 것이다.

치솟아 오른 불길이 질투였다는 것을 깨달은 순간에 엄자령은 그 마음을 그냥 순순히 인정했다. 그러고 나서야 마음이 안정을 찾은 것이다.

개방도가 뛰어 내려가는 와중, 등 위의 흔들림 속에서 그녀는 입을 악다물었다.

일단 살아 돌아와야 뭘 따져 보고 말고 할 수 있기 때문이다.

한편, 광검은 힐끗, 해변 근처의 산마루, 용머리 형상의 바위가 꼭대기에 있다고 해서 용머리산이라고 이름 붙인 곳의 정상을 보았다. 그 밑 둔덕에서 쏘고 맞으니 별일이야 없겠지만, 사실 용머리산 뒤편으로 아예 내려가는 것이 더 안전했다.

'자령이가 내려갔나?'

련주에서 자령으로 바뀌었다. 그건 사연이 있었다.

엄자령이 조선 함대의 이순신 얘기를 들려준 그날, 그녀는 광검을 따로 불러내 말한 것이다.

"안아 줘요."

"에엑?"

광검이 입을 떡 벌리고 눈이 커지자 엄자령은 아예 옷을 벗었다. 어깨까지 흘러내린 그녀의 둥근 선이 고왔기 때문에 광검은 그만큼 더 당황했다.

'허, 허를 찔렸다!'

"이렇게까지 했는데 그냥 가요, 저?"

그러나 도발적인 말과는 달리 사실은 아무 일도 없었다.

엄자령이 광검을 끌어안고 말한 것이다.

"살아 돌아오지 않으면 나도 곧 지옥으로 따라가고 말 테니까, 알아서 해요."

광검은 어쩔 수 없이 대답을 하고 말았다.

"알았어."

이게 그날 벌어진 일의 전부였다.

광검이 강북련주 엄자령에게 이름을 부르는 사이가 되었다는 것도 하나 더 추가되었지만, 어쨌든 그게 다였다. 물론, 롯데와 눈을 제대로 마주치기도 힘든 관계로 변했다는 것도 하나 더 추가였다.

광검은 제국군의 탱크가 최초로 용머리 산의 팔부 능선에 포격을 꽂아 넣는 것을 보면서 헉, 하는 한숨을 들이마셨다.

용머리산에 드디어 화약연기가 치솟았다.

광검이 무전을 썼다.

"도 거지, 이상 없나?"

치익—

그러자 탱크의 무전을 유일하게 다루던 거지, 서안에서부터 도현호를 졸졸 쫓아다니던 새끼 거지 참깨에게 뭐라고 한 모양이었다.

참깨가 우물거렸다.

"어, 어, 저, 닥치시랍니다."

치익—

광검이 웃었다.

"어쭈, 귀하신 몸이라는 거냐? 그래 봐야 거지지! 내려가면 가만 안 둔다고 그래."

치익—

마이크 단추에서 손을 뗀 순간, 마이크에서 요란한 포격음이 터져 나왔다.

그 직후, 산 밑 제국군 탱크가 또 하나 포탑이 날아간 채 멈췄다.

동시에 원래 항구 마을이었던 폐허에서 점창과 당문의 고수들이 몰려나왔다.

카알이 조언한 대로 침몰선에서 건져 낸 강철 방패를 든 채였다.

둘이 들고 발을 맞춰 뛰고, 그 뒤에 다시 셋이 더 붙어 달려간다. 그렇게 오인 일조로 된 방패 돌격조 삼십이 뛰어들었다.

돌격선 내부에서 탱크와 같이 내렸던 해병들이 칼을 들고, 혹은 마나 파장이 시원찮은 해병들은 기관단총을 쏘며 돌격했다.

점창의 꼬부라진 곡도, 손잡이 없이 날만으로 이뤄진 비검술 전용 회곡도가 날았다.

점창의 비검술이 이기어검처럼 소문나게 만든 회곡도가 제국 병사들이 든 강철 방패를 옆으로 돌아 해병대의 등을 깊게 베고 돌아왔다.

마나 파장 수련이 꽤 높아 칼을 들고 돌진한 병사들은 당문과 개방이 상대했다.

그렇게 돌격선이 최초 제압에 성공을 못하는 것을 본 나머지 함선에서 서둘러 상륙정을 내렸다.

바로 견자단이 기다리던 때였다.

선체 외곽의 포들이 불을 뿜으며 상륙선들을 하나하나 침몰시켰다.

산 위에서도 개방도가 모는 탱크들이 내려오고 있었다.

제국군의 남은 탱크는 네 대. 강철 방패를 든 고수들에게 포격이 가해졌지만, 바로 다음에 개방도가 쏘아 내는 탱크 포탄에 잡아먹혔다.

결국 제국의 탱크들이 모두 제압되자 남은 것은 해병들 개개인뿐이었다.

강철 방패를 든 고수들에게 제국의 해병들이 할 수 있는 것은 별로 없었다.

점창의 비검술과 당문의 암기에 하나하나 쓰러져 포위되었고, 기관총 사수들이 없어지자 드디어 서로가 방패를 버리고 격돌했다.

거기까지였다. 마법사들의 간단한 저주 마법에 걸린 고수들이 꽤 있었지만, 마나 파장에 의한 저주 마법은 기 파장으로 다시 되돌렸다.

해변도 이제 상륙정이 도착하며 제국 해병들이 더 많은 머리 숫자를 차지했다. 그러나 이쪽은 전혀 손실 되지 않은 탱크 일곱 대가 있었다.

비록 지금은 포신이 너무 뜨거워 쏠 수 없지만, 탱크 외벽에 달린 기관총이 남아 있었다.

그것이 불을 뿜었다.

드르르르르르르륵—

방패를 앞세우고 돌진하던 해병들이 주춤거렸다.

카카카카카카카카캉—

방패가 한 개, 두 개 날아가 버리자 제국 해병들이 기관총 앞에 노출되어 쓰러졌다. 그러면서도 꾸역꾸역 다가드는 제국군 병사들은 늘어갔다.

이윽고 탱크 주포의 방열이 끝났다.

불을 뿜었다.

모여 있던 해병들이 한꺼번에 십여 명 정도 피를 터뜨리며 날아가 떨어졌다. 탱크 포 일곱 방을 한꺼번에 쏠 수 있는 것도 당문 사람들이 일단 일정 선을 넘어가지 않도록 주의를 주었기 때문이다.

화포의 폭발력은 눈이 없다고, 사람들이 섞이지 않은 것이 주효했다.

일단 해변의 상황이 중원 측 무인들이 제국의 머릿수를 제압하는 듯 보이자 카알이 견자단을 불렀다.

"주포 방열 완료! 광 견자단 다시 위로!"

견자단은 발에 불이 나게 뛰었다.

상륙정의 안전을 위해 함선들이 주포를 다시 해변으로 돌리는 것이 눈에 들어왔기 때문이다.

주포가 회전했다.

콰콰쾅—

가장 먼저 주포각을 맞추던 함선들이 먼저 폭파되며 침몰했다.

세 번 연달아 쏘며 함선 아홉 척이 새로 침몰했다.

주포를 다시 식혀야 했다. 함선의 고도를 다시 낮춰야 함교와 장갑이 약한 부분을 구경이 작은 화포로 공격할 수 있었다.

그런데 광겸은 포신 약실에 다시 한 번 더 충전하고 있었다. 그 바람에 함선이 고도를 낮추지 못했다.

"뭐 하는 거야?"

치익―

광겸은 무전에 대고 급하게 말했다.

"이거, 뭔진 모르지만, 얘 이거 두 방 더 쏠 수 있어! 괜찮아!"

치익―

"뭐라고?"

치익―

광겸이 말했다.

"열에 관해서는 내가 파장을 잘 느끼잖아! 괜찮아!"

치익―

믿기 힘든 일이었다.

"카알 왕세자가 만든 것이다. 그런데 네가 직접 물질을 변환시킨 사람보다 열에 대한 성질을 더 잘 안다고?"

치익―

광겸이 말한 순간, 카알의 입이 열렸다.

"아니, 그럴 수도 있소. 내가 여러분의 힘에 의지하면서 열에 대한 부분을 광겸에게 직접 기대기도 했던 거니까."

치익―

함교에서 상황을 지켜보던 종남일기가 눈을 꿈뻑이며 녹진자에게 말했다.

"물질이 열에 버틸 수 있는 한계를 파장으로 느낀다고? 나이런, 물질문명을 다루는 주제에 도 닦는 애들 보고 있는 거야, 지금?"

녹진자가 심드렁하게 대답했다.

"거, 뭐, 우리 손을 이미 떠난 애들이라니까. 어쩌면 내가 별 쓸모 없는 가루를 만드는 것보다 더 발전할지도 모르지. 그나저나 저쪽 해변에 우리가 나서야 하는 거 아니오, 선배? 제국 애들 머릿수가 너무 많이 늘어나는데."

종남일기의 눈살이 찌푸려졌다.

사실이었다. 상륙정이 벌써 열 척 이상 도착했고, 그 뒤로 열 척이 더 해변에 도달하고 있었다.

그리고 그 뒤로 스무 척이 바다 위를 치달리고 있는 중이었다.

종남일기가 한숨을 쉬었다.

"어쩔 수 없군."

종남일기와 녹진자가 함교 문을 열고 그대로 허공을 디뎠다. 두 사람이 허공으로 나선 순간, 견자단이 함선 주포를 격발했다.

콰콰쾅—

그리고 다시 한 번 더.

콰콰쾅—

제국 7함대 함선 백 척 중에 벌써 침몰이 반 이상이었다. 그리고 함교를 잃어 제대로 된 사격 지시를 받지 못하고, 마법사의 추적 마법 효과를 지원받지 못하는 함선도 스무 척 이상. 결국 서른 척의 함선만이 제대로 된 공격이 가능했다.

그리고 그나마 그 반수가 방금 전의 포격으로 침몰했다.

종남일기와 녹진자가 하늘에서 장공을 내리 퍼부었다.

굳이 상륙정 자체를 칠 필요가 없었다. 노고수의 영악함은 이럴 때 드러났다.

깊이 물속을 파고들어 확 폭발해 물보라를 크게 일으키면 상륙정이 뒤집히는 것이다.

"우아아악— 캐액!"

제국 해병대들이 물에 빠졌다.

종남일기와 녹진자는 허공에서 상륙정을 하나씩 뒤집어 해변에 제국 병력이 증원되는 것을 막았다.

중원 무인들이 환호성을 올렸다.

허공을 노닐며 직접적인 살생 없이도 전세를 뒤집는 신위.

칼잡이로서 피를 먹으며 스스로 그 피의 무게에 마음이 짜부라 들 무렵이면 모든 것을 벗어난 신선의 모습에 열광하게 된다.

피를 먹을수록 무감각해진다는 것은 거짓말이다. 피에 무 감각해지는 것은 수양을 버린 약한 의지가 점점 쪼그라드는 과정에 다름 아니었다.

감히 바라지도 못하고 찌들어 가기만 하는 몸과 마음, 점 점 더 무력해지는 의지를 어떻게든 막아 보려 하지만, 될 턱 이 없었다.

남의 피, 살생의 무게란 그런 것이니까.

그렇게 무인이 아닌 칼잡이로서 늪에 빠질 때, 그럴 때 모든 것이 자유로운 저 신선을 눈으로 보면 그것만으로도 머리에 깨달음이 찾아오고 가슴에 희열이 깃든다.

그게 종남일기이고 녹진자였다.

사기가 하늘을 찌를 듯 올라간 중원 무인들이 달려들며 해변의 싸움은 사실상 정리가 거의 끝났다.

제국의 함선이 열다섯 척 남자 견자단이 나섰다.

"이제 우리가 본격적으로 나설 때군."

카알이 고개를 끄덕이며 말했다.

"위대한 존재의 드롭이 더 필요하오. 우리 왕국에 더 있긴 하지만, 그리로 넘어가려면 정말 좀 더 많은 드롭으로 무장하고 넘어가야 하니까……."

견자단도 곧 하강하는 함선을 보고 제국 함선으로 뛰어내렸다.

그렇게 해전도 막바지를 달리고 있었다.

*　　　*　　　*

탈란 제국 황도, 황궁의 중앙 센트럴 팔레스.

제갈청청은 비스듬히 앉아 한 팔로 볼을 괴고 있었다.

자고 있는 것 같기도 했다.

"오웨느 황녀님……."

떨리는 목소리, 자밀라였다.

제갈청청, 아니, 오웨느가 눈을 떴다. 싱긋 웃었다.

그러나 자밀라는 초미녀의 사람 심장을 녹일 것 같은 웃음을 보고도 마주 웃어 줄 수가 없었다.

오웨느는 피가 딱딱하게 굳어 시커먼 의자에 앉아 있었다. 그녀의 발밑에는 황제의 시신이 썩어 가는 채 뒹굴고 있었다.

황제뿐만이 아니었다. 황제와 긴밀히 의논을 하던 황제의 누나, 즉 오드렌 역시 죽은 채 뒹굴고 있었다. 그들을 따르던 대신들 역시 죽어서 썩어 갔다.

그런데 희한한 것은 벌레들이 꼬이지 않는다는 점이었다.

황궁의 다른 시체들에는 벌레가 꼬였다.

황궁 전체가 시체 파먹는 벌레들로 난장판이었다. 마법사들도 죽임을 당하거나 황궁으로 출근을 하지 않는 상태이니 어떻게 손쓸 도리도 없었다.

귀족들이 당연히 반발했다.

그래서 죽었다.

살아남은 귀족들이 자방의 귀족들과 결합해 군대를 일으켰다.

황도, 그리고 황궁에 포격을 실시해 성곽이 무너졌다. 그리고 센트럴 궁이 무너질 때 즈음, 오웨느는 단 한 번 나서서 보여 주었다. 탱크 수십 대가 한꺼번에 쏴 대는 포격을 아무렇지도 않게 막아 내는 힘을.

그리고 강철 두께 1미터, 심지어는 초밤장갑을 장착한 탱크마저 손가락 하나로 관통시켜 날리는 모습을 그녀는 똑똑히 보여 주었다.

귀족들은 깨달았다.

전설상의 위대한 존재와 거의 비슷한 존재였다. 인간의 힘과 기술로는 어쩔 수 없는 대재앙이 찾아들었다는 것을 인정해야만 했다.

하지만 귀족들은 인정하지 않았다.

자신들의 영역만이라도 인정받고 싶은 것이 권력을 누리고 사는 인간들의 특성 아닌가.

그래서 그들은 도덕을 따르지 않는 자를 섬기지 않는다는 뜻을 내세우며 오웨느에 반대했다. 제국 전체가 그 일로 들고 일어날 지경으로까지 몰고 간 사건이었다.

*   *   *

오웨느는 그 저항에 대해 확실하게 대응했다.

황도 근처에는 위성도시들이 많다. 지금 비싸진 황도의 부동산 가격 때문에 슬금슬금 떨어지고, 그리고 지방에서 몰려드는 사람들 때문에 발달한 위성도시들이었다. 그 도시들도 인구가 수십만에 달했다.

오웨느는 그 거점을 혼자 치고 들어갔다.

귀족들과 함께 시위하던 군중 수만 명을 학살하고, 더 휘몰아쳐 죄가 없던 위성도시 사람들을 깡그리 다 죽였다.

그러고는 발표했다.

―복종 천국 불복 지옥.

그러자 이번엔 학자들이 들고 일어섰다.

오웨느는 학자들도 죽였다. 그리고 두려움에 굴복한 학자들을 대학 교수로 임명하는 작업을 했다.

그것이 바로 올라카가 본 그림이었다.

그게 불과 얼마 전이었다.

자밀라가 부들부들 떨면서 보고했다.

"오웨느 황녀님, 이제 시신이라도 치울 수 있게 허가를……."

그러자 오웨느의 눈에 살의, 중원의 정식 살기가 번쩍였다.

그 순간, 자밀라는 다리에서 힘이 빠져나갔다.

이것은 의지와 상관이 없는 일이었다. 자밀라는 겁을 먹었다. 얼마나 겁이 났는지 황궁 시녀로서의 임무고 여자로서의 품위고 뭣이고 다 잊어먹고 오줌을 쌌다.

부들거리며 떨던 그녀가 결국 자신이 싼 오줌 위에 철벅, 주저앉았다.

그런데 자밀라는 눈물을 흘리고 턱을 부들부들 떨면서도 말을 이었다.

"제발…… 백성들에게 자비를…… 베…… 베풀어 주시옵소서…… 황녀 마마……."

이미 황궁의 시체를 치우는 자에게 사형이라는 공고를 내려 둔 상태였다.

오웨느는 그것을 철회할 생각이 없었다. 그랬기에 자밀라는 죽을 각오로 그것을 철회해 달라 호소하러 온 것이다. 물론 오웨느는 죽일 생각이었다.

그런데 그 순간, 제갈청청의 뇌리에 어떤 시녀의 모습이 하나 스쳐 지나갔다. 그 모습이 자밀라의 모습과 겹쳐졌다.

"……!"

초희였다.

무참히 아들을 버리고 그 육신을 씹어 먹으려고까지 했던 제갈청청, 죽었다 깨어나고도 여전히 마찬가지인 제갈청청이 왜 그것을 보았는지는 몰랐다.

단천상을 끝까지 감싸며, 자신의 고통보다 단천상의 고통에 더 많은 눈물을 흘리던 시녀.

제갈청청, 오웨느는 문득 웃었다.

'그 아이.'

초희.

그녀는 일어섰다.

오웨느가 일어서 다가오는 것을 본 자밀라의 고개가 수그러들었다.

눈물이 뚝뚝 떨어졌다.

자밀라의 심장 박동이 오히려 가라앉는 것이 느껴졌다. 생을 포기한 것이다. 제갈청청, 오웨느는 짓궂게 웃었다. 평범한 장난꾸러기인 것처럼 웃던 그녀가 허리를 굽혔다. 그리고 자밀라의 턱을 손으로 들어 올렸다.

"마마……!"

자밀라는 오웨느의 심중을 전혀 짐작하지 못했다.

사실 그녀의 의지만으로도 오십 걸음 바깥에 있던 사람이 펑! 하고 터져 핏물과 살점 조각으로 변하는 것을 본 적이 헤아릴 수도 없었다.

심지어 오웨느는 시녀들이 음식을 가져오면 그냥 가루로 날리게 해서 피부의 숨구멍으로 직접 흡입했다.

그마저도 귀찮으면 가져간 시녀들도 음식과 같이 가루가 되었다. 심지어 그 음식을 만든 요리사도 같이 죽었다.

그런 오웨느가 직접 걸어와서 다리까지 구부려 직접 자신의 턱을 들어 올린 것이다.

자밀라의 눈에서는 눈물이 줄줄 흐르고 있었고, 그런 자밀라를 보며 오웨느는 웃었다.

그러다가 자밀라의 눈물을 손으로 슥, 훔쳐 내고는 물었다.

"그래? 시체를 치울 수 있게 허락해 주면 넌 내게 뭘 해줄 수 있느냐?"

자밀라의 눈이 확 커졌다.

눈동자가 급하게 오웨느의 눈동자를 쫓았다. 그녀의 눈웃음이 지속될 시간이 얼마나 될까? 찰나에 불과할 것이다. 두려움이 더욱 크게 자밀라를 왈칵 덮쳤다.

그러나 자밀라는 감히 거짓으로 꾸며 댈 생각도, 기지도 없었다.

그녀는 그냥 두려움에 떨면서 대답했다.

"마마, 저, 저는…… 이미 전부터, 지금도…… 그리고 앞으로도 마마의 사람이옵니다. 죽으라시면 죽고, 하라시면 하옵니다. 그것 말고는 제게 할 수 있는 것이 아무것도……."

오웨느의 눈이 순간 웃음을 그쳤다.

그래서 자밀라의 눈동자가 오그라들었다. 죽음을 예감했으
나 그것은 또 틀렸다.

오웨느가 여전히 입끝에 남아 있는 웃음기로 말했다.

"정말 닮았군. 그 아이, 내 아들을 끝까지 감싸다 죽은 그
아이의 심성과 정말 닮았어."

자밀라의 눈동자가 더욱 오그라들었다.

'아들?'

이게 무슨 말인가.

오웨느는 처녀였다. 의문을 해소하지 못했을 때, 오웨느가
일어서라 명했다.

자밀라가 일어서자 오웨느가 숨을 크게 들이마시고 눈을
감은 채 숨을 참으라 명했다.

자밀라가 그대로 따르자 오웨느는 손가락으로 자밀라의 가
슴 정중앙을 벼락같이 찍었다.

살짝, 털 하나만큼 떨어져 충격은 없었다. 하지만 자밀라
의 정신적인 충격은 있었다.

거대한 힘이 몰려들었기 때문이다.

"숨을 내뱉으면 허사가 된다! 참아라! 입도 벙긋하지 말
고!"

오웨느의 말이 이어졌다.

자밀라는 눈을 뜨지도 못했다. 뇌전처럼 가슴을 관통하는
힘의 전달을 파르르 떨며 맞아들일 뿐이었다.

자밀라의 경악은 계속되었다. 힘이, 가슴에서 쏟아져 들어온 힘이 팔부터 치고 돌아 허리, 다리를 돌고 마지막으로 머리를 타고 올라갔다.

쾅—

충격이 머리를 울린 순간, 자밀라는 그대로 기절했다.

다시 눈을 뜬 순간, 오웨느가 황좌에 앉아 있는 것을 보았다.

자밀라는 전과 전혀 다른 몸, 전과 전혀 다른 힘을 느꼈다.

마나 파장이 전혀 다른 차원으로 잡히는 것이다.

오웨느가 자신의 몸을 바꾼 것이다. 그것도 단숨에.

새로 임명된 근위대장은 그 모습에 경악했다.

자밀라의 마나 파장이 자신을 훨씬 넘어섰기 때문이다.

자밀라는 도대체 무슨 말을 해야 할지를 몰랐다.

오웨느의 힘이 도대체 어디까지인지를 더욱 모르게 되었다.

오웨느는 눈을 감고 자밀라에게 말했다.

"이제 칼을 차고 나를 위한 일을 하거라. 네가 백성들을 위한 일을 해도 좋다. 단, 내가 죽이라는 사람들을 죽이는 일을 감당해야 할 것이다. 안 그러면 수천만 명이 죽을 테니까. 알겠느냐?"

여전히 한 손으로 뺨을 괴고 눈을 감은 채 졸 듯이 말하는 오웨느.

그러나 그녀의 기세가 얼마나 무시무시한지 자밀라는 그제야 확실하게 알 수 있었다.

자밀라는 보았다.

자신의 내부에 심어진 칼 한 자루를.

그녀의 파동은 예리했다. 자신이 보기에도 그러니 남들이 보면 어떤 느낌일 것인가.

자신은 그저 오웨느의 변덕에 의해 그녀의 칼로 만들어졌다는 것을 알았다. 오웨느는 자신의 칼이 말을 듣지 않으면 말 그대로 할 것이라는 것도.

자밀라는 눈물을 흘렸다.

"왜 우느냐? 내가 제시한 조건이 섭한 게냐?"

오웨느가 묻자 자밀라는 급하게 소매로 눈가를 스윽 문질렀다.

"아니옵니다, 아니옵니다. 명하신 대로 죽이라시면 죽이겠사옵니다. 살생의 업을 감당하고…… 핏물의 무게를 걸머지라시면 기꺼이 그리하겠사옵니다."

오웨느의 입가에 흡족한 듯한 웃음이 번졌다. 그러더니 고개를 끄덕이고는 나가 보라는 손짓을 했다.

자밀라가 허리를 굽히자 오웨느가 덧붙였다.

"이제 네가 밖으로 나가 시신들을 치우는 작업을 지휘해도 좋다."

"망극하옵니다, 마마."

허리를 굽힌 채 뒷걸음으로 물러나는 자밀라의 눈에서 눈물이 또다시 뚝뚝 떨어지는 것을 오웨느는 픽 웃는 것으로 마무리했다.

근위대장과 함께 이것을 지켜본 몇몇 귀족들이 몸을 부르르 떨었다.

방금 자밀라가 보여 준 마나 파장은 전에 죽은 황궁 근위 기사단장과 맞먹는 것이었기 때문이다.

오웨느는 황족 대신 몸을 날려 칼받이밖에 안 될 자밀라를 그런 능력자로, 그것도 단 한 번의 손짓으로 변화시켰다.

오웨느의 진짜 칼이 정식으로 탄생한 것이다.

그래서 황궁 센트럴 팰레스에 있던 사람들은 숨조차 제대로 쉬지 못했다.

손짓 한 번이 사람 수천만 명을 죽이는 것보다 더 효과적인 공포를 불러온다는 것도 사람들은 그제야 깨달았다.

자밀라처럼 죽음을 각오한 전언을 올리지 못한 남자들은 한숨마저도 가늘게, 정말 그저 숨만 쉴 뿐이었다.

세상이 그렇게 바뀌고 있었다. 오웨느에게 인정을 받은 사람과 그렇지 않은 사람들로.

                    *   *   *

문이 열리고 들어온 것은 노인이었다.

"……?"

엘르는 당황했다. 이불을 슥, 들추고 그녀의 속살을 보는 행동 때문이었다.

노인이 인상을 썼다.

"상처만 보는 게야. 남의 목숨줄 끊어지는 걸 살리는 게 쉬운 줄 알아?"

그제야 엘르가 고개를 숙였다.

"아, 예. 그런데 저…… 할아버지께서 절 치료해 주셨나요?"

노인은 말없이 그녀의 뱃살에 손가락을 댔다. 그리고 놀라운 일이 벌어졌다.

엘르는 자신의 배를 실로 꿰맨 줄 알았다. 그런데 그 실이 투둑, 풀어지며 노인의 손가락에 감기는 것이었다.

그러더니 실의 한쪽 끝이 쳐들렸다.

그러자 아주 작은, 빨간 눈 두 개가 보였다. 그나마 엘르의 마나 감각이 올라가지 않았다면 보지도 못했을 만큼 작은 것이었다.

실처럼 가느다란 뱀이었다. 엘르는 순간적으로 소름을 돋아 올랐다. 노인은 그대로 일어섰다.

"다 됐다. 그럭저럭 상처를 입지 않을 만큼은 된 것 같으니, 내가 다시 손쓸 일은 없겠지."

노인이 고개를 돌리며 신경질적으로 불렀다.

"그러니 이제 들어와, 이놈아."

엘르가 그 말에 반응해 고개를 돌리자 문이 열렸다. 그리고 '그'가 들어왔다.

칼 맞고 내장 쏟아졌을 때 얼떨결에 본 그 얼굴이었다. 엘르는 밝은 얼굴을 했다.

"아! 당신이군요!"

'그'가 마주 웃었다. 환해졌다. 그가 아주 잘생긴 것은 아니지만, 그래도 그는 준수하게 생겼고, 밝은 웃음이 엘르의 마음을 편하게 해 준 것이었다.

노인이 흥, 콧바람을 날렸다.

"잘생긴 사내놈이 웃으니 그냥 헤, 웃는 모자란 계집애잖아?"

엘르가 화들짝 놀라며 상체를 일으켰다. 그런 그녀의 어깨를 누르며 '그'가 누워 있게 했다. 그러고는 노인에게 고개를 숙여 보였다.

"고마워요."

그러자 노인은 다시 흥.

"저 여자애 때문에 정신이 나갔어, 넌. 이미 제국에 악마가 출현했다. 이제 변두리 왕국 중 위대한 존재의 드롭을 가장 많이 가진 한 왕국부터 휩쓸릴 텐데, 어쩌자고 한 왕실의 핏줄을 구한 게냐?"

엘르는 그 말을 듣고 몸이 굳었다. 노인은 자신의 정체를 알고 있었다. 그리고 '그'도 알고 있었다.

악마라는 말도 걸렸다. 그러나 엘르는 일단 다시 눈앞이 환해지는 경험만 다시 했다.

'그'가 웃었기 때문이다.

"그냥요."

"뭐야? 대책도 없이 무슨 개똥같은 소리냐, 그게?"

노인이 어이없어 하자 '그'가 엘르의 눈을 들여다보았다.

엘르는 현기증을 느꼈다. 그의 눈동자는 너무 맑았다. 하지만 피하고 싶지도 않았다. 그 눈을 가만히 들여다보는데 그의 눈꼬리가 둥글게 휘는 것이 보였다.

'웃네.'

그러면서 엘르가 따라서 슬쩍 웃은 모양이었다.

그가 그런 엘르의 미소를 가리키며 말했다.

"보세요. 그냥요. 그냥 구했어요."

그녀의 웃음을 가리켰다.

그래 놓고 그냥이라니. 그 뜻은 명백했다. 반했다, 좋아한다, 그런 류의 고백을 들은 것이나 마찬가지였다.

그래서 엘르의 얼굴은 빨개졌고, 노인은 그런 그의 뒤통수를 한 대 후려칠 듯 손을 쳐들었다가 그냥 돌아서고 말았다.

"에라이!"

쾅!

문이 다소 거칠게 닫혔다.

카알의 분투와는 또 다른 곳에서 변화가 조금 일어나고 있었다. 아주 작은 변화였지만, 그것은 어떻게 커질지 아무도 모르는 변화였다.

32.

세상은 변한다 2

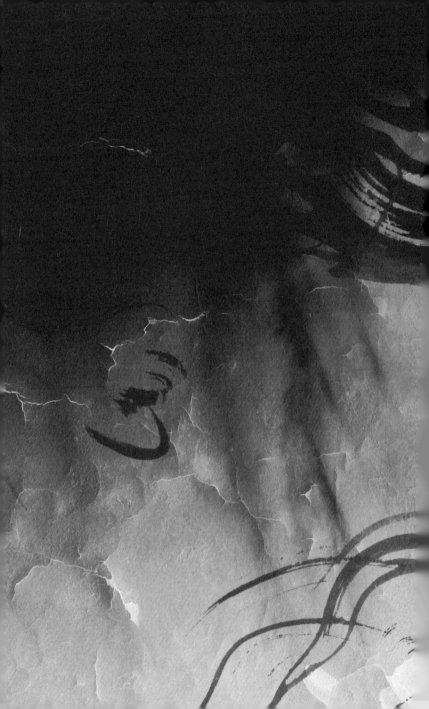

엘르가 눈을 뜨기 이틀 전.

노이레는 이를 갈았다. 간신히 빠져나왔다. 살아남은 부하
는 겨우 셋이었다.

폰 급 칼잡이 여덟을 데리고 들어갔는데 다섯이 죽은 것이
다.

"부두목, 이거 어떡해? 흑흑흑!"

노이레는 잠시 아무 말도 없었다.

"으드득, 그년의 반지 확인한 사람?"

당연히 아무도 없었다.

노이레가 다시 물었다.

"그년에게 그런 보호자가 붙어 있을 줄이야! 왜 정보를 이
따위로 주는 거냐? 이 망할 두목 놈을 내 그냥!"

그러나 수하들은 아무도 말리지 않았다. 왜냐하면 노이레는 원래 망한 아트에 국의 왕궁 기사단장이었고, 블루 샤크의 두목은 바로 노이레의 조카였기 때문이다.

노이레는 마수의 숲 근처의 작은 마을에서 방을 하나 잡아 놓고 방문을 꼭꼭 걸어 잠갔다.

그리고 품속에서 유리판 하나를 꺼냈다.

황제가 그 누이에게 보고를 받던 유리판과 같은 것이었다.

위대한 존재의 유물은 드롭 형태만 있는 것이 아니었다. 바로 이런 것도 있었다. 노이레는 곧 마나 파장을 흘려 넣었다.

그러자 유리판에 문양이 생겼다.

그 문양을 손가락으로 툭, 건드리자 문양이 확 커지며 유리판을 채우더니 곧 사람 얼굴을 비췄다. 잘생긴, 그러나 비정한 얼굴. 바로 일 년 전에 엘르의 눈앞에서 칼을 휘둘러 새끼손가락마저 날려 먹은 금발사내였다.

"어이, 두목. 정보 똑바로 못 줘?"

"무슨 소리예요? 얼굴은 또 왜 그래요, 삼촌?"

노이레가 소리를 꽥 지르려다 주변을 의식하고 꾹꾹 눌러 참았다.

원거리에서 실시간으로 대화가 가능한 이 물건이 제국 황실에 바쳐지지 않고 사사로이 사용되고 있다는 것이 알려지는 순간, 블루 샤크는 허공의 먼지보다 더 작게 갈려 없어질 터였다.

노이레가 작게 말했다.

"그 깜찍하신 공주님 곁에 무시무시한 호위가 붙어 있다는 건 왜 숨겼냐? 너, 삼촌 살아 있는 게 귀찮니?"

그러나 금발사내는 인상만 쓸 뿐이었다.

"무슨 소리예요, 그게? 호위라니? 한 왕국에서 빠져나간 기사라고는 레땡이 전부예요. 게다가 그는 지금 그 작은 곳의 영주로 막 내려갔다구요. 아무도 없는 걸 분명히 확인했는데 무슨 소리예요?"

노이레가 더 따지고 들어갔다.

"이블 고곤을 봤다."

"헉!"

금발사내의 눈이 커졌다.

"호위가 이블 고곤? 말도 안 돼!"

"그럴 리가 있냐! 문제는 그 이블 고곤에게 내 프라나 블레이드가 안 먹혔다는 거야."

금발사내의 입이 딱 벌어졌다.

"그럼 이블 고곤의 가죽이 탄타니움보다 더 강하다는 거예요?"

그러나 그 경악은 새 발의 피였다. 노이레의 다음 말이 그랬다.

"한데 그 이블 고곤하고 나까지 확 밀릴 정도의 마나 공진을 쓰는 놈이 공주를 구해 갔어."

청년의 눈이 확 커졌다.

"삼촌, 말도 안 돼요! 그건 전설의 검황도 불가능해요!"

마나 공진(Mana 共振).

그냥 자신의 마나 파장을 한 번 떨쳐 내는 것에 불과했다. 물론 발을 구른다든지 하는 행위가 곁들여져야 하는 것이지만, 그 단순한 마나 공진 달랑 하나만 가지고 노이레 같은 초기사와 마수 이블 고곤을 같이 확 밀친다는 것은 인간의 상식 범위를 넘어서는 것이었다.

물론 노이레도 할 수는 있지만, 그것은 갓 입문한 기사나 그 밑의 폰들에게나 가능했다.

노이레는 바로 그걸 확인하려고 일부러 교신한 터였다.

"누구 혹시 어디 국가에 소속 안 된 초기사 급 없나?"

그러자 금발사내가 어이없다는 표정을 지었다.

"삼촌! 지금 이 세계에 초기사라고 해 봐야 겨우 넷이에요! 그것도 삼촌 포함해서! 그나마 그중 하나인 레땡은 아직 정확한 초기사도 아니구요! 그런 마수 우글거리는 숲에서 대체 그런 인간이 있으리라고 누가……!"

그러다가 금발사내는 손짓을 했다.

"아니, 삼촌, 안 되겠으니까 그냥 철수하세요. 지금 중요한 건 그게 아니에요."

그러자 노이레가 고개를 저었다.

"아니, 아냐. 내가 공주 배를 갈라놨거든."

"예?"

금발사내가 놀라자 노이레가 음산하게 웃었다.

"그놈이 아무리 능력이 좋아 마나를 퍼부어도 결국 무한정은 아니지. 공주를 살리려면 결국 마을로 나와야 해. 그리고 우린 이게 있잖냐."

노이레가 흔들어 보인 것은 작은 병이었다.

"어어, 그 독한 것을 왜 가져가셨어요?"

금발사내가 어이없다는 듯 고개를 젓자 노이레가 웃었다.

"흐흐흐, 결국 잘 써먹을 일이 생겼지 않느냐."

금발사내의 얼굴이 일그러졌다.

"그게 효과가 확실하긴 한데…… 그래도 조심하셔야 돼요. 레땡이 초기사에 들지는 못했어도, 어쨌든 삼촌을 위협할 수 있는데다가 지금 그 동네에 있으니까."

노이레가 주먹을 불끈 쥐었다.

"흥, 위대한 존재를 불러내 한 번 써먹을 수 있다는 반지를 손에 넣으면 그깟 레땡쯤이야. 우리가 온 세상을 지배할 수도 있는데."

그러자 금발사내는 고개를 다시 저었다.

"상황이 그리 간단하지 않아요. 지금 제국 황도에서는 수십만이 죽고, 귀족들의 연합 군대가 몰살당하고 난리가 났다구요!"

"뭐야? 반란이냐? 그런 세력을 우리가 모를 수가 있냐?"

"아니, 세력이 아니에요. 혼자서 그런 겁니다."

"뭔 알아먹지 못할 소리야, 그게?"

노이레가 묻자 금발사내의 음성이 진지해졌다.

"황제의 외동딸 있죠?"

"그래, 오웨느."

"그 여자가 황제를 죽이고 혼자서 수십만을 몰살시켰어요."

"뭐야? 그걸 군대가 가만히 놔뒀다고?"

그러자 금발사내가 한숨을 쉬었다.

"오웨느…… 악마 같았어요. 탱크 포 수백 발을 그냥 버티더라구요. 맨손으로 초밤 장갑판을 찢어발기고 그 안의 조종사 머리를 박살 냈답니다. 뭐, 그렇게 황궁 근위군이 참패한 거죠."

노이레가 순간 멍청해졌다.

"뭐라는 거야? 그게 사람이야? 그건 그냥 위대한 존재잖아!"

그러나 자신의 조카, 아트레는 이런 류의 허풍을 치지 않는다.

노이레는 재차 확인하려 물었다.

"혹시 우리 쪽 애들이 몰래 전송한 그림이나 현장 기억 같은 거 있냐?"

아트레가 잠시만요, 하더니 화면이 바뀌었다.

멀리 제국의 황성이 보였다.

오웨느인 것 같았다. 곧이어 확대된 영상이 오웨느의 얼굴을 크게 비추었다.

그녀의 볼 살이 일그러졌다가 약간 떨렸다. 마치 세게 얻어맞은 듯한 형국이었다.

"잠깐. 여기 천천히 도로 돌려 봐."

노이레의 주문대로 정말 영상이 거꾸로 흘렀다가 다시 흐르기 시작했다. 천천히 보여지는 영상. 지름이 100밀리에 가까운 탱크 포탄이 오웨느의 작은 얼굴에 정통으로 작렬하는 것과 튕겨져 나가는 것이 보여졌다.

오웨느의 얼굴이 사라졌다.

황급히 그녀의 움직임을 따라간 영상이 다시 그녀를 잡았을 때는, 그녀의 두 손이 탱크의 장갑판을 무슨 종이마냥 찢고 그 안의 사람을 끄집어 내는 광경이 벌어지는 중이었다.

물론 그 와중에도 탱크 포탄들이 그녀를 두들겨 댔고, 기사들의 소닉 블레이드와 병사들의 기관총탄이 마구 불꽃을 튕기는 중이었다.

그러나 옷은 걸레처럼 찢어졌어도 그녀의 몸에는 생채기 하나 없었다. 중요한 것은 오웨느가 웃고 있다는 것. 탱크에서 꺼낸 조종사의 머리를 부수더니 그 뇌수와 피를 자신의 몸에 바르고 혀를 내밀어 핥으며 즐거워했다.

노이레의 입이 딱 벌어졌다.

자신도 탱크 포탄 한 발 정도는 어거지로 버틸 수 있다. 기절을 해서 날아가든 어쨌든 버틸 수는 있다. 하지만 그건 마나를 있는 대로 다 끌어 올려 실드를 친 다음, 그 위에 맞고 위력이 확 떨어진 경우의 얘기였다.

그나마도 큰 부상을 입을 것이다. 아마 치명타일 것이니 사실상은 죽는 거나 다름없었다.

초기사인 자신도 그런데…… 실드를 치지도 않은 사람의 생육이 저런 공격을 받아낸다는 것 자체가 의미하는 것은 단한 가지였다.

그녀가 마나를 끌어 올려 실드를 치는 순간, 무슨 재앙이 벌어질지 예상 자체가 불가능하다는 것이었다.

이건 군대고 나발이고 뭘 어떻게 해볼 수 있는 상황이 아니었다.

영상이 그쳤다.

노이레는 눈으로 보고도 도저히 믿을 수가 없었다.

"이게, 대체 어떻게 가능한 거냐?"

"모르겠어요. 제국 황실에서 원래 위대한 존재의 연구가 가장 깊게 이뤄졌으니 그것 때문인가 싶기도 하고……."

그러자 노이레가 악다문 이빨 사이로 소리쳤다.

"그 반지, 꼭 손에 넣어야 돼! 그래야 오웨느 황녀를 이길 수 있다! 안 그럼 우리 아트에 왕실은 도로 일으키지 못해! 저건, 저건 인간이 감당할 수 있는 것이 아니다! 저건 그냥 재앙이야!"

노이레는 엘르 공주를 더욱 집요하게 노려야 한다고 생각했다. 그의 손에 쥐어진 독약이 요요하게 빛을 냈다.

한편, 엘르는 자신을 좀 황당하다고 생각하고 있었다. 왜냐하면 이블 고곤을 잡으러 가고 있었으니까!

자신을 '댄'이라고 소개한 그는 말했다.

"그 왕가의 칼, 잡아 봐요."

그러면서 가져다준 칼을 잡는 순간, 그녀는 전에 느낄 수 없던 것을 깨달았다.

'도도해!'

칼의 파장은 그랬다.

그래서 그녀가 고개를 갸웃거리며 말을 꺼냈다.

"이 아이는…… 뭐, 만약 칼을 그렇게 부를 수 있다면 말이지만, 이 아이는 참 자존심이 강한 것 같아요."

그러자 댄이 또 한 번 사람 좋은 웃음을 씨익, 흘렸다.

"맞아요, 그 느낌이. 그 왕가의 칼은 마수의 주인을 뜻하는 거예요. 세상 모든 마수의 왕이죠. 위대한 존재가 그렇게 되도록 만들었으니까요."

엘르의 입이 딱 벌어졌다.

"마수의 주인? 그래서 그토록 자존심이 센 것 같은 느낌이 난 거예요?"

엘르의 놀란 표정도 사랑스럽다는 듯 댄은 또다시 웃었다.

"이 검의 주인이야 그 정도 느낌일 뿐이지만, 마수들에게는 안 그렇죠. 걔들은 평생 자유의지를 빼앗기고 노예로 살아야 하는 거니까 공포스럽죠. 그래서 가까이 다가오지 않는 거예요."

엘르는 정말 놀라운 일이라고 생각했다. 그리고 전에는 느끼지 못한 검의 파장을 느끼는 감각도.

그러나 이건 정말 아니었다.

'이블 고곤을 사로잡으러 가다니!'

미친 짓이었다. 그런데 그 미친 짓을 댄과 같이하고 있었다.

아무래도 일 년 동안 숲에서 지내다 보니 미쳐 버린 것 같았다. 아니면 너무 외로워서 선한 웃음의 댄을 본 순간 그냥 무작정 빠져들었거나.

어쨌든 엘르는 그와 함께 수풀 속으로 뛰어 들어갔다.

파사삭—

이블 고곤이 막 사라지려는 찰나였다. 그때, 댄이 몸을 파박, 도약시키더니 이블 고곤을 타고 넘어가며 뒷발로 걷어찼다.

단순히 발을 뒤로 올리며 찬 것이 아니었다. 발을 쭉 뻗은 채 발바닥을 축으로 몸 전체가 회전했다.

그래서 회전에 걸린 발차기가 이블 고곤의 이마를 강하게 타격했고, 이블 고곤은 명성에 걸맞지 않게 그냥 발라당 넘어지고 말았다.

엘르는 정신이 퍼뜩 들었다. 댄이 말한 것이 바로 이 순간이었다. 절대로 놓치지 말라던, 이블 고곤의 이마가 무방비로 드러난 순간!

엘르는 숨을 들이쉬었다. 마나가 알아서 온몸을 돌며 파장을 검에 박힌 드롭에 전달했다. 그 순간, 드롭에서 강한 빛이 쭉 일어났다.

그 빛이 이블 고곤의 이마를 홀랑 태웠다.

크롸롸롸락!

울부짖는 이블 고곤의 손발이 부들거리며 떨렸다.

그러다가 어느 순간, 이블 고곤의 눈에서 흉포함이 사라졌다.

그르르르렁—

이블 고곤이 엘르를 향해 엎드렸다.

엘르 자신이 해 놓고도 어안이 벙벙한 상황이었다.

댄이 웃었다.

"뭐, 지금 공주님의 마나 파장 수준이면 십 년 후엔 그 파장을 마음대로 쓸 수 있을 거예요. 하지만 지금은 십 년이나 기다릴 수가 없게 되었어요."

"네?"

엘르는 깜짝 놀랐다. 그러나 더욱 놀라운 말은 다음이었다.

"공주님 왕국의 백성들이 위험해요. 뭐, 사실은 이 세계 전체의 사람들 모두가요. 위험한 존재가 생겨나 버렸어요."

엘르는 놀라서 댄을 쳐다보았다.

"댄, 당신 대체 누구예요?"

순간, 댄의 순진한 웃음에 엘르는 또다시 마음이 사르르 녹는 것을 느꼈다.

댄은 웃음으로 엘르를 달랬다.

"일단 저 이블 고곤에게 이름을 지어 주세요. 첫 이름을 지어 주고, 그 이름을 불러야 해요."

엘르는 너무 어처구니가 없었지만, 정말 댄의 말대로 마수 이블 고곤에게 이름을 붙이고 말았다.

그러면서 생각했다.

'내가 지금 뭐 하는 걸까?'

꼭 귀신에 홀린 것 같았다.

*　　　　*　　　　*

하늘을 나는 함선은 바다에 착륙하지 않았다. 대신 견자단 이 내렸다.

롤리가 챙겨 준 낙하용 조끼를 입은 후였다.

롤리는 견자단 삼 형제에게 팔을 활짝 벌리는 시늉을 해 보이며 말했다.

"이 조끼는 벌리면 겨드랑이에 이런 막이 펼쳐져요."

광겸이 팔을 들자 정말 팔 전체로 날다람쥐 같은 막이 펼쳐졌다.

"거기에 마나, 아니, 중원 말로 진기를 넣어 보세요."

광겸이 진기를 불어넣자 기 파장을 타고 겨드랑이의 막이 빳빳하게 섰다. 접혀 있던 것도 마저 펼쳐지며 팔 길이를 훨씬 넘어섰다.

그에 롤리가 허리를 뒤로 젖히며 발을 뒤로 빼 펼쳐진 막을 피했다.

"이 재질이, 그…… 위대한 존재들과 같은 혈통의 새들이 가진 거예요. 사람의 마나를 받으면 정말 칼날처럼 물체를 벨 수도 있어요. 당신들은 사람 중에서도 엄청난 능력자니까, 아마 그 날개만 가지고 강철을 벨 수 도 있을 거예요."

광검과 광수가 무심히 고개를 끄덕이려던 찰나, 광겸이 말했다.

"어, 그럼 무거운 철 방패나 아님 호신강기 같은 거 말고도 총알은 잘 막아 준단 말이네?"

"응?"

그 말에 놀란 광검과 광수가 광겸을 돌아보자 롤리가 활짝 웃었다.

"역시! 제국 문물을 공부하는 학생 중 우등생다운 생각이에요!"

광검의 눈이 빛났다.

"호, 강기를 운용하지 않고도 총알을 막을 수 있단 말이지?"

롤리가 고개를 끄덕였다.

"내가 운용해도 그 정도는 되니까, 당신들이라면 더 큰 구경의 무기들도 어렵지 않게 막을 수 있을 거예요."

"그렇군."

롤리가 마지막으로 설명했다.

"아마 공중에 떠서 바람을 타는 순간에 어떤 자세를 취해야 할지 느낌이 확 올 거예요, 당신들은…… 내가 보기엔 뭐랄까, 어떤 지옥 같은 극한 훈련을 헤쳐 온 견자단이니까."

지옥 같은.

광검의 입가에 씁쓸한 미소가 떠올랐다.

그 지옥, 어머니 때문에 들어갔다. 그리고 또다시 들어가야 했다.

그렇게 견자단의 시선이 서로를 마주한 순간, 열린 문을 통해 삼 형제는 허공으로 발을 내디뎠다.

펄럭—

팔이 펼쳐지고, 진기와 함께 얇은 막이 더 길게 펼쳐졌다. 그 순간, 바람이 그들의 몸을 받치는 느낌이 들었고, 그들은 내친김에 몸을 틀었다.

사선으로 몸을 기울인 견자단이 빠르게 내리꽂히기 시작했다.

롤리가 아스라히 멀어지며 소리치는 것이 들려왔다.

"안 돼! 너무 빨라요—! 그건 추락이잖아—!"

그러거나 말거나, 직각의 낙하만 피하면 된다는 듯이 견자 단은 바람을 탔다. 그러고는 팔에 달린 날개를 꺾어 몸의 방향을 틀며 산개했다.

적 함교의 통유리가 깨졌다.

와장창—

활짝 펼쳐진 날개의 면적만으로도 통유리는 한 번에 깨지며 안으로 날아들었다.

제국 측 지휘관과 병사들의 반응이 일어나기도 전에 광수의 손이 먼저였다.

빠앙—

야견포리의 폭발음이 터지고, 함교 안의 모든 사람들이 뒤로 날아가 벽에 부딪쳤다가 바닥에 굴렀다.

굉장히 질긴 소개의 조끼와 막이었다. 바느질도 없었다. 카알이 직접 하나로 합치며 만든 것이다. 롯데가 재단해 주고.

문득 무슨 새였는지 대단히 궁금했다. 박쥐 같은 형태의 날개를 가진 짐승일 텐데, 저 구름 너머의 생물이니 알 도리가 없었다.

광수의 야견포리가 더 넓게 펼쳐진 것은 조끼의 날개를 확 펼치면서였다.

—세상의 모든 물질도, 기도, 심지어 사람이나 모든 생물의

생명을 구성하는 그 생육의 작은 점 하나하나도 다 떨림(파장)에 의거하여 살아가고 존재한다는 것을 느껴야 한다. 그래야만 너희가 진정한 도를 얻고, 진심으로 천하에 협을 떨칠 것이니.—

카알과 같이 들어간 각오의 공명. 거기서 견자단이 본 것은 윤홍광이 보여 준 공진이었다.

같은 떨림으로 떨어 주는 것이다.

날개막을 펼치는 순간, 그 충만한 공기의 압박이 딱 느껴졌다. 자신을 둘러싼 공기 하나하나의 떨림이 다 잡혔다.

그 순간, 광수는 손을 모으는 것이 아니고, 활짝 펼쳤다.

그랬다가 앞으로 뻗었다.

입에서 피를 흘리면서도 일어서서 총을 집어 들고, 마법을 준비하고, 칼을 빼 들려던 제국의 지휘관과 병사들이 한꺼번에 폭발하는 공압의 충격을 다시 받았다.

폭발음의 정도도 달랐다.

콰—앙—!

그저 뒤로 날려 보내기나 하는, 작은 폭발음과는 차원이 달랐다.

마을을 울리는 한밤의 개소리가 함교 안에서 폭발하고, 그 공기 압축만으로 벽과 천장의 연결 부분이 뜯어지며 터져 나가 버렸다. 그러니 사람이 멀쩡할 수는 더더욱 없었다.

지금 그 느낌을 광검의 자명고 파동으로 삼 형제가 고스란히 같이 공유하던 중이었다.

특히 막내 광겸은 속에서 울컥, 뭔가가 치밀었다.

개를 가지고 싶다던 칭얼거림에 사부가 이름 붙여 준 간단한 손동작.

친딸인 홍춘마저도 자신들에게 부탁해야 했을 만큼 미련하게도 모든 것을 삼 형제에게 다 쏟아 붓고 죽은 사부 윤홍광.

그가 웃으며 가르친 야견포리가 광겸의 조끼 날개에서 활짝 펼쳐지자 공기 압축은 열 폭풍이 되어 터졌다.

콰콰쾅—

단순한 바람, 동네 개가 짖는 소리, 야견포리의 공기 압축이 지옥개의 목구멍 안에서 터져 나오는, 정말 굵직한 열 폭풍이 되었다.

주 포탑 아래, 갑판 바로 밑이라고는 하지만 광겸의 열 폭풍은 갑판을 근 삼 장 너비의 원형으로 뜯어 올렸다.

지금 막 전투가 끝나 환호성을 올리던 중원 무인들을 향해 주포가 포격을 가하려던 참이었다.

아무리 목재라고는 해도 육왕목[Land King Tree]였다.

삼 개월간 스팀에 찌고, 다시 차갑고 어두운 곳에서 육 개월을 말렸다가 사용하면, 어지간한 소닉 블레이드로는 홈집도 나지 않았다.

가벼워서 오히려 강철 방패보다 더 사랑을 받는 목재였다. 10밀리가 넘는 큰 구경의 자동소총들이 대량으로 나오기 전까지는 그랬다.

그런 육왕목 소재의 갑판이 부서져 확 튀어 올라간 반경 삼 장. 그 중심에 중원 해변을 포격하려던 주 포탑이 있었다.

주 포탑 밑의 뚜껑은 원래 바깥으로 열린다.

그런데 그것이 펑— 하고 안쪽으로 뜯어지며 솟구쳐 열기의 폭풍을 고스란히 안으로 집어넣었다. 그러고도 포탑 안의 계기판이 터질듯 충격을 받을 지경이었다.

안의 포수들은 아무 반응도 못하고 그냥 즉사했다.

안에 적재된 포탄이 열기에 폭발했다.

주 포탑이 무너졌다.

그 열기를 타고 날개를 펼쳐 도로 날아오르는 광겸의 경험을 같이 느끼며, 굉렬한 열기도 막아 내기 편하다는 것을 삼형제는 함께 깨달았다.

종남일기와 녹진자가 해변으로 서서히 다가가며 대화를 주고받았다.

"오, 선배! 저놈들, 저 입고 있는 저고리 저거, 재미있어 보이는데? 나도 하나 해 달라 그럴까? 바람 타고 쫙 내리꽂히는 거, 늘그막에 매우 자극적인 운동거리가 되겠소!"

"자극 좋아하네! 저 해변에 떼로 죽은 사람들이 눈에 안 뵈냐? 철딱서니 없는 시절로 돌아가냐? 치매냐?"

핀잔에 녹진자가 투덜거렸다.

"침략을 한 놈들이 잘못이지, 가만히 방어만 한 것이 무슨 죄가 된다고 난리요? 그냥 열 받는 대로 행동하고, 그 감정에 같이 흘러보는 것도 도 닦는 거요, 선배!"

대답은 즉각 코웃음으로 돌아왔다.

"그따위 도일랑은 너나 많이 닦으세요!"

녹진자가 투덜거렸다.

"아, 뭐, 그놈의 도덕 타령은. 날아다니면서도 꾸물 거리 겠구만, 저 양반⋯⋯."

나머지 열다섯 척의 제국 함선은 그렇게 제압되었다. 정리하고서 남은 전리품 중 사천당가는 기관총 몇 자루를 고집했다.

뜯어서 연구할 목적이라 했는데, 지금 중원의 기술로 가능할지 여부는 누가 봐도 답이 빤했다.

서너 정도 아니고 열 정, 게다가 탄약 박스도 두 개나 가져가려 하는 것이었다.

당연히 연구 목적이라는 말이 의심스러운 상황이었다. 하지만 사천당가는 바득바득 우겨서 가져가려 했다.

그러나 아무도 그 말에 제지를 하지 않은 이유가 있긴 했다.

마침 사천의 소금 광산을 둘러싸고 질 떨어지는 칼잡이들이 쌈박질을 크게 늘리고 있는 와중이라는 강북련의 전언이 있던 것이다.

그들이 왜구까지 끌어들여 서양의 총을 쓰는 바람에 당문이 골머리를 앓고 있는 참이었기 때문이다.

안 그래도 뒤숭숭한 전국에 소금 값도 같이 들썩일 정도로 상황이 나빴다.

결국 카알이 나서서 중원의 미래에 안 좋은 영향을 끼칠 수 있는 기관총 말고, 지금 세상의 화포와 조금이라도 비슷해 보이는 소총을 대신 가져가는 것으로 합의를 보고 말았다.

대신 스무 정이었다.

점창은 강철 방패와 칼을 가져갔다.

점창도 역시 그놈의 왜구들이 밀림 깊숙한 곳까지 들어오는 데 진저리를 치던 참이었기 때문이다.

분배는 대략 그렇게 했다.

그리고 남은 것은 함선의 엔진들이었다.

롤리가 설계를 다시 하기 시작했다.

"이제 우리 세상으로 들어가야 합니다. 제국의 힘을 감당하려면 우리 함선이 더 빨라져야 할 필요가 있습니다. 무장도 늘려야 하고, 더 센 폭발력에도 안정된 호버링이 유지되어야 합니다."

"호버링?"

광검이 묻자 광검이 손가락으로 함선을 가리켰다.

함선은 지금 제자리에 떠 있었다.

"저거."

사실 허공에 그냥 떠 있는 것도 꽤 어려운 일이었다. 롤리가 말했다.

"옛날 전설시대에서 부른…… 그, 컴퓨터…… 뭐, 인공지능이라고 하는 그 자동 계산 기계를 만들지 않는 이상, 함선의 비행을 위해서는 조종하는 사람이 늘어나야 합니다. 조종간도 당연히 늘어나야 하구요."

당연히 그 인공지능이라는 걸 만들 재주는 누구에게도 없었다. 그러니 후자의 방식대로 조종간과 조종하는 사람을 늘려야 했다.

"그리고 포탑도 늘려야 합니다."

그렇다면 포병도 늘어나야 했다. 자동 사격도 일단 조준 자체는 사람이 해야 하기 때문이다.

그러나 견자단 일행에게는 지금 사람이 모자랐다.

그때, 엄자령이 다시 찾아왔다.

그리고 설계도 뭉치 하나를 들이밀었다.

"이게 뭐요?"

엄자령이 광검을 쏘아보았다. 광검이 얼른 시선을 피하자 새침하게 말했다.

"조선의 신기전이라는 화포입니다."

"신기전?"

이번 해전은 조선의 해전에서 발상을 얻었다. 그래서 신기전이라는 것도 다시 들여다볼 수밖에 없었다.

"신기전은 화약통을 격벽으로 막아 두 개로 나눠서 설치합니다. 뒤쪽 격실에서 타는 화약은 신기전을 멀리 날아가게 하는 불을 내뿜습니다. 아주 빠르지요. 게다가 오 리 이상을 날아가 적진에 꽂힙니다. 그 순간, 앞쪽 격실에 있던 화약이 폭발하는 방식입니다. 조선이 이것으로 여진족을 제압했고, 임진왜란에서도 효과를 많이 보았습니다."

함선 주포가 삼십 리, 12킬로미터 이상을 날아가는지라 카알이 좀 실망했을 즈음, 롤리가 외쳤다.

"아니? 이, 이건…… 초고대 조상들이…… 지구 시절에 아주 원시적인 미사일의 예시로 든 군사 무기의 역사 서적에서 본 것과 같은! 이, 이건, 이건 원시적이긴 하지만 로켓 엔진입니다! 이건 미사일이에요!"

순간, 썰렁한 기운이 모두를 스쳐 지나갔다.

결국 카알마저도 솔직하게 물어보고 말았다.

"미사일이 뭐요, 롤리 경?"

롤리의 말문이 순간적으로 막혔다.

"에…… 그러니까, 그, 에…… 저 미사일이 뭐냐면, 에……."

설명할 방법이 없었다.

미사일은 적분법을 알아야 한다.

적분법이라는 수학의 분야로, 공간의 한 점이 다른 점을 향해 이어지는 가장 짧은 궤도를 설명하는 어쩌구…… 라고 한참 설명해 봐야 알아들을 사람들이 아니지 않은가. 사실 수학은 롤리도 별 좋은 점수를 받은 적은 없었으니 말이다.

결국 롤리가 그림을 그렸다.

긴 원통의 몸체에 바람을 타기 쉬운, 좀 큼지막한 꼬리날개. 그리고 그 안의 내용은 기본적으로 신기전과 같았다. 격벽이 두 개의 격실로 나눠져 뒤의 것은 추진체, 앞의 것은 폭발 화약을 넣은 것이다.

"그래서 이걸 누가 쏘자고? 결국 사람이 문제잖소, 롤리 경."

카알의 반응이 시큰둥하자 롤리가 웃었다.

"왕자님, 전선의 끝에서 불꽃이 파닥 일어날 때 보셨죠?"

롤리가 바로 실험으로 보여 주었다.

함선의 축전지에서 나오는 전선 끝자락 두 개를 합친 순간 불꽃이 튀고, 그 불꽃이 화약에 불을 붙였다.

치이이이익—

빠르게 타들어 가는 화약 연기에 카알의 얼굴이 그제야 펴졌다.

롤리가 조선의 신기전 설계도에서 삐져나온 화약 심지 부위를 가리켰기 때문이다.

"조종간에 전기 불꽃을 튀게 하는 스위치 하나만 연결하면 된다는 것이로군!"

그렇게 하면 함선을 조종하는 와중에 포격을 할 수 있게 되는 것이다.

"그렇습니다, 저하. 뭐, 조상들의 기술처럼 상대를 쫓아가지는 못해 미사일 수준은 아니고 그냥 로켓탄일 뿐이지만, 그래도 굳이 사람 두어 명이 꼭 있어야 하는 복잡한 주포보다는 훨씬 낫습니다. 주포에 포탄을 공급하는 자동 공급 장치를 쓰면 이 로켓 발사대에 일일이 사람이 있을 필요도 없구요."

"그렇군."

카알의 눈이 빛났다.

포탄 자동 공급 장치. 그리고 엔진 안쪽, 위대한 존재의 눈물인 드롭.

그리고 로켓.

의기양양해졌다.

카알은 손을 비비며 웃었다.

"자, 고향으로 돌아갈 준비를 해 볼까?"

롤리가 솔직하게 고백했다.

"물론…… 제가 봤던 로켓의 설계도는 이렇게까지 간단한 것은 아니었습니다만, 그래도 저하께서 계시니까요."

"상관없어. 어려운 것이라 해도 일단 만들어 놓고, 그게 우리 힘이니까. 어서 집으로 가야 하지 않겠소, 롤리 경."

그러나 견자단에게는 다른 세상이고, 게다가 그들의 어머니 제갈청청이 있는 곳이다. 그것도 남의 육신을 입은 어머니.

그들은 구름 기둥을 바라보았다.

구름 기둥은 말없이 오늘도 회전하고 있을 뿐이었다. 그사이 엄자령은 광겸을 끌어당겨 어디론가 끌고 갔다.

"이리 와요."

"어어어어……."

둘은 산모퉁이를 돌아 어디론가 사라졌다. 광겸이 킬킬거리며 웃었다.

"이걸로 우리 작은형수가 누가 될지는 결정이 났네."

롯데의 얼굴이 일그러지는 순간이었다.

*　　　*　　　*

한편, 마수의 숲 초입에 위치해 호기심 많은 괴수 사냥꾼들을 가끔 맞이하던 떡갈나무촌은 지금 초상을 치르는 분위기였다.

괴물 같은 노이레가 역시 괴물 같은 폰 셋을 끌고 펍의 주인을 협박한 것이 시작이었다.

마을 사람들을 합쳐 놓고 보니 겨우 이백 명 남짓이었다.

노이레는 웃었다. 그리고 일단 마을 사람 하나를 잔인하게 죽였다. 그래 놓고 말을 시작했다.

"삼 일만 참아! 그다음엔 군소리 없이 물러갈 테니까! 서로 다 죽고 싶지 않으면, 삼 일이다! 알겠나?"

그런데 노이레는 엘르를 마수의 숲 초입에 사는 사람들이 보고 소문이 난 것이라는 사실을 몰랐다.

엘르, 새끼손가락 하나 없는 여자가 마수의 숲에 있더라는 소문을 듣기만 했지, 그게 누가 낸 것이라는 것을 모른 것이다.

소문은 바로 이 떡갈나무촌에서 나온 것이고, 그렇다면 이 마을 남정네들은 마수의 숲을 좀 들락거리고 있다는 사실도 미리 예측을 했어야 맞는 것이었다.

사실 멀리서 지켜보는 눈 하나가 실제로도 있었다.

먹고살기 위해 위험을 무릅쓰고 마수의 숲을 들락거리며 귀한 버섯이나 약초를 구하는 마을 청년이었는데, 그 청년이 대강의 사정을 짐작하고서는 마수의 숲 초입으로 도로 들어가 새로 온 영주에게로 달려갔다.

레뗑, 잠만 자는 것 같지만 그래도 한 왕실의 충신, 전쟁 영웅이었던 신임 영주에게로 가는 길은 그닥 멀지 않았다.

영지라 봐야 일곱 개 마을이 고작인 지방.

게다가 영주 저택은 뛰면 반나절 만에 도착하는 곳이었다. 떡갈나무촌의 약초 캐는 청년은 부지런히 달렸다.

레땅은 한창 자다가 깼다.

"응? 뭐? 뭐? 왜? 뭐?"

코까지 골며 자던 영주가 벌떡 일어나면서 보여 준 작태는 그야말로 처절, 그 자체였다. 눈은 벌겋게 충혈되고 멋들어진 풍취를 풍겨야 할 수염에는 우스꽝스럽게 만드는 침이 매달려 있으니까.

부관 후카시가 눈살을 찌푸리며 침이나 좀 닦으라고 핀잔을 주었다. 대놓고 하는 말에 청년의 말을 듣고 다 달려온 마을 촌장들은 어이가 없었다.

그중 한 노인은 눈물을 흘리기까지 했다.

"장군님, 장군님 같은 충신이 아틸라 같은 놈에게 시달리다가 이젠 밍박 공작 같은 쥐새끼에게 몰려서 이런 곳까지 오시고……."

레땅이 소매로 침을 대충 슥, 닦더니 킁, 하고 콧물을 들이마셨다.

"아, 뭐, 그건 됐고. 자, 영지민들의 하소연이나 들어봅시다. 그래, 무슨 일로 오셨소들?"

떡갈나무촌 청년이 후카시에게 한 이야기를 반복해 들려주었다.

레땅은 부관에게 고개를 돌렸다.

"흠, 밍박이가 시킨 대로 순순히 온 것이 주효했네."

주민들이 어리둥절해할 만한 말을 내뱉은 레땅은 부관에게 물었다.

"열 걸음 떨어진 곳에서 소닉 블레이드를 그냥 한 번에 내뿜었다? 그렇다면 폰, 게다가 꽤 상급의 폰인데. 그런 폰을 셋 거느린 기사라……. 여기 군사는 있나?"

그러자 부관 후카시가 한숨을 쉬었다.

"여기 일곱 개 마을의 노인하고 여자, 코흘리개들까지 죄 박박 긁어 합쳐 봐야 천오백 명입니다. 농사짓는 것도 거의 기적이랄 수 있는 마을도 있는 판에 군사는 무슨 군사요?"

"음, 그럼 또 우리끼리 하냐?"

그러자 후카시가 인상을 썼다.

"그럼 이 민간인들을 험악한 칼싸움에 끼워 넣을 생각이셨습니까? 손에 호미랑 꽃삽 같은 걸 들고 오라 그래요? 저쪽은 위험한 폰 셋에 심지어 총도 있을지 모르는데?"

그러자 레땅이 말했다.

"아니, 숲 근처잖아. 들어가지 못하는 금단의 숲이라고 해서 짐승 사냥을 하지 말란 법은 없지. 가난이란 게 의외로 기사의 칼보다 더 무섭다니까? 뭐, 가난한 동네니 당연히 사냥꾼은 있을 거 아냐. 그럼 활은 좀 다루겠지."

그러더니 레땅이 고개를 돌려 촌장들에게 말했다.

"마을의 활 쏘는 사람을 모아주시오. 출발은 저녁에 합시다. 밤에 떡갈나무촌에 도착할 수 있게."

그러더니 그는 또다시 쓰러져 자는 것이었다.

마을 촌장들은 일단 흩어져 자기 마을로 돌아갔다. 순진한 시골 노인들의 눈에도 이건 엄연히 충신 레땅을 죽이려는 밍박 공작의 음모가 틀림없어 보였다.

노인들은 슬퍼하며 흩어졌다. 일단 그렇더라도 레땅이라면, 그 이름에 맞는 대접을 해야 한다는 것이 노인들의 생각이었다. 늙은 다리를 열심히 움직여 마을로 돌아갔다.

그리고…… 촌장들이 흩어지자마자 레땅은 자리에서 스윽, 일어났다.

동시에 마당의 천막 여기기서 쓰러져 자던 레땅의 부하들이 같이 스윽, 일어났다.

그들의 눈빛이 달라졌다.

그들은 불리한 전장만을 쫓아 다니며 이기고 살아남은 백전불굴의 명장, 레땅과 그 일당들인 것이다.

후카시가 말했다.

"블루 샤크예요. 엘르 공주님을 쫓아 여기 온 게 틀림없습니다. 볼 것도 없어요."

레땅이 고개를 끄덕였다.

"일단 긍정적인 소식인 거네? 공주 마마께서 살아 계신다는 거고."

후카시 옆의 노련해 보이는 흰머리 기사가 대꾸했다.

"그닥 좋을 건 없을 것 같은데요. 뭐, 이 촌구석에서 공주님 소식이 퍼져 봐야 말단 관청인데, 그럼 그 소식을 블루 샤크가 알 수는 없을 겁니다. 당연히 밍박 공작이 블루 샤크에게 흘린 거예요. 그리고 마스터를 이리로 내쫓은 거죠."

후카시가 그에게 물었다.

"그럼 우리 마스터를 상대할 만한 실력자가 왔을 것이다?"

흰머리 기사가 후카시에게 말하며 심각하게 얼굴을 굳혔다.

"블루 샤크가 보통의 뒷골목 깡패가 아니라는 소문이 있어 왔어. 전에 공주님을 해치려 할 적에 보여 준 그놈 솜씨도 보통이 아니었잖아."

"하지만 우리 마스터도 초기사 급에 근접한 양반이라고. 세상에 초기사는 우리 마스터를 포함해 넷뿐이야. 누가 함부로 이런 암살에 움직이겠나?"

그러자 다른 폰 하나가 입을 열었다.

"아트에 왕국의 팔검을 구사하는 놈을 봤다는 소문도 있었 죠."

"그럼 망한 아트에 왕국의 노이레?"

폰이 대답했다.

"아마 그럴 가능성이 높겠죠. 제국마저도 침을 흘리는 충신 레땅의 암살에 명성 신경 안 쓰고 움직일 만한 초기사라면 아마도……."

그 말을 듣고 후카시가 짜증을 냈다.

"아, 밍박이 걔 어떻게 해 봐요, 좀! 마스터가 나서면 그놈 모가지 무사할 턱이 없는데 이게 뭐예요! 노이레라잖아요, 노이레!"

레땅이 어깨를 으쓱했다.

"전하의 친동생이자 저하의 숙부인데 나더러 대체 어쩌라고?"

"그러다 몇 년 못 가 우리나라 다 망가진다구요!"

레땅은 손을 들었다.

"야, 전쟁터에서 구르다 누명 쓰고 원한 맺은 작자가 한둘이냐? 그래도 만나면 서로 웃으면서 인사하잖아! 새삼스럽게 오늘따라 유난히 왜 이래?"

후카시가 투덜거렸다.

"전하를 주인으로 모신 지 삼십 년째에 지금 돈을 많이나 받아 봤어요, 제대로 된 봉토 하나를 받아 봤어요?"

그러자 휘하의 기사들이 전부 킬킬거렸다. 레땡이 부관에게 항의했다.

"야, 이건 뭐 영지 아니냐? 지금 방금도 날 영주님이라고 부르는 백성들도 왔다 갔잖아!"

후카시가 뒷머리를 부여잡았다.

"이게?"

그러더니 다 쓰러져 가는 집 한 채를 가리켰다.

"이게 영주성이라고요?"

그러자 레땡이 중얼거렸다.

"그래도 뭐, 저렇게 허름하니까 아무도 제국에서 가장 비싼 거 숨겨 놨다고 생각을 못하는 거잖아."

그 말에 후카시와 휘하 기사들도 일제히 입을 닫았다.

이번엔 레땡이 킬킬거렸다.

"야, 내가 왜 왕궁에서 순순히 물러 나왔는지는 눈치를 챘어야지. 밍박이 걔는 그래서 안 돼, 나한테."

후카시가 고개를 끄덕였다.

"하기야, 마스터의 잔머리는 참 잘 굴러가죠. 저도 놀랄 정도로."

레땡이 인상을 썼다.

"그게 왜 잔머리야? 우국충정을 위한 지혜라고 불러야지."

그리고 킬킬거림이 이어졌다.

"어쨌든, 밍박 그놈이 제국에서 협상하자고 돈 들이밀은 거 받아먹고 창고 열었을 때의 표정 한 번 봐야 하는데 말이죠. 크크큭!"

그랬다.

레땡은 밍박 공작을 믿지 못해 왕궁 창고에서 위대한 존재의 눈물을 모조리 빼돌려 나온 것이었다. 제국의 압박이 이어질 것은 자명했고, 밍박의 태도가 어떨 것인지는 안 봐도 알 수 있기 때문이었다.

그는 왕 시켜 준다면 백성을 죄다 팔아먹고도 남을 위인이었으니까. 더 나아가 백성 팔아먹은 돈으로 다른 나라에서 노예를 사들일 인간이었다.

그러니 천하의 레땡도 어쩔 수가 없었다. 도둑질을 해야지.

아직은 아니라지만 그래도 세상이 칭송하는 초기사씩이나 되어 가지고 그걸 도둑질하는 데 써먹을 줄은 몰랐다. 그것도 자기 나라 왕실 창고를.

밍박이란 인간이 나라를 그런 상황으로 몰아가고 있는 것이다. 진짜 오만 정이 다 떨어지는 인간이 아닐 수 없었다.

"아, 서너 개는 남겨 놨죠?"

후카시의 질문에 도로 침대에 드러눕는 레땡이 웃었다.

"뭐, 그 큰 창고가 너무 썰렁해 보여서 그러긴 했지. 근데 그게 더 열 받을까?"

후카시가 심각하게 말했다.

밍박이 열을 받거나 말거나 그건 레땡과 부하들이 계산할 문제는 아니었다.

진짜 중요한 문제는 따로 있었다.

"자, 그 위대한 존재의 눈물을 이 우주에서 유일하게 제대로 다룰 수 있는 우리 세자 저하만 이대로 무사히 나타나시면 제국의 압박도 넘길 수 있을 텐데 말이지요. 우리 왕국도 좋고."

그러자 레땡이 눈을 감으며 말을 받았다.

"일단 우선 눈앞의 공주님이나 먼저 구해 놓고 생각하자고. 우리뿐만이 아니고, 백성들도 간절히 원하는 엘르 마마이신데. 노이레를 어쩔 것이냐도 구상해 보고."

"예스, 마스터!"

부하들의 우렁찬 복명복창이 이어졌다.

그렇게 레땡의 영주 저택 마당에서는 해가 저물고 있었다.

"네?"

엘르는 또다시 깜짝 놀랐다.

댄이 웃으며 말했다.

"마을에 나가서 맥주나 한잔하자고요."

그러자 엘르의 눈가가 붉어졌다.

"댄, 난 안 돼요……."

"왜요?"

댄이 묻자 엘르의 눈가에 눈물이 넘쳐 흘렀다.

"아마바바께서······ 아직 못 일어나셨고, 저하께서도 미수의 숲에 숨어 있으라는 명이 계셨어요. 난 그걸 어길 수 없어요."

엘르의 눈에 맺힌 눈물은 댄의 얼굴에서 웃음이 사라지게 할 만큼 슬펐다. 댄이 말했다.

"살인한 것 때문에 세상이 무서운 것은 아니고요?"

움찔, 엘르의 몸이 떨었다.

엘르의 눈에서 눈물이 끊임없이 흘렀다.

"그래요······. 부정하진 않겠어요. 그때 그 느낌이······ 내 손에서 발출된 마나 파장에 사람의 내장이, 뼈가 으스러지고 터지는 그 느낌이······ 아직도 생생해요. 전······ 세상을 다시 볼 수가 없을 것 같아요, 댄."

"하지만 외로웠잖아요, 그동안."

댄의 말에 정곡이 찔린 엘르가 아무 말도 하지 못했다.

일 년. 그동안 자신이 혼자 말하고, 혼자 대답하는 것을 분명히 댄은 들은 것이다. 사람이 그리웠다. 그걸 들었으면 분명히 알 일이었다.

댄이 잘생기고 능력있고 자신의 목숨도 구해 준 사람이라지만, 아마 그 외로움이 아니었다면 이토록 빨리 빠져들지는 못했을 것이다.

엘르의 고개가 끄덕여졌다.

"그래요. 그건······ 맞아요."

댄이 말을 이었다.

"그러니 이제 거기서 벗어나 봐요. 전하도, 세자 저하도 오히려 좋아할 거라는 데 치킨에 맥주 두 잔 걸죠."

엘르는 은근히 잡아 오는 댄의 손길을 뿌리치지 못했다.

크게 심호흡을 쉬었다.

구어엉—

뒤에서 이블 고곤이 부드럽게 그녀의 등을 머리로 밀었다. 다른 사람이 봤다면 놀라 까무라칠 일이었다.

"미니도 나가자고 하잖아요."

엘르가 댄을 바라보았다.

댄은 언제나처럼 웃고 있었다. 엘르는 손으로 눈물을 닦고 웃었다.

"언제나 고마워요, 댄."

"난 공주님이 웃어 주는 게 고마워요."

엘르는 그런 댄의 손을 잡고 숲을 벗어나기 시작했다.

"아, 그런데 왜 미니라는 이름을 지었어요? 애 덩치에 안 어울리게."

그러자 엘르가 쓸쓸하게 웃었다.

"어마마마께서 기르시던 강아지 한 마리가 있었어요. 어마마마께서 돌아가시자 며칠 동안이나 밥도 안 먹던 그 아이. 어리신 세자 저하께서 참 이뻐했어요. 그걸 아틸라가 죽여 버렸죠. 저하의 마음에 상처를 주기 위해서요."

"어, 저런."

댄의 눈에 은근한 분노가 확 스쳐 지나갔다.

"치사한 인간이었네요. 겉으로 대범한 척은 혼자 다 하더니."

엘르는 웃었다.

"이미 지나간 일이에요. 저하께서도 저를 근심해 주실 만

큰 다 자랐답니다."

댄이 또 웃었다.

"어, 그럼 그 약한 개가 왕실의 숨겨진 큰 발톱으로 부활하는 건가요? 그건 은근히 어울리네요, 미니, 미니라…… 흠."

걸어가며 엘르가 명령했다.

"미니, 위장색을 일으켜. 그걸 풀지 말고 따라와. 그리고 내 허락 없이는 사람을 잡아먹으면 안 돼. 그 무서운 이블 고곤 파장도 발출하면 안 되고. 알았지?"

구어어엉—

미니가 고개를 수그리더니 위장색을 일으켰다. 곧바로 허공에 이블 고곤의 투명한 형체만 남았다. 그러다가 그 희미한 형체마저도 이내 수풀의 나무와 더 조화되며 보이지 않게 되었다.

엘르조차도 느낄 수가 없었다. 기사를 혼자 상대할 수준의 엘르도 그랬으니 이블 고곤이 정말 무서운 것이었다.

손에 쥔 왕가의 검이 울려 주는 파동이 아니면 어디 있는지조차 모를 터였다.

그렇게 두 사람은 떡갈나무촌에 무엇이 기다리고 있을지 전혀 모른 채 마수의 숲을 나왔다.

그게 어떤 변수로 제갈청청이 구상한 대륙 전체에 영향을 미치게 될지, 둘은 전혀 알 수가 없었다.

*   *   *

"다 됐군, 이제."

함교에 모인 일행을 보고 카알이 말했다.

견자단의 얼굴은 굳어 있었다.

이제 구름 너머의 세상으로 갈 준비가 다 끝났다. 제갈청청은 결코 중원을 포기하지 않을 것이다.

이제 그들이 갈 차례였다.

종남일기가 말했다.

"잊지 말거라. 기 파장이든 마나 파장이든 기본적으로는 같은 거다. 물질의 파장을 기억하는 것은 제갈청청 같은 고수에게는 불가능한 일이 아니다. 그녀에게 흡선충을 다시 쓸 수 없을지도 모른다. 그걸 명심해야 할 게다."

광검이 고개를 숙였다.

"알겠습니다."

"웬일이냐, 네놈이 고분고분 대답도 다 하고."

녹진자가 지적하자 광검이 혀를 쏙 내밀었다.

"이걸 바라시는 겁니까?"

녹진자가 웃었다.

"헐헐헐, 그래, 네놈들은 그래야 견자단이지."

배웅은 짧았다.

녹진자와 종남일기가 떨어져 나오는 순간, 함선은 가속을 시작하며 곧 움직여 구름 기둥 너머로 사라져 버렸다.

"돌아올 수 있으려나, 저놈들?"

종남일기가 핀잔을 놓았다.

"아, 걱정되면 따라가 보지그랬냐?"

"그럴까, 선배?"

종남일기가 가만히 바라보자 녹진자가 눈을 빛내며 웃었다.

둘은 서로를 쳐다보고 씨익, 웃었다. 그러더니 견자단 일행이 들어간 구름 기둥으로 쫓아 들어가 버렸다.

구름 기둥의 회전이 약간은 느려졌다는 사실을 미처 느끼지 못한 채였다.

〈『운종룡변종견』 제5권에서 계속〉

http://www.bbulmedia.com

http://www.bbulmedia.com